赵京战 编著

诗词韵律合编

（修订本）

中华书局

图书在版编目(CIP)数据

诗词韵律合编/赵京战编著.—修订本.—北京:中华书局,2006.11(2024.5 重印)
ISBN 978-7-101-11008-1

Ⅰ.诗… Ⅱ.赵… Ⅲ.诗词格律-基本知识-中国 Ⅳ.I207.21

中国版本图书馆 CIP 数据核字(2015)第 127862 号

书　　名　诗词韵律合编(修订本)

编 著 者　赵京战

责任编辑　马　燕

责任印制　管　斌

出版发行　中华书局

　　　　　(北京市丰台区太平桥西里 38 号　100073)

　　　　　http://www.zhbc.com.cn

　　　　　E-mail:zhbc@zhbc.com.cn

印　　刷　北京新华印刷有限公司

版　　次　2006 年 11 月北京第 1 版

　　　　　2015 年 11 月北京第 2 版

　　　　　2024 年 5 月北京第 12 次印刷

规　　格　开本/880×1230 毫米　1/32

　　　　　印张 12¼　插页 2　字数 200 千字

印　　数　38001-39500 册

国际书号　ISBN 978-7-101-11008-1

定　　价　39.00 元

目　录

修订说明

　　《诗词韵律合编》出版后，受到了广大诗词创作者的欢迎，八年间印刷了七次。八年过去了，诗词工具书的研究，又有了新的进展，取得了新的成果，期间也收到大量读者的来信、来电和面谈，提出了一些改进建议。本次修订，全面吸收了上述信息，使这本工具书更加实用完善，更能满足诗词创作者的需要。

　　本书是诗词学习、创作的工具书。为诗词创作者指引经纬、提供方便，是本书的宗旨。本书内容包括三个部分：

　　一、简明诗律

　　本书是快速掌握诗词平仄格律的教材，是编著者根据自己学习诗词的经验教训，结合在各地培训班、讲座中提出的问题和建议，总结提炼而成。归纳成口诀的形式，提纲挈领，易学易记。此教材曾在一些诗词培训班试用，效果较好。此次修订，某些地方做了适当的调整、补充和完善。

　　二、常用词谱

　　常用词谱118个，选择名家名词作为范例，配上平仄符号，一目了然，易学易用。对谱中可平可仄处，参考《唐宋词格律》《词律辞典》和唐宋词例进行了校订，涵盖面广，兼容性强。为了有利于创作，对于历代流传的诸多变体、别格，进行了梳理和规范，删繁就简，正本清流。对于历代创

1

作中的添字、减字、偷声、摊破、慢曲、衬字等，除少数流传较广影响较大者外，皆以本调为准，不再列举。本次修订，将词谱分为小令、中调、长调三个部分，每个部分按词调正名的汉语拼音字母排列，查找、使用更加方便。为了不给初学者增添负担，将原来的161个词牌，删去了43个，只保留118个使用较为普遍的词牌。

三、韵书

韵书包括平水韵、词林正韵、宽韵、中华新韵（十四韵）四部分。

此次修订，对平水韵、词林正韵重新进行了校对和完善，韵部中的字表都按照汉语拼音字母的顺序排序，查找方便。另外，对"宽韵"一章只列出韵部表，不再列出字表。"中华新韵"为了和平水韵接轨，尽量使用和平水韵相同的韵部名称，同时还增加了小韵韵目，使用了新的编排方式。

另外，将"平水韵检字表"列入附录中，不再单独成章。将"中华新韵歌诀"和"新韵平声中的原入声字"统一移到附录中。

本书改变了历代韵书字表的无序状态，尽量减少使用者的非创造性劳动，大大提高诗词创作的效率。希望本书能给予广大诗词爱好者、诗词创作者一点帮助。

由于作者水平所限，书中错误、疏漏之处在所难免。衷心希望读者继续批评指正。

赵京战

2015.5.01

第一编　简明诗律

概　说

诗律，即诗的格律，应该包括四个方面：体式律、平仄律、韵律、对偶律。本编只讨论平仄律。

本编是快速掌握诗词平仄格律的速成教材，是以初学入门者为对象，以应用于创作为目的，将诗词平仄格律条理化、口诀化，易懂易记，有助于创作者尽快入门，尽快进入状态。

本编所说的"格律诗"，仅以五绝、五律、七绝、七律为代表，不包括古风体。但书中讲到的平仄格律适用于排律。

什么叫格律？它包括哪些方面的要求？如何认识平仄格律的作用？

格律是对诗的声调、音韵、节拍、结构的要求（规矩），是形式上的规定。主要包括两个方面：一是平仄声律，二是句式结构和章节结构。

格律诗以两句为一联。绝句有两联，分别称为"首联"和"尾联"。律诗有四联，分别称为"首联"、"颔联"、"颈联"、"尾联"。也可按照先后顺序，分别称为第一、二、三、四联。

格律诗的每一句都是"律句"。律句是按照一定的平仄规则组成的诗句，每句之间又都有一定的排列组合规则。

因此，平仄格律要解决的是两个问题：

一、一句之中各个字之间的平仄规则和要求；

二、全篇之中每句之间的平仄规则和要求。

这两个问题，归纳为"四个方面、十六句口诀"。本编以此为纲领，对平仄律作详细介绍。

本编使用的平仄符号如下：

－平声　　⊖应平可仄

｜仄声　　①应仄可平

本编只讨论平韵诗。仄韵诗的平仄颇多变化，原则上可参照平韵诗的奇偶句交换使用。

格律速成口诀

一、四种句式：

五言为基，平仄交替；

扩为七言，使用简易。

二、四条规则：

奇句仄收，起句任选；

联内用对，联间用粘。

三、四个毛病：

三平三仄，拗句孤平；

失对失粘，方言混用。

四、四项调整：

一三五活，拗救偶用；

特定格式，改用新声。

口诀详解

一、四种句式：

1. 五言为基，平仄交替

　　这条规则说明的是律句（一个句子）内部字与字（音节与音节）之间的平仄关系和要求。

　　符合格律的诗句叫做律句。律句的基础形式是五言律句，七言律句是在五言律句前面添加两个字而成的。因此，对于五言律句的几种格式，首先应该牢牢记熟。学习平仄格律宜从五言入手，掌握了五言律句的平仄格式，七言律句就自然而然地掌握了。

　　五言律句有四种基本格式：

仄起仄收式： ①丨－－丨
仄起平收式： ①丨丨－－
平起仄收式： ⊖－－丨丨
平起平收式： －－①丨－

从中可以看出，律句的基本排列规律是"平仄交替"。

这四种格式过去习惯叫做平仄脚、平平脚、仄仄脚、仄平脚。从句尾落脚处来判断句式不无道理，却有不便。今改为从句首起手处来判断，把逆推变为顺行，这样更易于理解和运用。

我们以一首诗为例，来看看律句这四种"式"：

【例诗1】唐·王之涣《登鹳雀楼》：

白日依山尽，

①丨－－丨 （仄起仄收式）

黄河入海流。

－－①丨－ （平起平收式）

欲穷千里目，

⊖－－丨丨 （平起仄收式）

更上一层楼。

①丨丨－－ （仄起平收式）

这四句诗，是五言律句的基本格式，也是七言律句的基本格式。五言律句的平仄格律是七言律句的"基石"，这就是"五言为基"的含义。因此，牢牢记住五言律句的这四种基本格式，即能一通百通。

2. 扩为七言，使用简易

五言律句前面添加两个字，就成了七言律句。平起的，加两个仄声字；仄起的，加两个平声字。

仄起仄收式： ① ｜ ― ― ― ｜ ｜

仄起平收式： ① ｜ ― ― ① ｜ ―

平起仄收式： ― ― ① ｜ ― ― ｜

平起平收式： ― ― ① ｜ ｜ ― ―

相应地，七言律句也有这四种基本格式，要牢牢记住。我们再来分析一首七言律诗：

【例诗2】唐·杜甫《绝句》：

两个黄鹂鸣翠柳，

① ｜ ― ― ― ｜ ｜   （仄起仄收式）

一行白鹭上青天。

― ― ① ｜ ｜ ― ―   （平起平收式）

窗含西岭千秋雪，

― ― ① ｜ ― ― ｜   （平起仄收式）

门泊东吴万里船。

① ｜ ― ― ① ｜ ―   （仄起平收式）

熟记以上四种句式，律句基本格式就算了解清楚了。

有一个问题需要说明。近世以来，有些作者在诗（包括词曲）中，偶尔使用英文字母，甚至阿拉伯数字。有的用同音汉字代替英文字母，有的直接把英文字母写入诗中。例如：

【例诗3】北京·聂绀弩《九日戏柬迟冬》：

十年已在人前矮，九日思知何处高。

风雨满城曾昨夜，江山如画又今朝。

嵩衡泰华皆〇等，庭户轩窗且Q豪。

湖海元龙楼百尺，恰逢佳节不相招。

其中，阿拉伯数字的平仄读音，就按照相应中文数字的平仄读音；英文字母的平仄读音，可以平仄两读。英文字母的读音，有升调、降调两种。升调读音，类似汉语中的平声；降调读音，类似汉语中的仄声。因此，英文字母可以平仄两读。

律诗、绝句的每一句都应该是律句，都是由这四种句式按照一定的规则排列而成。下面就讲这种排列的规则和要求。

二、四条规则

1. 奇句仄收，起句任选

这两条规则，说明的是格律诗的每一句，应该使用律句四种句式中的哪一种句式。

"奇句仄收"有两个含义。第一个是：每首诗中的奇数句，即第一、三、五、七句，应使用"仄收"的句式，即"仄起仄收、平起仄收"两种句式。

【前例1】唐·王之涣《登鹳雀楼》：

白日依山尽，

①｜－－｜　　（第一句：仄起仄收式）

黄河入海流。

－－①｜－

欲穷千里目，

〇－－｜｜　　（第三句：平起仄收式）

更上一层楼。

①｜｜－－

【前例2】唐·杜甫《绝句》：

两个黄鹂鸣翠柳，

①｜〇－－｜｜　　（第一句：仄起仄收式）

一行白鹭上青天。

〇－①｜｜－－

窗含西岭千秋雪，

〇－①｜－－｜　　（第三句：平起仄收式）

门泊东吴万里船。

①｜－－①｜－

"奇句仄收"的第二个含义是：诗中的偶数句，即第二、四、六、八句，必须用"平收"句式，即"仄起平收、平起平收"两种句式，而且要押韵。

7

【前例1】唐·王之涣《登鹳雀楼》：

白日依山尽，

⊙｜－－｜

黄河入海流。

－－⊙｜－　（第二句：平起平收式，押韵）

欲穷千里目，

⊖－－｜｜

更上一层楼。

⊙｜｜－－　（第四句：仄起平收式，押韵）

【前例2】唐·杜甫《绝句》：

两个黄鹂鸣翠柳，

⊙｜⊖－－｜｜

一行白鹭上青天。

⊖－⊙｜｜－－　（第二句：平起平收式）

窗含西岭千秋雪，

⊖－⊙｜－－｜

门泊东吴万里船。

⊙｜－－⊙｜－　（第四句：仄起平收式）

　　"起句任选"的含义是：每首诗的起句，即诗的第一句，既可以使用仄收句式，也可以使用平收句式。第一句若用平收，须要押韵。如：

【例诗4】唐·卢纶《塞下曲》（二）：

林暗草惊风，

①｜｜－－

将军夜引弓。

－－①｜－

平明寻白羽，

⊖－－｜｜

没在石棱中。

①｜｜－－

第一句仄起平收式，押韵。

【例诗5】唐·王昌龄《出塞》：

秦时明月汉时关，

①－①｜｜－－

万里长征人未还。

①｜－－①｜－

但使龙城飞将在，

①｜⊖－－｜｜

不教胡马度阴山。

⊖－①｜｜－－

第一句平起平收式，押韵。

五言诗的起句，以仄收为多见；七言诗的起句，以平收为多见。

2. 联内用对，联间用粘

这两条规则，说明的是格律诗中句子与句子之间的平仄关系和要求。

所谓"对"、"粘"，是按"音节"来确定的。即是说，不是一个字一个字地看待，而是按照吟读的节奏，自然形成音节（原则上两个字为一个音节）。音节的尾音是平声，就是"平声音节"；音节的尾音是仄声，就是"仄声音节"。每句的第二、四、六字，就是每个音节的尾音，也就是这个音节的标志。所谓"二、四、六分明"，正是反映了这个规律。至于诗中的第一、三、五字，即音节的第一个字，在不违反其他格律要求的前提下，都应该是可平可仄的。下面谈到"联间用粘"时，也是这个道理。音节是自然形成的，而"对"、"粘"的要求则是总结归纳出来的（结尾的一个字是"句脚"，一个字一个音节，句脚的平仄规律不包括在本节"对"、"粘"规律之内，而是适用上一节提到的"奇句仄收，起句任选"规律）。

什么叫"对"？对就是平仄相对的意思。一联中的两个律句之间，按音节平仄形式相反，即第二、四、六字平仄相反，称为"对"。一联中的下句必须和上句相对，即第一句和第二句、第三句和第四句、第五句和第六句、第七句和第八句之间，必须是"对"的关系，这就是"联内用对"的含义。如：

【前例1】唐·王之涣《登鹳雀楼》：

白日依山尽，

①｜－－｜

黄河入海流。

－－①｜－　　（与上句按音节平仄相反）

欲穷千里目，

⊖－－｜｜

更上一层楼。

①｜｜－－　　（与上句按音节平仄相反）

【前例2】唐·杜甫《绝句》：

两个黄鹂鸣翠柳，

①｜⊖－－｜｜

一行白鹭上青天。

⊖－①｜｜－－　　（与上句按音节平仄相反）

窗含西岭千秋雪，

⊖－①｜－－｜

门泊东吴万里船。

①｜－－①｜－　　（与上句按音节平仄相反）

什么叫"粘"？粘就是粘连的意思。两联之间的两个律句（上联的末句和下联的首句）按音节平仄相同（除句脚外），即第二、四、六字平仄相同，称为"粘"。每一联的上句必须和上一联的下句相粘，即第三句和第二句、第五句和第四句、第七句和第六句之间，必须是

11

"粘"的关系，这就是"联间用粘"的含义。如：

【前例1】唐·王之涣《登鹳雀楼》：

白日依山尽，

①｜－－｜

黄河入海流。

－－①｜－

欲穷千里目，

⊖－－｜｜　　（音节平仄相同）

更上一层楼。

①｜｜－－

【前例2】唐·杜甫《绝句》：

两个黄鹂鸣翠柳，

①｜⊖－－｜｜

一行白鹭上青天。

⊖－①｜｜－－

窗含西岭千秋雪，

⊖－①｜－－｜　　（音节平仄相同）

门泊东吴万里船。

①｜－－①｜－

这两首例诗，就是按照律句的组合规则组成句子，按照句子之间的组合规则"联内用对，联间用粘"组成全篇。任何一首绝句、律诗、排律都是如此。我们再来看两首律诗：

【例诗6】唐·杜甫《春望》：

国破山河在，

①｜－－｜　　（仄起仄收式）

城春草木深。

－－①｜－　　（与上句平仄相对）

感时花溅泪，

⊖－－｜｜　　（与上句平仄相粘）

恨别鸟惊心。

①｜｜－－　　（与上句平仄相对）

烽火连三月，

①｜－－｜　　（与上句平仄相粘）

家书抵万金。

－－①｜－　　（与上句平仄相对）

白头搔更短，

⊖－－｜｜　　（与上句平仄相粘）

浑欲不胜簪。

①｜｜－－　　（与上句平仄相对）

【例诗7】唐·杜甫《登高》：

风急天高猿啸哀，

①｜－－⊖｜－　　（仄起平收式）

渚清沙白鸟飞回。

⊖－①｜｜－－　　（相对）

13

无边落木萧萧下，

⊖－①｜－－｜　　（相粘）

不尽长江滚滚来。

①｜－－①｜－　　（相对）

万里悲秋常作客，

①｜⊖－－｜｜　　（相粘）

百年多病独登台。

⊖－①｜｜－－　　（相对）

艰难苦恨繁霜鬓，

⊖－①｜－－｜　　（相粘）

潦倒新停浊酒杯。

①｜－－①｜－　　（相对）

　　知道了"联内用对，联间用粘"的原则后，我们就会明白，一首绝句、律诗，只要起句（或任一句）格式确定，以下各句的句式也就相应地确定了下来。

　　例如：起句用了"平起仄收式：⊖－－｜｜"，根据"联内用对、偶句用韵"的规则，第二句必须是"仄起平收式：①｜｜－－"；再根据"联间用粘"的规则，第三句必须是"仄起仄收式：①｜－－｜"；再根据"联内用对、偶句用韵"的规则，第四句必须是"平起平收式：－－①｜－"……这样依次类推，后面每句的句式只能有一个选择，整诗的全部句式就都确定了。

　　现在让我们来总结一下粘对的规律，口诀如下：

　　　　格律记句式，粘对看二四。

　　粘在两联间，对在本联里。

　　平起对仄起，仄起对平起。

　　平起粘平起，仄起粘仄起。

　　因为律句的基本格式只有四种，分别以此四种句式作为起句，便得出了绝句、律诗的四种基本格式。我们便可用起句的格式，来代表绝句、律诗的四种基本格式，它们是：

　　　　第一种：仄起仄收式

　　　　第二种：仄起平收式

　　　　第三种：平起仄收式

　　　　第四种：平起平收式

　　格律诗的平仄格律只有这四种基本格式，本编"绝句、律诗基本格式范例"一节中，把每一种格式都排列出来，读者可以查阅。现在，读者可以自己把五绝、七绝、五律、七律的四种格式分别排列出来，这也是已经掌握格律的一个证明。

　　这四种基本格式，称为格律诗的"正格"或"正体"。

　　格律诗的每一句，对于它的前句和后句，都有"粘"、"对"的要求。因此，格律诗的四种格式，每一种格式都是一个统一的有机整体，如果调整了其中任一句的格式，其他句式必须全部作出相应的调整。

　　这里有一点要补充说明。格律诗每一联的两句，如果使用对偶句，则应"音节相同、节奏一致"。例如：

【前例1】唐·王之涣《登鹳雀楼》：

    白日依山尽，黄河入海流。

    欲穷千里目，更上一层楼。

其音节和节奏是：

    白日…依山…尽，

    黄河…入海…流。

    欲…穷…千里…目，

    更…上…一层…楼。

完全符合"音节相同、节奏一致"的原则。

【前例2】唐·杜甫《绝句》：

    两个黄鹂鸣翠柳，一行白鹭上青天。

    窗含西岭千秋雪，门泊东吴万里船。

其音节和节奏是：

    两个…黄鹂…鸣…翠柳，

    一行…白鹭…上…青天。

    窗…含…西岭…千秋…雪，

    门…泊…东吴…万里…船。

完全符合"音节相同、节奏一致"的原则。非对偶句的上下联，就没有这个要求了。

归纳一下绝句、律诗的句式，可以看出两个特征：（一）绝句起句如果是"仄收"句式，那么，绝句的四个句子正好是律句的四个句式。（二）绝句起句如果是"平收"句式，那么起句和尾句正好和起句是同一句式。律诗的前四句和绝句相同，后四句正好是律句的四个句式。口诀为：

    起句仄收句式全，律诗正好轮两番。

起句平收一同四，律诗后半亦轮番。

三、四种毛病

所谓毛病，是指格律诗在基本合律的前提下，个别位置上容易出现的偏差，不是指大面积的不合律现象。这种偏差主要发生在句中第一、三、五字的某一个位置上。第二、四、六字是不能违反的，这就是通常所说的"二四六分明"的含义。这种毛病主要表现在以下四种七项：

第一种：平仄毛病2项（三平脚、三仄脚）

第二种：句式毛病2项（拗句、孤平）

第三种：粘对毛病2项（失对、失粘）

第四种：综合毛病1项（混用方言）

1. 三平三仄

"三平"即"三平脚"，又称为"三平尾"，是指五言的"仄起平收式：25544"句中的第三字、七言的"平起平收式：1425544"句中的第五字，本应仄声而用了平声，致使结尾处三个平声字相连。下面这首诗就犯了"三平脚"的毛病：

【例诗8】唐·金昌绪《春怨》：

打起黄莺儿，莫教枝上啼。

啼时惊妾梦，不得到辽西。

"黄"字是平声，句尾连续三个平声，就成了三平脚。

【例诗9】唐·杜甫《卜居》：

浣花流水水西头，主人为卜 林 塘幽。
已知出郭少尘事，更有澄江销客愁。
无数蜻蜓齐上下，一双鸂鶒对沉浮。
东行万里堪乘兴，须向山阴上小舟。

"林"字是平声，句尾连续三个平声，就成了三平脚。

"三仄"即"三仄脚"，又称为"三仄尾"，指五言的"平起仄收式：⊖－－｜｜"句中的第三字、七言的"仄起仄收式：①｜⊖－－｜｜"句中的第五字，本应平声而用了仄声，致使结尾处三个仄声字相连。下面这首诗就犯了"三仄脚（三仄尾）"的毛病：

【例诗10】唐·崔颢《夜泊水村长干曲》（四首之一）：

君家何处住？妾住在横塘。
停舟 暂 借问，或恐是同乡。

"暂"字是仄声，句尾连续三个仄声，就成了三仄脚。

【例诗11】唐·王湾《次北固山下》：

客路青山外，行舟绿水前。
潮平 两 岸阔，风正一帆悬。
海日生残夜，江春入旧年。
乡书何处达，归雁洛阳边。

"两"字是仄声，句尾连续三个仄声，就成了三仄脚。

【例诗12】唐·杜甫《送韩十四江东觐省》：

兵戈不见老莱衣，叹息人间万事非。

我已无家寻弟妹，君今何处访庭闱。

黄牛峡静滩声转，白马江寒树影稀。

此别应须 各 努力，故乡犹恐未同归。

“各”字是仄声，句尾连续三个仄声，就成了三仄脚。

“三平脚”和“三仄脚”都是应该尽量避免的。如果偶尔遇到一些专用名词，不好改动，确实避不开了，如“展览馆”之类，偶尔用一次三仄脚，虽未尽善，也只好如此。

“三平脚”、“三仄脚”都是违反格律的，古人的诗中有一些“三平脚”、“三仄脚”的现象，多为变格（变体），参看本编“关于变格（变体）”一节。

2. 拗句孤平

所谓“拗句”，是指五言的“仄起仄收式：① | − − |”中第三字用了仄声；或七言的“平起仄收式：⊖ − ① | − − |”中第五字用了仄声。这样读起来有些拗口，故称为“拗句”。下面这首诗就有一个拗句：

【例诗13】唐·李白《紫藤树》：

紫藤挂云木，花蔓宜阳春。

密叶 隐 歌鸟，香风留美人。

“隐”字仄声，造成拗句。

19

【例诗14】唐·李白《太原早秋》：

岁落 众 芳歇，时当大火流。

霜威出塞早，云色渡河秋。

梦绕边城月，心飞故国楼。

思归若汾水，无日不悠悠。

"众"字仄声，造成拗句。

拗句应该要"救"（例句和救的方法均见"拗救偶用"一节）。救后仍算是正格（正体）。

有的书上把"拗句"叫作"半拗"或"小拗"，把变格如五言的"野火烧 不 尽"和七言的"一身报国 有万死"叫作"拗句"或"大拗"。王力先生《诗词格律》亦持此说。我们认为，这种说法使诗律变得繁芜驳杂，不利于删繁就简、规范统一，本书不采纳。这种所谓的"大拗"违反了"二四六分明"的原则，应算是"出律"，不应算拗句。所以，它是一种变格（变体）。

所谓"孤平"，是指五言"平起平收式：－－①丨－"中第一、第三字都用了仄声，成了"丨－丨丨－"；或七言的"仄起平收式：①丨－－①丨－"第三、第五字都用了仄声，成了"①丨丨－丨丨－"，这两种情况叫做"孤平"。

以上是孤平的定义。在孤平句中，平声字都被仄声分割开来，成了"孤立"的平声。孤平的"孤"字，不是"单一"的意思，而是"孤立"的意思。例如：

【例诗15】唐·杜甫《玩月呈汉中王》：

夜 深露气清，江月满江城。

浮客转危坐，归身应独行。

关山同一照，乌鹊自多惊。

欲得淮王术，风吹晕已生。

"夜"字仄声，犯了孤平。

【例诗16】唐·白居易《微之就拜尚书，居易续除刑部，因书贺意，兼咏离怀》：

我为宪部入南宫，君作 尚 书镇浙东。

老去一时成白首，别来七度换春风。

簪缨假合虚名在，筋力销磨实事空。

远地官高亲故少，些些谈笑与谁同。

"尚"字仄声，犯了孤平。

"孤平"是诗家大忌，唐诗中极其少见，宋诗中几近绝迹，所以很难找到例诗。

这里需要着重说明：孤平句子中平声被孤立了，不能反过来说，凡是平声被孤立了就叫"孤平"。"孤平"只存在于五言的"平起平收式：－－①｜－"或七言的"仄起平收式：①｜－－①｜－"这两个特定句式中，别的句式是不可能出现"孤平"的。比如：

【例诗17】唐·孟浩然《望洞庭湖》：

八月湖水平 ，涵虚混太清。

气蒸云梦泽，波撼岳阳城。

欲济无舟楫，端居耻圣明。

坐观垂钓者，徒有羡鱼情。

第一句中除韵脚外只有一个平声字，且平声字被孤立了。但这不是孤平，而是出律的变体。判断是否孤平，应按照孤平的定义来衡量。

另一方面，我们可以看到，每一个律句中，必须至少有一处是两个平声相连，平收仄收都不例外，但这只是和孤平有关的问题，不是判断孤平的依据。

以往对孤平定义多有含糊、不太确切之处。如王力《诗词格律》（中华书局1977年版）第28页："在五言'平平仄仄平'这个句型中，第一个字必须用平声；如果用了仄声，就是犯了孤平，因为除了韵脚之外，只剩一个平声字了。"因而人们一般理解为"除韵脚之外只有一个平声字"就是孤平。这种定义虽然历来沿用，但它是不准确、不周延的。比如五言"仄起平收式：25544"，就是除了韵脚外只有一个平声字，但这不是孤平，而是标准的律句；七言"仄起平收式：2544254"中如果第一个字用平声，即使第三、第五字用仄声，除了韵脚外，仍有第一、第四两个平声字，但这句却是典型的孤平。由此看来，这个沿用多年的孤平定义，并没有明确地指出孤平的问题所在。

孤平是大病，是历代诗家非常重视的，因而是必须要避免的。如犯了孤平，必须要"救"（例句和救的方法均见"拗救偶用"一节）。救后就不再是孤平了，仍算是正格（正体）。

广义的说，不合律就是拗，孤平当然也是一种拗。王力先生《诗词格律》一书即持此说（中华书局1977年版第31页）。本书在"拗救"一节中，也把"拗救"和"孤平救"合在一个章节里叙述。狭义的说，孤平和拗句还是有明显区别的。本节把二者分开叙述。

3. 失对失粘

违反了"联内用对"的原则，称为"失对"。（注意：这里只讲平仄上的粘对，未涉及文字含义上的"对偶"问题）

【例诗18】唐·崔颢《黄鹤楼》：

　　昔人已乘黄鹤去，此地空馀黄鹤楼。

　　黄鹤一去不复返，白云千载空悠悠。

　　晴川历历汉阳树，芳草萋萋鹦鹉洲。

　　日暮乡关何处是，烟波江上使人愁。

诗中第二联就是失对。

违反"联间用粘"的原则，称为"失粘"。

【例诗19】唐·王维《渭城曲》：

　　渭城朝雨浥轻尘，客舍青青柳色新。

　　劝君更尽一杯酒，西出阳关无故人。

诗中第二联首句与第一联末句失粘，俗称为"折腰体"。

判断"粘"、"对"的口诀是：

　　格律记句式，粘对看二四。

失对、失粘都是违反格律的。唐宋近体诗中有一些失对、失粘的现象，多为变格（变体），参看后面章节。

4. 方言混用

方言、口语的混用其实不能算是毛病的一种，而是一种引起毛病的原因。它能导致前面讲过的六种毛病。

初学者往往不习惯使用韵书，仅凭自己说话的习惯来确定一个字的平仄音韵。这种习惯虽然方便，但往往不经意间违反了格律的要求。个人的习惯读音，家乡的口语，往往带有"方言"的影响。南方人的读音，与普通话差别较大，使用《中华新韵》容易出错；北方人的读音，与旧声韵差别较大，使用《平水韵》和《词林正韵》容易出错。要想掌握好字的平仄、韵部，单靠自己的方言，读音有可能不准确。因此必须要查阅韵书，才能确保读音无误。

手头要必备韵书，要养成查阅韵书的习惯。《诗韵合璧》、《佩文韵府》、《词林正韵》是权威的韵书，王力《诗词格律》、龙榆生《唐宋词格律》，分别收有常用字，是非常实用的工具书。赵京战《诗词韵律合编》（中华书局）、《中华韵典》（中国文联出版社）、《中华新韵（十四韵）》（中华书局袖珍本）都收录有"平水韵"、"词林正韵"、"宽韵（通用韵）"、"中华新韵（十四韵）"，也都是较实用的韵书，也可查阅《新华字典》或《现代汉语词典》等工具书。

四、四项调整

所谓调整，是指在允许的范围内，对个别字的平仄作出的灵活处理，对某些毛病进行补救，以满足格律的要求。通常所用的调整手段有以下四种：

1.　一三五活

过去有"一三五不论，二四六分明"的说法。这种说法，后一句是对的，"二四六分明"，可以说是奠定了律句的基石。前一句"一三五不论"却大有问题。律句中第一、三、五字，不能一概不论。有以下几种具体情况：

五言律句中，每句只有一个字可以不论。具体句式如下：

仄起仄收式：①丨－－丨，第一个字可以不论，第三个字必须要论，否则便是"拗句"。

仄起平收式：①丨丨－－，第一个字可以不论，第三个字必须要论，否则犯"三平"。

平起仄收式：〇－－丨丨，第一个字可以不论，第三个字必须要论，否则犯"三仄"。

平起平收式：－－①丨－，如果第一个字用平声，则第三个字可以不论；如果第一个字用仄声，则第三个字必须用平声，否则，便犯"孤平"。因此，第三个字便不可不论了。这种句式也只有一个字可以不论。

七言句是五言句前面添加两个字而成，前面添加的这两个字，第一个字都是可以"不论"的；后面的五个字与五言律句完全相同。因此，七言律句每句有两个字可以不论。具体如下：

仄起仄收式：①丨〇－－丨丨，前两个字中，第一个字可以不论。后面的五个字就是五言的"平起仄收式"，其中，第一个字可以不论，第三个字必须要论，否则犯"三仄"。因此，这种句式也只有两个字可以不论。

仄起平收式：①｜－－①｜－，前两个字中，第一个字可以不论。后面的五个字就是五言的"平起平收式"，其中，如果第一个字用平声，则第三个字可以不论；如果第一个字用仄声，则第三个字必须用平声，否则，便犯"孤平"。因此，这种句式也只有两个字可以不论。

平起仄收式：〇－①｜－－｜，前两个字中，第一个字可以不论。后面的五个字就是五言的"仄起仄收式"，其中，第一个字也可以不论，第三个字必须要论，否则便是拗句。因此，这种句式也只有两个字可以不论。

平起平收式：〇－①｜｜－－，前两个字中，第一个字可以不论。后面的五个字就是五言的"仄起平收式"，其中，第一个字也可以不论，第三个字必须要论，否则犯"三平"。因此，这种句式也只有两个字可以不论。

通过以上分析可以看出，五言第一个字大多可以不论，第三个字大多是要论的。七言第一个字都可以不论，第三个字大多可以不论，第五个字大多是要论的。

不管怎样，第一、三、五字还是不像第二、四、六字那样严格，而是具有一定的灵活性。这就是"一三五活"的意思。这对于格律来说，起到了某种程度的放松束缚的作用。

既然第一、三、五字具有一定的灵活性，因而是可以调整的，这同时也给"拗救"和"孤平救"提供了可能性。

2. 拗救偶用

拗句和孤平之间有明显区别，共同点是只有这两种毛病可救。因此，本书把二者合在一个章节中叙述，并用"拗救"一词代替。广义的说，不合律就是拗，孤平当然也是一种拗。王力先生《诗词格律》一书即持此说（见中华书局1977年版第31页）。狭义的说，孤平和拗句是有明显区别的，各有特点。本节把二者分开叙述。

（1）拗救

拗句的救成为"拗救"，拗救是"下句救"。在拗句的下一句，第三（第五）字本是应仄可平，改用平声字，就等于把上一句的"拗"补救过来了。

【例诗20】唐·韦应物《滁州西涧》：

独怜幽草涧边生，上有黄鹂深树鸣。

春潮带雨⬚晚⬚来急，野渡无人⬚舟⬚自横。

"晚"字仄声，造成拗句。下句"舟"字平声，救拗。

【例诗21】唐·杜甫《天末怀李白》：

凉风起天末，君子意如何。

鸿雁⬚几⬚时到，江湖⬚秋⬚水多。

文章憎命达，魑魅喜人过。

应共冤魂语，投诗赠汨罗。

"几"字仄声，造成拗句。下句"秋"字平声，救

27

拗。

【例诗22】唐·李白《送友人》：

青山横北郭，白水绕东城。

此地一为别，孤蓬万里征。

浮云游子意，落日故人情。

挥手自兹去，萧萧班马鸣。

"自"字拗，下句的"班"字救。

【例诗23】唐·杜甫《蜀相》：

丞相祠堂何处寻，锦官城外柏森森。

映阶碧草自春色，隔叶黄鹂空好音。

三顾频烦天下计，两朝开济老臣心。

出师未捷身先死，长使英雄泪满襟。

"自"字拗，下句的"空"字救。

古人对"孤平"看得重，基本上有孤必救；但对"拗句"看得不太重，常有不救。看下面的例诗：

【例诗24】唐·柳宗元《别舍弟宗一》：

零落残红倍黯然，双垂别泪越江边。

一身去国六千里，万死投荒十二年。

桂岭瘴来云似墨，洞庭春尽水如天。

欲知此后相思梦，长在荆门郢树烟。

"六"字拗，不救。

【例诗25】唐·李白《送友人》：

青山横北郭，白水绕东城。

此地一为别，孤蓬万里征。

浮云游子意，落日故人情。

挥手自兹去，萧萧班马鸣。

"一"字拗，未救；"自"字拗，下句的"班"字救。

【例诗26】唐·李白《听蜀僧弹琴》：

　　蜀僧抱绿绮，西下峨眉峰。

　　为我 一 挥手，如听万壑松。

　　客心洗流水，馀响入霜钟。

　　不觉 碧 山暮，秋云暗几重。

"一"字拗，未救；"碧"字又拗，又未救。可见，古人对于拗句，偶尔一用还是允许的。

（2）孤平救

孤平的救是"本句救"。在孤平句中，第一（第三）字用了仄声字，造成孤平；后面第三（第五）字本是应仄可平，改用平声字，就等于把前边的孤平在本句中补救过来了。

【例诗27】唐·贾岛《三月晦日赠刘评事》：

　　三月正当三十日，风光别我苦吟身。

　　共君今夜不须睡，未到 晓 钟 犹 是春。

"晓"字仄声，造成孤平，用"犹"字救。

【例诗28】唐·元稹《遣悲怀三首》（之三）：

　　闲坐悲君亦自悲，百年都是几多时。

　　邓攸无子寻知命，潘岳 悼 亡 犹 费词。

　　同穴窅冥何所望，他生缘会更难期。

　　惟将终夜长开眼，报答平生未展眉。

"悼"字仄声，造成孤平，用"犹"字救。

（3）一平双救

在拗句的下句紧跟着一个孤平句，在救孤平的同时，

29

也就等于把上句的拗补救过来了。一个平声字，既救了本句的孤平，又救了上句的拗，故称"一平双救"。

【例诗29】唐·李白《宿五松山下荀媪家》：

我宿 五 松下， 寂 寥 无 所欢。

田家秋作苦，邻女夜春寒。

跪进雕胡饭，月光明素盘。

令人惭漂母，三谢不能餐。

"五"字仄声，拗；"寂"字仄声，造成孤平。"无"字平声，既救了上句的拗，又救了本句的孤平，一平双救。

【例诗30】唐·贺知章《回乡偶书》：

少小离家老大回，乡音无改鬓毛衰。

儿童相见 不 相识，笑问 客 从 何 处来。

"不"字仄声，造成拗句；"客"字仄声，造成孤平。"何"字平声，既救了上句的拗，又救了本句的孤平，一平双救。

【例诗31】唐·许浑《咸阳城西楼晚眺》：

一上高城万里愁，蒹葭杨柳似汀洲。

溪云初起 日 沉阁，山雨 欲 来风满楼。

鸟下绿芜秦苑夕，蝉鸣黄叶汉宫秋。

行人莫问当年事，故国东来渭水流。

"日"字仄声，造成拗句；"欲"字仄声，造成孤平。"风"字平声，既救了上句的拗，又救了本句的孤平，一平双救。

【例诗32】宋·苏轼《新城道中》：

东风知我欲山行，吹断檐间积雨声。

岭上晴云披絮帽，树头初日挂铜钲。

野桃含笑 竹 篱短，溪柳 自 摇 沙 水清。

西崦人家应最乐，煮葵烧笋饷春耕。

"竹"字仄声，造成拗句；"自"字仄声，造成孤平。"沙"字平声，既救了上句的拗，又救了本句的孤平，一平双救。

拗救、孤平救的口诀如下：

仄拗平来救，救前不救后。

位置在三五，一平可双救。

孤平必须"救"，对孤平的"救"称为"孤平救"。拗句也应该"救"，对拗句的"救"称为"拗救"。本书把二者合在一起叙述，并以"拗救"统称之。孤平句本质上也是拗句，所以，广义言之，也可以把"孤平救"和"拗救"，统称为"拗救"。王力《诗词格律》就把二者合并在"拗救"一节中，各作为"拗救"的一种。

在前一节谈到的三平脚、三仄脚、拗句、孤平、失对、失粘这几种毛病中，拗句、孤平是可救的，救了以后就不再算是拗句或孤平，仍是正格。三平脚、三仄脚是不可救的，有人认为可救，其实那只是某种补偿，救后也是变格（变体）。失粘、失对是不可救的。

3. 特定格式

对于"平起仄收式：⊝－－｜｜"，诗人们在长期的创作实践中，派生出一个变格（变体），即把第三、第

四字的平仄互换，形成了"－－｜⬜－⬜｜"的格式。七言
"Ⓞ｜⊝－－⬜｜⬜"，则把第五、第六字的平仄互换，
形成了"Ⓞ｜－－｜⬜－⬜｜"的格式。（注意：这种格式
中，五言第一个字、七言第三个字都必须用平声，不能
可平可仄）例如：

【例诗33】唐·杜甫《绝句》（九首之一）：

闻道巴山里，春船正好行。

都将⬜百年⬜兴，一望九江城。

第三句应为 ⊝－⬜－⬜｜｜，此处变作－－⬜｜－⬜｜。

【例诗34】唐·杜甫《江南逢李龟年》：

岐王宅里寻常见，崔九堂前几度闻。

正是江南⬜好风⬜景，落花时节又逢君。

第三句应为Ⓞ｜⊝－⬜－⬜｜｜，此处变作Ⓞ｜－－
⬜｜－⬜｜。

【例诗35】唐·杜甫《天末怀李白》：

凉风⬜起天⬜末，君子意如何？

鸿雁几时到，江湖秋水多。

文章憎命达，魑魅喜人过。

应共冤魂语，投诗赠汨罗。

第一句应为⊝－－⬜｜⬜｜，此处变作－－⬜｜－⬜｜。

【例诗36】唐·杜甫《咏怀古迹五首》（之五）：

诸葛大名垂宇宙，宗臣遗像肃清高。

三分割据纡筹策，万古云霄一羽毛。

伯仲之间⬜见伊⬜吕，指挥若定失萧曹。

运移汉祚终难复，志决身歼军务劳。

第五句应为 Ⓞ｜⊝－⬜－⬜｜｜，此处变作Ⓞ｜－－

| — | 。

　　这种特定格式是基本原则之外的一个特定许可,约定俗成。这种格式应用非常普遍,唐诗中不少诗篇使用了这种格式,后来也是如此。它是经过历史考验的,是被诗界所公认的。因此,我们把它作为正格看待。

4.　改用新声

　　如果对古韵掌握不够熟练,知道自己诗中格律有毛病,调整起来又很困难,那么,也可以改用新声韵,使用《中华新韵(十四韵)》。该韵书最初发表于《中华诗词》杂志2004年第6期。此次收入本书第六编,并做了校订和重新编排。该韵书完全是按照普通话的读音来划分韵部的,用我们熟悉的读音来审声用韵,会更加得心应手一些。而且《中华新韵》的韵部划分,比起古韵来要宽泛得多,这可能会降低一些难度。

　　使用《中华新韵》进行诗词创作时要注意,审韵同时也要审声,即不仅韵脚押韵要按照新韵的要求,而且句中平仄格律也要符合新韵的声调。如果为了交流或发表,最好标明是使用的“新声韵”,给编辑提供方便。

绝句、律诗基本格式范例

一、五绝四式

1. 仄起仄收式 ——起句仄起仄收

【例诗37】唐·王之涣《登鹳雀楼》：

白日依山尽，黄河入海流。

⊛ | — — | 　 — — ⊛ | ○

欲穷千里目，更上一层楼。

⊖ — — | | 　 ⊛ | | — ○

2. 仄起平收式 ——起句仄起平收

【例诗38】唐·卢纶《塞下曲》（二）：

林暗草惊风，将军夜引弓。

⊛ | | — ○ 　 — — ⊛ | ○

平明寻白羽，没在石棱中。

⊖ — — | | 　 ⊛ | | — ○

3. 平起仄收式 ——起句平起仄收

【例诗39】唐·李端《听筝》：

鸣筝金粟柱，素手玉房前。

〇——｜｜　　①｜｜—〇

欲得周郎顾，时时误拂弦。

①｜——｜　　——①｜〇

4. 平起平收式 ——起句平起平收

【例诗40】唐·卢纶《塞下曲》（一）：

鹫翎金仆姑，燕尾绣蝥弧。

——①｜〇　　①｜｜—〇

独立扬新令，千营共一呼。

①｜——｜　　——①｜〇

二、七绝四式

1. 仄起仄收式 ——起句仄起仄收

【例诗41】唐·王维《九月九日忆山东兄弟》：

独在异乡为异客，每逢佳节倍思亲。

①｜〇——｜｜　　〇—①｜｜—〇

遥知兄弟登高处，遍插茱萸少一人。

〇—①｜——｜　　①｜——①｜〇

2. 仄起平收式 —— 起句仄起平收

【例诗42】唐·章碣《焚书坑》：

竹帛烟销帝业虚，关河空锁祖龙居。

⊙ | — — ⊙ | ○　　— — ⊙ | | — ○

坑灰未冷山东乱，刘项元来不读书。

— — ⊙ | — — |　　⊙ | — — ⊙ | ○

3. 平起仄收式 —— 起句平起仄收

【例诗43】唐·郑畋《马嵬坡》：

玄宗回马杨妃死，云雨难忘日月新。

— — ⊙ | — — |　　⊙ | — — ⊙ | ○

终是圣明天子事，景阳宫井又何人。

⊙ | — — — | |　　— — ⊙ | | — ○

4. 平起平收式 —— 起句平起平收

【例诗44】唐·李白《早发白帝城》：

朝辞白帝彩云间，千里江陵一日还。

— — ⊙ | | — ○　　⊙ | — — ⊙ | ○

两岸猿声啼不住，轻舟已过万重山。

⊙ | — — — | |　　— — ⊙ | | — ○

三、五律四式

1. 仄起仄收式 ——起句仄起仄收

【例诗45】唐·杜甫《春望》：

国破山河在，城春草木深。
Ⓘ｜－－｜　－－Ⓘ｜○

感时花溅泪，恨别鸟惊心。
⊖－－｜｜　Ⓘ｜｜－○

烽火连三月，家书抵万金。
Ⓘ｜－－｜　－－Ⓘ｜○

白头搔更短，浑欲不胜簪。
⊖－－｜｜　Ⓘ｜｜－○

2. 仄起平收式 ——起句仄起平收

【例诗46】唐·杜甫《月夜忆舍弟》：

戍鼓断人行，秋边一雁声。
Ⓘ｜｜－○　－－Ⓘ｜○

露从今夜白，月是故乡明。
⊖－－｜｜　Ⓘ｜｜－○

有弟皆分散，无家问死生。
Ⓘ｜｜－－｜　－－Ⓘ｜○

寄书长不达，况乃未休兵。

◯－－｜｜　①｜｜－◯

3. 平起仄收式 ——起句平起仄收

【例诗47】唐·杜甫《客亭》：
秋窗犹曙色，落木更天风。

◯－－｜｜　①｜｜－◯

日出寒山外，江流宿雾中。

①｜－－｜　－－①｜◯

圣朝无弃物，老病已成翁。

◯－－｜｜　①｜｜－◯

多少残生事，飘零似转蓬。

①｜－－｜　－－①｜◯

4. 平起平收式 ——起句平起平收

【例诗48】唐·李商隐《风雨》：
凄凉宝剑篇，羁泊欲穷年。

－－①｜◯　①｜｜－◯

黄叶仍风雨，青楼自管弦。

①｜－－｜　－－①｜◯

新知遭薄俗，旧好隔良缘。

◯－－｜｜　①｜｜－◯

心断新丰酒，销愁斗几千。
　〇　丨　－　－　丨　　　－　－　〇　丨　〇

四、七律四式

1. 仄起仄收式 ——起句仄起仄收

【例诗49】唐·杜甫《闻官军收河南河北》：

剑外忽传收蓟北，初闻涕泪满衣裳。
　〇　丨　〇　－　－　丨　丨　　　〇　－　〇　丨　丨　－

却看妻子愁何在，漫卷诗书喜欲狂。
　〇　－　〇　丨　－　－　丨　　　〇　丨　－　－　〇　丨　－

白日放歌须纵酒，青春作伴好还乡。
　〇　丨　〇　－　－　丨　丨　　　〇　－　〇　丨　丨　－

即从巴峡穿巫峡，便下襄阳向洛阳。
　〇　－　〇　丨　－　－　丨　　　〇　丨　－　－　〇　丨　〇

2. 仄起平收式 ——起句仄起平收

【例诗50】唐·李商隐《无题》：

相见时难别亦难，东风无力百花残。
　〇　丨　－　－　〇　丨　〇　　　〇　－　〇　丨　丨　－　〇

春蚕到死丝方尽，蜡炬成灰泪始干。
　〇　－　〇　丨　－　－　丨　　　〇　丨　－　－　〇　丨　〇

晓镜但愁云鬓改，夜吟应觉月光寒。
Ⓛ丨—一丨丨　—一Ⓛ丨丨一〇

蓬山此去无多路，青鸟殷勤为探看。
〇—Ⓛ丨一一丨　Ⓛ丨一一Ⓛ丨〇

3. 平起仄收式 ——起句平起仄收

【例诗51】唐·杜甫《客至》：
舍南舍北皆春水，但喜群鸥日日来。
〇—Ⓛ丨一一丨　Ⓛ丨一一Ⓛ一〇

花径不曾缘客扫，蓬门今始为君开。
Ⓛ丨—一一丨丨　〇—Ⓛ丨丨一〇

盘飧市远无兼味，樽酒家贫只旧醅。
〇—Ⓛ丨一一丨　Ⓛ丨一一Ⓛ一〇

肯与邻翁相对饮，隔篱呼取尽馀杯。
Ⓛ丨—一一丨丨　〇—Ⓛ丨丨一〇

4. 平起平收式 ——起句平起平收

【例诗52】唐·韩愈《左迁蓝关示侄孙湘》：
一封朝奏九重天，夕贬潮州路八千。
〇—Ⓛ丨丨一〇　Ⓛ丨一一Ⓛ丨〇

欲为圣明除弊事，肯将衰朽惜残年。
Ⓛ丨—一一丨丨　〇—Ⓛ丨丨一〇

云横秦岭家何在，雪拥蓝关马不前。
〇－①｜－－｜　①｜－－①｜〇

知汝远来应有意，好收吾骨瘴江边。
①｜〇－－｜｜　〇－①｜｜－〇

关于变体（变格）

诗里有个别句子偏离了基本格律，这种诗被称为"变体"或"变格"。注意："变体（变格）"不是诗之正体（正格）。初学者应从正格入手。

唐诗中的变体（变格）产生的原因很复杂，一般不宜简单地以出律对待。以唐诗中的变体（变格）为例，原因至少有以下四种：一、以入代平，二、当时体式，三、古体残留，四、有意突破。

一、以入代平

唐诗中多有用入声代替平声的现象，宋词中更是屡见不鲜，宋以后越来越少。历代诗词家已经注意到这种现象，如宋·沈义父《乐府指迷》："其次如平声，却用得入声字替。"

这种现象产生的具体原因，大概是因为在汉语的中古音系中，不少入声字的发音与平声字发音较为接近，某些情况下，诗人们就可以用入声字代替平声字。当时入声字是如何具体发音的，现在已很难准确判断了。

由于有了"以入代平"，在判断近体诗中的变体（变格）、出律等现象时，应该从更广泛的角度着眼，一般不宜轻易下断语。例如：

【例诗53】唐·杜甫《八阵图》：

　　功盖三分国，名成八阵图。

　　江流 石 不转，遗恨失吞吴。

"石"字是以入代平，该句不一定就是三仄脚。

【前例27】唐·贾岛《三月晦日赠刘评事》：

　　三月正当三十日，风光别我苦吟身；

　　共君今夜 不 须睡，未到晓钟犹是春。

"不"字是以入代平，该句不一定就是拗句。

【例诗54】唐·李颀《野老曝背》：

　　百岁老翁 不 种田，惟知曝背乐残年。

　　有时扪虱独搔首，目送归鸿篱下眠。

"不"字是以入代平，该句不一定就是孤平。

【例诗55】唐·高适《淇上送韦司仓往滑台》：

　　饮酒莫辞醉，醉多 适 不愁。

　　孰知非远别，终念对穷秋。

　　滑台门外见，淇水眼前流。

　　君去应回首，风波满渡头。

"适"字是以入代平，该句不一定就是孤平。

【例诗56】唐·杜甫《漫成》：

　　江月去人 只 数尺，风灯照夜欲三更。

　　沙头宿鹭联拳静，船尾跳鱼拨剌鸣。

"只"字以入代平，该句不一定就是三仄脚。

【例诗57】唐·白居易《赋得古原草送别》：

离离原上草，一岁一枯荣。

野火烧 不 尽，春风吹又生。

远芳侵古道，晴翠接荒城。

又送王孙去，萋萋满别情。

"不"字是以入代平，该句不一定就是出律。

在"以入代平"现象中，"不"、"一"二字用得最多。如果从"以入代平"的角度来考察，现代人所认为的唐诗中很多拗句、孤平、三仄尾等出律现象，其实都是合律的。

二、当时体式

在诗律的初创时期，可以说是创作上的"试验期"，各种不同的"体"、"格"层出不穷。例如，有一种体式，允许律诗中颔联半工对、颈联工对，如：

【例诗58】唐·杜甫《月夜》：

今夜鄜州月，闺中只独看。

遥怜 小儿女，未解 忆长安。

香雾云鬟湿，清辉玉臂寒。

何时倚虚幌，双照泪痕干。

颈联"香雾云鬟湿，清辉玉臂寒"是严格的工对，颔联"遥怜 小儿女，未解 忆长安"就是半工对（句中只有"遥怜"与"未解"相对，故称"半工对"）。

【例诗59】唐·杜甫《和裴迪登蜀州东亭送客逢早梅

相忆见寄》：

> 东阁官梅动诗兴，还如何逊在扬州。
> 此时对雪遥相忆，送客逢春可自由。
> 幸不折来伤岁暮，若为看去乱乡愁。
> 江边一树垂垂发，朝夕催人自白头。

颈联"幸不折来伤岁暮，若为看去乱乡愁"是严格的工对，颔联"此时对雪遥相忆，送客逢春可自由"就是半工对（句中只有"对雪遥相忆"与"逢春可自由"相对，故称"半工对"）。

上面的例子，还仅仅是字面意义上的半工对，句中平仄对得很工整。有的律诗甚至连平仄也可以半工对。例如：

【前例18】唐·崔颢《黄鹤楼》：

> 昔人已乘黄鹤去，此地空馀黄鹤楼。
> 黄鹤一去不复返，白云千载空悠悠。
> 晴川历历汉阳树，芳草萋萋鹦鹉洲。
> 日暮乡关何处是，烟波江上使人愁。

颈联"晴川历历汉阳树，芳草萋萋鹦鹉洲"是严格的工对，颔联"黄鹤一去不复返，白云千载空悠悠"就是半工对（句中只有"黄鹤"与"白云"相对，故称"半工对"）。这首著名的律诗，曾被誉为"唐诗第一律"。这在当时是允许的一种体式，后来律诗越来越成熟，这种体式就不再通行了。如果简单地把它看做是"出律"，显然不符合当时那个时代的要求。

更有甚者，颈联的半工对也只是模糊的宽对。例如：

【例诗60】唐·李白《塞下曲六首》（其一）：

　　　　五月天山雪，无花只有寒。

　　　　笛中闻折柳，春色未曾看。

　　　　晓战随金鼓，宵眠抱玉鞍。

　　　　愿将腰下箭，直为斩楼兰。

　　颈联"晓战随金鼓，宵眠抱玉鞍"是严格的工对，颔联中应该半工对的部分"笛中"、"春色"只能算是模糊的宽对了。

　　绝句中还有一种"失粘"现象，好像把全诗拦腰"折断"，因此被称为"折腰体"。例如：

　　【例诗61】唐·张说《蜀道后期》：

　　　　客心争日月，来往预期程。

　　　　秋风不相待，先至洛阳城。

　　第三句"秋风不相待"失粘，全诗"折腰"成两段。

　　【前例19】唐·王维《渭城曲》：

　　　　渭城朝雨浥轻尘，客舍青青柳色新。

　　　　劝君更尽一杯酒，西出阳关无故人。

　　第三句"劝君更尽一杯酒"失粘，全诗"折腰"成两段。因为王维这首诗的缘故，这种体式还被称作"阳关体"。后来还经常有诗人仿效，一直延续至今。例如：

　　【前例20】唐·韦应物《滁州西涧》：

　　　　独怜幽草涧边生，上有黄鹂深树鸣。

　　　　春潮带雨晚来急，野渡无人舟自横。

　　第三句"春潮带雨晚来急"失粘，全诗"折腰"成两段。

律诗可以看做是绝句叠加而成，故绝句中的"折腰体（阳关体）"也反映到律诗中来。例如：

【例诗62】唐·王维《使至塞上》：

单车欲问边，属国过居延。

征蓬出汉塞，归雁入胡天。

大漠孤烟直，长河落日圆。

萧关逢候吏，都护在燕然。

第三句"征蓬出汉塞"与上一句失粘。

【例诗63】唐·杜甫《咏怀古迹五首》（其二）：

摇落深知宋玉悲，风流儒雅亦吾师。

怅望千秋一洒泪，萧条异代不同时。

江山故宅空文藻，云雨荒台岂梦思。

最是楚宫俱泯灭，舟人指点到今疑。

第三句"怅望千秋一洒泪"与上一句失粘。

以上例诗是绝句"折腰体（阳关体）"在律诗中的反映。律诗中也有第五句失粘的现象，正好把律诗从中间"折断"，这应该是律诗名副其实的"折腰体"。例如：

【例诗64】唐·王维《送方尊师归嵩山》：

仙官欲往九龙潭，旌节朱幡倚石龛。

山压天中半天上，洞穿江底出江南。

瀑布杉松常带雨，夕阳苍翠忽成岚。

借问迎来双白鹤，已曾衡岳送苏耽。

第五句"瀑布杉松常带雨"与上一句失粘，把全诗从中间拦腰"折断"。

还有的律诗既有绝句的"折腰"，又有律诗的"折腰"。虽然少见，也录于此备考。例如：

【例诗65】唐·李白《登金陵凤凰台》：

凤凰台上凤凰游，凤去台空江自流。

吴宫花草埋幽径，晋代衣冠成古丘。

三山半落青天外，二水中分白鹭洲。

总为浮云能蔽日，长安不见使人愁。

第三句"吴宫花草埋幽径"与上一句失粘，绝句式"折腰"。第五句又与上一句失粘，律诗式"折腰"。

注意：此种"折腰体"属于"变体（变格）"，不是诗之正体（正格）。初学者应从正格入手。

三、古体残留

格律形成后，律绝中有时还残存着古诗的痕迹，对格律的要求还不十分规范，"三平"、"三仄"时有出现，甚至字数也有不规范之处。也有人称此为"古绝"、"古律"。

【前例8】唐·金昌绪《春怨》：

打起黄莺儿，莫教枝上啼。

啼时惊妾梦，不得到辽西。

首句"打起黄莺儿"就犯了三平脚。

【例诗66】唐·杜甫《春宿左省》：

花隐掖垣暮，啾啾栖鸟过。

星临万户动，月傍九霄多。

不寝听金钥，因风想玉珂。

明朝有封事，数问夜如何。

第三句"星临万户动"就犯了三仄脚。

【例诗67】唐·骆宾王《咏鹅》：

鹅，鹅，鹅，曲项向天歌。

白毛浮绿水，红掌拨清波。

第一句"鹅，鹅，鹅"只有三个字，显然违反了五绝的"体式律"，但大家还是把它视为五言绝句。很多种"绝句选"都把这首诗作为"五言绝句"入选。

四、有意突破

古人在创作中很明白，格律只是形式上的东西，它是为内容服务的，不能削足适履，不能以辞害意，因而有时有意突破格律，从而创作出脍炙人口的好诗。

【前例17】唐·孟浩然《临洞庭》：

八月湖水平，涵虚混太清。

气蒸云梦泽，波撼岳阳城。

欲济无舟楫，端居耻圣明。

坐观垂钓者，徒有羡鱼情。

【例诗68】宋·陆游《夜泊水村》：

腰间羽箭久凋零，太息燕然未勒铭。

老子犹堪绝大漠，诸君何至泣新亭。

一身报国有万死，双鬓向人无再青。

记取江湖泊船处，卧闻新雁落寒汀。

以上两首诗，都是不以辞害意的例子。有人把"八月湖水平"叫作"平拗仄救"，把"一身报国有万死"叫作"大拗"或"拗"（王力先生《诗词格律》亦持此类说）。本书不采纳这种说法，而是认为这都是出律，都是古人不希望"以辞害意"而对诗律的突破。

还有一种有意突破，则突破的更多。

【例诗69】唐·贾岛《忆江上吴处士》：

闽国扬帆去，蟾蜍缺复圆。

秋风吹渭水，落叶满长安。

此地际会夕，当时雷雨寒。

兰桡殊未返，消息海云端。

诗中第五句连用了五个仄声字，显然出律。但这种出律，就是在"造势"。对诗的意境和韵味，起到了"金声玉振"的作用。其实，这一联除了平仄不谐外，应该算得上是很好的对仗。

【例诗70】唐·崔橹《春日即事》：

一百五日又欲来，梨花梅花参差开。

行人自笑不归去，瘦马独吟真可哀。

杏酪渐香邻舍粥，榆烟将变旧炉灰。

画桥春暖清歌夜，肯信愁肠日九回？

诗中第一句连用六个仄声字，第二句连用七个平声字，两句都明显出律。有人认为这是"上拗下救"，这也拗得太出格、救得太离谱了。如果允许这样拗、这样救，还有什么格律可言？我们不必"为古人讳"，非得要给古人找个台阶下不可。其实，这就是出律，就是古人对格律有意的突破。

区别正格和变格的口诀是：

正格二四六分明，变格个别有变更。

这里需要特别说明的是：不是因为"变格"而成了

"好诗",更不是一变格就是好诗,而是"好诗"容忍了"变格"。千万不能只看到了古人的变格,看不到古人作诗的水平,因而只去学古人的变格,却忽视了古人的整个艺术创作。初学者千万不要拿古人的变格作为自己不精通格律、不严格遵守格律的理由,这是学诗道路上最容易走的弯路。学诗应从正体、正格入手,此是学诗之正途。

5. 变格救

原则上说,所谓变格,是不能救的,也是不可救的。所谓的救,只不过是一种补偿,救了也是变格,也不能成为正格。各地流传的变格,说法繁多,"救"的方式也很繁杂,如"平拗仄救",甚至有"三平救三仄"的说法。本书认为,这不符合"二四六分明"的平仄原则,也不符合本书提倡的"明确、简洁、实用"的原则,故不采纳。为了让读者对历史和现状全面了解,更好地理解和掌握正格,下面简单介绍一下"变格救"。

【例诗71】唐·王维《归嵩山作》:

清川带长薄,车马去闲闲。

流水如 有 意,暮禽 相 与还。

荒城临古渡,落日满秋山。

迢递嵩高下,归来且闭关。

第三句"有"字出律,第四句用"相"字救("暮"字造成孤平,"相"字也救孤平)。

【前例68】宋·陆游《夜泊水村》:

腰间羽箭久凋零，太息燕然未勒铭。

老子犹堪绝大漠，诸君何至泣新亭？

一身报国有万死，双鬓向人无再青。

记取江湖泊船处，卧闻新雁落寒汀。

"有"字拗，"万"字出律，"向"字犯孤平，"无"字既救了上句的"有"字拗（此为"拗救"），又救了上句的"万"字出律（此为"变格救"），又救了本句的"向"字孤平（此为"孤平救"），这似乎是"一平三救"了。

需要特别指出的是：第一首的"有"字、第二首的"万"字，均为"出律"，不属于"拗"。有人称为"大拗"，略备异说。本书不采纳这种说法。

霍松林先生在《简论近体诗格律的正与变》（《文学遗产》2003年第1期）一文中说："入门须正。初学作近体诗，必须经过严格的格律训练，等到能够熟练地驾驭格律，再根据创作的实际需要，为了更好地表现内容而适当地突破格律。所谓适当地突破，是指一首诗尽管有拗字、拗句、失粘等等，但应基本合律，必须像杜甫的《月夜》等名篇那样，即使有较大程度的突破，读起来仍然不失近体诗的格调和韵味。初学者如果一上来就放宽格律，便一辈子也入不了近体诗的门。"这是霍老一生治诗的至理名言。

第二编　常用词谱

概　说

　　本书收录常用词谱117调，按词牌正名首字的汉语拼音字母次序编排，并配以例词，标明平仄韵律，便于对照理解。每调前面有说明文字，应视为词谱内涵不可分割之一部分。

　　本书以初学者为对象，为创作服务。所选词牌，以小令为主，以较为熟悉的、相对难度较小的词牌为主。

　　例词以宋词为主，兼顾唐、五代，尽量选用名家的名作，兼顾不同风格、不同流派，以期大体反映唐宋词全貌。

　　由于历史的原因，有些词牌形成了大量变体、别格，有的多达几十种。这种杂芜纷乱的现象，显然不利于创作。因此，本书本着规范统一的原则，对同一词牌的各种变体、别格，通过比较、鉴别、校对，尽量删繁就简，选择最具典型性、代表性的体式。除少量常用变体、别格外，其余不选。归纳统一的原则是，同一词牌，对其正格首先列出；对于一些使用频率较高的、具有影响力的变体、别格，精选录入；对于全篇个别地方韵位不同、句读不同的体式，仅在"说明"中指出，不再另设一格。

宋人多有以方言入韵者，特别是真文、庚青通押现象。本书重在律谱，故对例词中的通韵现象，未做深辨。另外，个别地方有例谱不符者，可能与作者使用方言有关，应以谱为准。

本书使用的平仄符号如下：

－ 平声	⊖ 应平可仄
｜ 仄声	① 应仄可平
○ 平声韵	● 换平韵	◗ 再换平韵
△ 仄声韵	▲ 换仄韵	▼ 再换仄韵

词谱中的连续"可平可仄"，是分别在不同词例中出现的，并不是在同一词例中出现的。例如张志和《渔歌子》：

西塞山前白鹭飞，桃花流水鳜鱼肥。青箬笠，绿蓑
⊖①⊖⊖①①○　⊖⊖ －①｜⊖○　⊖①｜　｜－
衣，斜风细雨不须归。
○　⊖⊖①①｜⊖○

仅以第一句为例，其基本格式应该是：

西塞山前白鹭飞
⊖｜－－①｜○

我们看张松龄的一首《渔歌子》：

乐是风波钓是闲，草堂松桧已胜攀。太湖水，洞庭山，狂风浪起且须还。

第一句格式为"｜｜－－｜｜－"，正符合基本格式。再看周紫芝的一首《渔歌子》：

> 好个神仙张志和。平生只是一渔蓑。和月醉，棹船歌。乐在江湖可奈何。

第一句为"｜｜－－－｜－"，第五字可平可仄。

再看张志和的另一首《渔歌子》：

> 钓台渔父褐为裘，两两三三舴艋舟。能纵棹，惯乘流，长江白浪不曾忧。

第一句格式为"｜－－｜｜－－"，其中第二、四、六字便可平可仄了。再看李煜的一首《渔歌子》：

> 浪花有意千里雪，桃花无言一队春。一壶酒，一竿身，快活如侬有几人。

第一句为"｜－｜｜－｜－"，第二、三、四、五字可平可仄了。再看吕岩的一首《渔歌子》：

> 万劫千生得个人，须知先世种来因。速觉悟，出迷津，莫使轮回受苦辛。

第一句为"｜｜－－｜｜－"，正符合基本格式。综上所述，这一句的第一、二、三、四、五、六字，都出现过可平可仄，这就是词谱上连续六个"可平可仄"的依据。将以上现象综合分析可以看出，《渔歌子》的平仄格律类似七绝平起式和仄起式的分别运用。这是造成连续多个可平可仄的原因。其他词牌中也有连续多个可平可仄的现象，有的也是类似的原因所导致。

因此，在填词时遇到连续可平可仄，应考虑到其"应平应仄"的基本格式，参考诗律，只作个别调整即可，不可机械地连续用平或连续用仄。这一点必须注意。

　　为方便使用，本书将小令、中调、长调分别编排，并按照平韵格、仄韵格、平仄韵兼用格分门别类。对小令、中调、长调的划分，依据明刻本《类编草堂诗余》的划分，以58字（含以下者）为"小令"，以59至90字者为"中调"，以91字以上者为"长调"。同一调式以其正体正格为准，对其变体变格以及慢调，皆从属于正格，不再另行划分。对其用韵，也皆以其正体正格为准进行归类。

小 令 （60调）

1．卜算子

【说明】 双调44字。上、下片各22字、4句、2仄韵。

格二，上片、下片或上下片结句各增一字，化五言为六言折腰句。

【词谱·词例（王 观）（格一）】

水是眼波横，山是眉峰聚。欲问行人去那边？眉眼

〇｜｜－－　〇｜－－△　〇｜－－｜｜－　〇｜

盈盈处。　　才始送春归，又送君归去。若到江南赶上

－－△　　〇｜｜－－　〇｜－－△　〇｜－－｜｜

春，千万和春住。

－　〇｜－－△

【词谱·词例（张 先）（格二）】

梦短寒夜长，坐待清霜晓。临镜无人为整妆，但自

　｜｜－｜－　｜｜－－△　〇－－｜－－｜　｜｜

学、孤鸾照。　　楼台红树杪，风月依前好。江水东流郎

｜　－－△　　〇－－｜｜　〇｜－－△　〇｜－－－

在西，问尺素、何由到？

｜－　｜｜｜　－－△

2．采桑子

【说明】 又名《丑奴儿令》《罗敷艳歌》《罗敷媚》。双调44字。上、下片各22字、4句、3平韵。

格二，两结句各添二字，作四、五句式。

【词谱·词例（朱藻）（格一）】

障泥油壁人归后，满院花阴。楼影沉沉，中有伤春一
⊖　－⊖　｜　－　－　｜　　⊙　｜　－　○　　⊖　｜　－　○　　⊖　｜　－　－　⊙
片心。　　闲穿绿树寻梅子，斜日笼明，团扇风轻，一
｜　○　　　　　⊖　－⊖　｜　－　－　｜　　⊙　｜　－　○　　⊖　｜　－　○　　⊙
径杨花不避人。
｜　－　－　⊙　｜　○

【词谱·词例（李清照）（格二）】

窗前谁种芭蕉树？阴满中庭。阴满中庭，叶叶心心、
⊖　－⊖　｜　－　－　｜　　⊙　｜　－　○　　⊖　｜　－　○　　⊖　｜⊙　－
舒卷有馀情。　　伤心枕上三更雨，点滴凄清；点滴凄
⊙　｜　｜　－　○　　　　　⊖　－⊖　｜　－　－　｜　　⊙　｜　－　○　　⊖　｜　－
清，愁损离人、不惯起来听。
○　　⊖　｜⊙　－　　⊙　｜　｜　－　○

3．长相思

【说明】又名《双红豆》。双调36字。上、下片各18字、4句、3平韵、1叠韵。亦有不用叠韵者，见例二。

【词谱 · 词例（白居易）（例一）】

汴水流，泗水流，流到瓜洲古渡头，吴山点点愁。
⊙｜○　⊙｜○　⊖｜——⊙｜○　——⊙｜○
思悠悠，恨悠悠，恨到归时方始休，月明人倚楼。
⊙—－　⊙—－　⊙｜——⊖｜○　⊙—○｜○

【词谱 · 词例（曾　觌）（例二）】

清夜长，泛玉觞，照座江梅花正芳。风传细细香。
⊖｜○　⊙｜○　⊙｜——⊙｜○　——⊙｜○
围艳妆，留醉乡，一曲清歌声绕梁。尊前人断肠。
⊙—○　⊙｜○　⊙｜——⊙｜○　——⊙｜○

4．捣练子

【说明】又名《捣练子令》《深院月》。单调27字、5句、3平韵。

格二，结尾二句改为两个三字句，且叠为双调。上、下片第三句亦可作"｜｜－－｜｜○"。

【词谱·词例（李 煜）（格一）】

深院静，小庭空。断续寒砧断续风。无奈夜长人不
　〇｜｜　　｜－○　　⊖｜｜－－⊖｜○　　⊖｜⊙－－｜
寐，数声和月到帘栊。
｜　　｜｜－⊖｜｜－○

【词谱·词例（李 石）（格二）】

斟别酒，问东君。一年一度一回新。看百花，飘舞
　－｜｜　　｜－○　　⊙－｜｜｜－○　　｜｜｜－　　－｜
茵。　斟别酒，问行人。莫将别泪裛罗巾。早归来，依
－　　　－｜｜　　｜－○　　｜－｜｜｜－－　　｜－－　　－
旧春。
｜○

5. 点绛唇

【说明】 双调41字。上片20字、4句、3仄韵，下片21字、5句、4仄韵。上片第二句有增一暗韵者，如例二。

【词谱·词例（冯延巳）（例一）】

荫绿围红，飞琼家在桃源住。画桥当路，临水开朱
〇丨——　〇——丨——△　〇—〇△　〇丨——
户。　　柳径春深，行到关情处。颦不语。意凭风絮，
△　　　〇丨〇—　〇丨——△　〇〇△　〇—〇△
吹向郎边去。
〇丨——△

【词谱·词例（苏 轼）（例二）】

不用悲秋，今年身健还高宴。江村海甸。总作空
〇丨——　〇——△——△　〇—〇△　〇丨—
花观。　　尚想横汾，兰菊纷相半。楼船远。白云飞
—△　　　〇丨〇—　〇丨——△　〇〇△　〇—〇
乱。空有年年雁。
△　〇丨——△

6．更漏子

【说明】双调46字。上、下片各23字、6句。上片2仄韵、2平韵，下片换3仄韵、换2平韵。上片或下片首句亦可用韵。

格二，下片不换韵，上下片各23字、6句、2仄韵、2平韵。

【词谱·词例（温庭筠）（格一）】

玉炉香，红蜡泪，偏照画堂秋思。眉翠薄，鬓云残，
⊙〇－　〇⊙△　〇｜⊙－－△　〇⊙｜　｜－〇
夜长衾枕寒。　　梧桐树，三更雨，不道离情正苦。一
⊙－〇｜〇　　　－〇▲　〇〇▲　⊙｜〇－｜▲　⊙
叶叶，一声声，空阶滴到明。
⊙｜　｜－●　〇－⊙｜●

【词谱·词例（贺　铸）（格二）】

上东门，门外柳，赠别每烦纤手。一叶落，几番秋，
⊙〇－　〇⊙△　〇｜⊙－－△　〇⊙｜　｜－〇
江南独倚楼。　　曲阑干，凝伫久，薄暮更堪搔首。无际
⊙－〇｜〇　　　｜－－　〇⊙△　⊙｜〇－｜△　〇〇
恨，见闲愁，侵寻天尽头。
｜　｜－〇　〇－〇｜〇

7．归自谣

【说明】一作《归国谣》。双调34字。上、下片各17字、3句、3仄韵。

格二，双调43字。上片21字、4句、4仄韵，下片22字、4句、4仄韵。

【词谱·词例（冯延巳）（格一）**】**

春艳艳。江上晚山三四点。柳丝如剪花如染。　香
－｜△　　⊖｜①－－｜△　　①－⊖｜－－△　　⊖
闺寂寞门半掩。愁眉敛。泪珠滴破胭脂脸。
－①｜－①△　－⊖△　①－①｜－－△

【词谱·词例（韦　庄）（格二）**】**

春欲暮，满地落花红带雨。惆怅玉笼鹦鹉，单栖
－｜△　｜｜｜－－｜△　－｜｜－－△　－－
无伴侣。　　南望去程何许，问花花不语。早晚得同归
－｜△　　－｜｜－－△　｜－－｜△　｜｜｜－－
去，恨无双翠羽。
△　｜－－｜△

8. 河　传

【说明】唐宋人所作此调，句读韵脚，极不一致。仅取二格。格一、双调55字。上片27字、7句、6仄韵，下片28字、7句、换3仄韵、4平韵。下片第四、五句可叠韵。

格二，双调54字。上片26字、7句、4仄韵、3平韵，下片28字、7句、换3仄韵、换4平韵。下片第四、五句可叠韵。

【词谱 ·词例（温庭筠）（格一）】

湖上，闲望。雨潇潇，烟浦花桥路遥。谢娘翠蛾愁
⊖△　　－△　　｜－○　⊖｜⊖－①○　　①－①－○
不销。终朝，梦魂迷晚潮。　　荡子天涯归棹远。春已
①○　　⊖○　　①－－｜○　　①①－⊖－⊖①▲　⊖①
晚，莺语空肠断。若耶溪，溪水西，柳堤，不闻郎马嘶。
▲　⊖｜⊖－▲　　｜－●　⊖①●　柳●　｜－－｜●

【词谱 ·词例（辛弃疾）（格二）】

春水，千里。孤舟浪起，梦携西子。觉来村巷夕阳斜，
⊖△　　－△　　⊖－①△　　①－⊖△　①－①｜①⊖○
几家，短墙红杏花。　　晚云做造些儿雨。折花去，岸上
①○　　①－－｜○　　①－①－⊖－▲　　⊖－▲　　①｜
谁家女。太狂颠，笑那边，柳绵，被风吹上天。
－－▲　　①⊖●　⊖①①●　①｜●　⊖｜⊖－｜●

9．河渎神

【说明】双调49字。上片24字、4句、4平韵，下片25字、4句、4仄韵。此调多用以咏鬼神祠庙。

格二，上片同，下片2仄韵、2平韵。

【词谱·词例（温庭筠）（格一）】

河上望丛祠，庙前春雨来时。楚山无限鸟飞迟，兰棹
⊖｜｜－○　　⊕⊖－⊕－○　　⊕－⊖｜｜－○　　⊖⊕
空伤别离。　　何处杜鹃啼不歇，艳红开尽如血。蝉鬓美
⊖⊖⊕○　　　⊖⊕⊕⊖－⊕△　　⊕⊖－⊕⊖△　　⊖｜⊕
人愁绝，百花芳草佳节。
－⊖△　　⊕－－｜－△

【词谱·词例（张　泌）（格二）】

古树噪寒鸦，满庭枫叶芦花。昼灯当午隔轻纱，画阁
⊖｜｜－○　　⊕⊖－⊕－○　　⊕－⊖｜｜－○　　⊖⊕
珠帘影斜。　　门外往来祈赛客，翩翩帆落天涯。回首隔
⊖⊖⊕○　　　⊖⊖⊕｜－⊕△　　⊕⊖－⊕－○　　⊖｜⊕
江烟火，渡头三两人家。
－⊖△　　⊕－－｜－○

10．荷叶杯

【说明】单调23字、6句、2仄韵，2平韵，间换2仄韵。此调以平韵为主调，仄韵为辅。

格二，第三句添二字，末二句合成一句，且叠为双调，50字。上、下片各25字、5句，上片2仄韵，3平韵，下片换2仄韵、换3平韵。见例二。

【词谱 •词例（温庭筠）（格一）**】**

一点露珠凝冷，波影，满池塘。绿茎红艳两相乱，肠
⦶｜⦶－⊝△　－△　｜－◯　⦶－⊝｜｜－▲　－
断，水风凉。
▲　｜－◯

【词谱 •词例（韦 庄）（格二）**】**

记得那年花下，深夜，初识谢娘时。水堂西面画帘
⦶｜⦶－－△　－△　－｜｜－◯　⦶－－－○
垂，携手暗相期。　惆怅晓莺残月，相别，从此隔音
◯　⊝－｜｜－◯　　⊝－｜｜－▲　－▲　⊝｜｜－
尘。如今俱是异乡人，相见更无因。
●　⊝－－｜｜－●　－｜｜－●

11. 后庭花

【说明】又名《玉树后庭花》。双调44字。上、下片各22字、4句、4仄韵。

格二，双调44字。上、下片各22字、4句、3仄韵。

【词谱 ·词例（毛熙震）（格一）】

轻盈舞妓含芳艳，竞妆新脸。步摇珠翠修蛾敛。腻鬟
　⊖　－　①　｜　－　－　△　　｜　－　－　△　　①　⊖　－　①　－　⊖　△　　｜　⊖
云染。　歌声慢发开檀点，绣衫斜掩。时将纤手匀红
　－　△　　⊖　－　⊖　｜　－　－　△　　｜　－　－　△　　⊖　⊖　⊖　①　－　⊖
脸，笑拈金靥。
　△　　｜　⊖　－　△

【词谱 ·词例（张　先）（格二）】

宝床香重春眠觉。鱿窗难晓。新声丽色千人，歌后庭
　⊖　－　⊖　｜　－　－　△　　｜　－　－　△　　⊖　⊖　－　①　－　⊖　｜　⊖
清妙。　青骢一骑来飞鸟。靓妆难好。至今落日寒蟾，照
　－　△　　－　－　①　｜　－　－　△　　①　⊖　－　△　　①　－　①　｜　－　⊖　　｜
台城秋草。
　⊖　－　－　△

12．画堂春

【说明】 双调47字。上片24字、4句、4平韵，下片23字、4句、3平韵。

格二，双调结句亦有增一字，作5字句者，为别格。

【词谱 ·词例（秦观）（格一）】

落红铺径水平池，弄晴小雨霏霏。杏花憔悴杜鹃啼，
　⊙－⊖｜｜－○　　⊙－⊖｜｜－○　　⊙－⊖｜｜－○
无奈春归。　　柳外画楼独上，凭栏手捻花枝。放花无语
⊖｜－○　　　　⊙｜⊙－⊙｜　　　⊖－⊙｜｜－○　　⊙－⊖｜
对斜晖。此恨谁知？
｜－○　　⊙｜｜－○

【词谱 ·词例（黄庭坚）（格二）】

摩围小隐枕蛮江，蛛丝闲锁晴窗。水风山影上修廊，
　⊖－⊙｜｜－○　　⊖－⊖｜－○　　⊙－⊖｜｜－○
不到晚来凉。　　相伴蝶穿花径，独飞鸥舞春光。不因送
⊙｜｜－○　　　　⊖｜⊙－⊖｜　　　⊙－⊖｜－○　　⊙｜⊙
客下绳床，添火炷炉香。
｜｜－○　　⊖｜｜－○

13．浣溪沙

【说明】又名《山花子》。双调42字。上片21字、3句、3
平韵，下片21字、3句、2平韵。过片二句多用对偶。

【词谱·词例（晏　殊）（例一）】

一曲新词酒一杯，去年天气旧亭台，夕阳西下几时
①｜⊖－①｜○　　①－⊖｜｜－○　　⊖－⊖｜｜－
回。　　无可奈何花落去，似曾相识燕归来，小园香径独
○　　　　⊖｜①－－｜｜　　①－⊖｜｜－○　　①－⊖｜｜
徘徊。
－○

【词谱·词例（王安石）（例二）】

百亩中庭半是苔，门前白道水萦回。爱闲能有几人
①｜⊖－①｜○　　⊖－①｜｜－○　　①－⊖｜｜－
来。　　小院回廊春寂寂，山桃溪杏两三栽。为谁零落为
○　　　　①｜⊖－－｜｜　　⊖－⊖｜｜－○　　①－⊖｜｜
谁开。
－○

14．摊破浣溪沙

【说明】于《浣溪沙》上下片结处摊破，各增三字一句。双调48字。上片24字、4句、3平韵，下片24字、4句、2平韵。

格二，上片第三句末三字亦可作"545"，如诗律，是为别格。

【词谱·词例（贺　铸）（格一）**】**

　　曲磴斜阑出翠微，西州回首思依依。风物宛然长在
　Ⓞ｜－－｜｜Ⓞ　　⊖－⊖｜｜－－　　⊖｜Ⓞ｜－－｜
眼，只人非。　　绿树隔巢黄鸟并，沧洲带雨白鸥飞。多
｜　　｜－Ⓞ　　Ⓞ｜Ⓞ｜－－｜｜　　⊖－Ⓞ｜｜－Ⓞ　Ⓞ
谢子规啼劝我，不如归。
｜Ⓞ－－｜｜　　｜－Ⓞ

【词谱·词例（李　璟）（格二）**】**

　　菡萏香销翠叶残，西风愁起绿波间。还与韶光共憔
　⊖｜－－｜｜Ⓞ　　⊖－⊖｜｜－Ⓞ　　⊖｜Ⓞ－｜－
悴，不堪看。　　细雨梦回鸡塞远，小楼吹彻玉笙寒。多少
｜　　｜－Ⓞ　　Ⓞ｜Ⓞ｜－－｜　　Ⓞ－Ⓞ｜｜－Ⓞ　⊖｜
泪珠何限恨，倚阑干。
Ⓞ－－｜｜　　｜－Ⓞ

15．江城子

【说明】一作《江神子》。单调35字、7句、5平韵。

格二，叠作双调。首句亦可作"① | ー ー | | ー"，第四句亦可作"① | ⊖ ー"。

【词谱 ·词例（牛 峤）（单调）】

鹧鸪飞起郡城东。碧江空，半滩风。越王宫殿，苹叶
⊖ ー ⊖ | | ー⊖　| ー⊖　| ー⊖　⊖ ー① |　⊖ |
藕花中。帘卷水楼鱼浪起，千片雪，雨濛濛。
| ー⊖　① | ⊖ ー | |　ー① |　| ー⊖

【词谱 ·词例（苏 轼）（双调）】

老夫聊发少年狂。左牵黄，右擎苍。锦帽貂裘，千骑
① ー ⊖ | | ー⊖　| ー⊖　| ー⊖　⊖ ー⊖ ー　⊖ |
卷平冈。为报倾城随太守，亲射虎，看孙郎。酒酣胸胆
| ー⊖　① | ⊖ ー ー | |　ー① |　| ⊖ ー⊖　① | ⊖ |
尚开张。鬓微霜，又何妨。持节云中，何日遣冯唐。会
| ー⊖　| ー⊖　| ー⊖　⊖ | ⊖ ー　⊖ | | ー⊖　①
挽雕弓如满月，西北望，射天狼。
| ⊖ ー ー | |　ー① |　| ー⊖

16．酒泉子

【说明】双调41字。上片19字、下片22字、各5句；上片2平韵，2仄韵，下片2平韵，换2仄韵。以平韵为主，仄韵为辅。

此调句式，用韵较乱，今举其差别较大之一例，为格二，余不赘举。双调45字；上片21字，4句、2平韵，下片24字、4句、3平韵。

【词谱 ·词例（温庭筠）（格一）**】**

罗带惹香，犹系别时红豆。泪痕新，金缕旧，断离
⊖丨①○　⊖丨①－⊖△　①⊖－　－①△　丨－
肠。　　一双娇燕语雕梁，还是去年时节。绿杨浓，芳草
○　　①－⊖丨丨－○　⊖丨丨－－▲　①⊖－　⊖①
歇，柳花狂。
▲　丨－○

【词谱 ·词例（辛弃疾）（格二）**】**

流水无情，潮到空城头尽白，离歌一曲怨残阳。断人
⊖丨－－　⊖丨①－丨丨　－－丨丨丨－－　丨－
肠。　　东风官柳舞雕墙。三十六宫花溅泪，春声何处说
○　　－－－丨丨－○　⊖丨①－－丨丨　－－①丨丨
兴亡。燕双双。
－○　丨－○

17．浪淘沙

【说明】又名《卖花声》《浪淘沙令》。双调54字。上、下片各27字、5句、4平韵。

格二，有上下片起句减一字者，为别格。

【词谱·词例（李　煜）（格一）】

帘外雨潺潺，春意阑珊。罗衾不耐五更寒。梦里不知
　⊖丨丨一○　⊖丨一○　⊖一①丨丨一○　①丨①○一

身是客，一晌贪欢。　　独自莫凭阑，无限江山。别时容
一丨丨　①丨一○　　①丨丨一○　⊖丨一○　①一⊖

易见时难。流水落花春去也，天上人间。
丨丨一一　⊖丨①一一丨丨　⊖丨一○

【词谱·词例（柳　永）（格二）】

有个人人，飞燕精神。急锵环佩上华裀。促拍尽随红
①丨一○　⊖丨一○　一⊖丨丨一○　①丨①一一

袖举，风柳腰身。　　簌簌轻裙，妙尽尖新。曲终独立敛
丨丨　⊖丨一○　　①丨一○　①丨一○　①一①丨丨

香尘。应是西施娇困也，眉黛双颦。
一○　⊖丨⊖一一丨丨　⊖丨一○

18．临江仙

【说明】 双调58字。上、下片各29字、5句、3平韵。

此为正格。又有上下片首句作七字句 "1425445"，或为 "2514455" 者，见例二；又有上下片首句作七字句，倒第二句作 "2415"，或者后片换韵者，见例三。

【词谱 ·词例（晏几道）】

梦后楼台高锁，酒醒帘幕低垂。去年春恨却来时。落
　①｜——｜　　⊖—⊖｜—○　①—⊖｜｜—①　⊖
花人独立，微雨燕双飞。　　记得小蘋初见，两重心字罗
—⊖｜｜　　①｜｜—○　　　①｜⊖——｜　　⊖—①｜—
衣。琵琶弦上说相思。当时明月在，曾照彩云归。
○　　⊖—⊖｜｜—○　①——｜｜　　⊖｜｜—○

【词谱 ·词例（苏　轼）（例二）】

夜饮东坡醒复醉，归来仿佛三更。家童鼻息已雷鸣。
　①｜——⊖｜｜　　⊖—⊖｜—○　　⊖—①｜｜—○
敲门都不应，倚杖听江声。　　长恨此身非我有，何时忘
⊖——｜｜　　①｜｜—○　　　⊖｜①——｜｜　　⊖—①
却营营。夜阑风静縠纹平。小舟从此逝，江海寄余生。
｜—○　①—⊖｜｜—○　①——｜｜　　⊖｜｜—○

【词谱 · 词例（冯延巳）（例三）】

冷红飘起桃花片，青春意绪阑珊。高楼帘幕卷轻寒。
⦶－⊖｜－－｜　⊖－⦶｜－⊖　⊖－⊖｜｜－－
酒余人散，独自倚阑干。　夕阳千里连芳草，风光愁杀
⦶－⊖｜　⊖｜｜－⊖　　⦶－⊖｜－－｜　⊖－⊖｜
王孙。徘徊飞尽碧天云。凤城何处，明月照黄昏。
－⊖　⊖－⊖｜｜－⊖　⦶－⊖｜　⊖｜｜－⊖

19．柳梢青

【说明】 又名《陇头月》。双调49字。上片24字、6句、3平韵，下片25字、5句、3平韵。

格二，句数、字数皆相同，例用入声韵。

【词谱·词例（秦观）（平韵格）**】**

岸草平沙，吴王故苑，柳袅烟斜。雨后寒轻，风前香
⊙｜－〇　⊖－⊙｜　⊖⊙－〇　⊙｜－－　⊖－〇
细，春在梨花。　行人一棹天涯，酒醒处、残阳乱鸦。门
｜　⊖｜－〇　　⊖－⊙｜－〇　⊙⊙｜　－－｜〇　⊖
外秋千，墙头红粉，深院谁家。
｜－－　⊖－⊖｜　⊖｜－〇

【词谱·词例（贺铸）（仄韵格）**】**

子规啼血，可怜又是、春归时节。满院东风，海棠铺
｜－－△　｜－⊖｜　⊖－－△　⊙｜－－　⊙－〇
绣，梨花飞雪。　丁香露泣残枝，算未比、愁肠寸结。自
｜　⊖－－△　　⊖－⊙｜－－　⊙⊙｜　－－｜△　⊙
是休文，多情多感，不干风月。
｜－－　⊙－⊖｜　⊖－－△

20．木兰花

【说明】或名《木兰花令》。双调56字。上、下片各28字、4句、3仄韵。

【词谱・词例（宋 祁）（例一）】

东城渐觉风光好，縠皱波纹迎客棹。绿杨烟外晓寒
　⊖－①｜－－△　①｜⊖－－｜△　⊖－①｜｜－
轻，红杏枝头春意闹。　　浮生长恨欢娱少，肯爱千金轻
－　①｜⊖－－｜△　　⊖－①｜－－△　①｜①－－
一笑？为君持酒劝斜阳，且向花间留晚照。
｜△　⊖－①｜｜－－　①｜⊖－－｜△

【词谱・词例（贺 铸）（例二）】

秦弦络络呈纤手，宝雁斜飞三十九。徵韶新谱日边
　⊖－①｜－－△　①｜⊖－－｜△　⊖－⊖｜｜－
来，倾耳吴娃惊未有。　　文园老令难堪酒，蜜炬垂花知
－　⊖｜⊖－－｜△　　⊖－①｜－－△　①｜⊖－－
夜久。更须妩媚做腰肢，细学永丰坊畔柳。
｜△　①－①｜｜－－　①｜①－－｜△

【附注】此调格式纷乱，且与《玉楼春》相混淆，多名实不副者，颇费考辨。今从《唐声诗》说"平起为《木兰花》，仄起为《玉楼春》"定之。在一、三、五、七句中，或有拆成两个三字句者，为别格，不赘录。

21．减字木兰花

【说明】由《木兰花》减字而成，可参照原词。双调44字，上、下片各22字、上片4句、2仄韵、2平韵，下片4句、换2仄韵、换2平韵。

【词谱 · 词例（王安国）（例一）】

　　画桥流水，雨湿落红飞不起。月破黄昏，帘里余香马
　　⊙－⊝△　　⊙｜⊙－－｜△　　⊙｜－○　　⊝｜－－⊙
上闻。　　徘徊不语，今夜梦魂何处去？不似垂杨，犹解
｜○　　　　⊝－⊙▲　　⊝｜⊙－－｜▲　　⊙｜－●　　⊙｜
飞花入洞房。
－－⊙｜●

【词谱 · 词例（秦　观）（例二）】

　　天涯旧恨，独自凄凉人不问。欲见回肠，断尽金炉小
　　⊝－⊙△　　⊙｜⊝－－｜△　　⊙｜－○　　⊙｜－－⊙
篆香。　　黛蛾长敛，任是春风吹不展。困倚危楼。过尽
｜○　　　　⊙－⊝▲　　⊝｜⊝－－｜▲　　⊙｜－●　　⊙｜
飞鸿字字愁。
－－⊙｜●

22．南歌子

【说明】又名《南柯子》《风蝶令》《春宵曲》。单调26字、5句、3平韵。例用对句起。宋人多用同一格式重填一片，叠为双调。

【词谱·词例（张 泌）（单调）】

柳色遮楼暗，桐花落砌香。画堂开处晚风凉，高卷水
｜｜－－｜　－－｜｜〇　◐－〇｜｜－〇　〇｜◑

精帘额衬斜阳。
－〇｜｜－〇

【词谱·词例（吕本中）（双调）】

驿路侵斜月，溪桥度晓霜。短篱残菊一枝黄，正是乱
｜｜－－｜　－－｜｜〇　◐－〇｜｜－〇　〇｜◑

山深处过重阳。　　旅枕元无梦，寒更每自长。只言江左
－〇｜｜－〇　　｜｜－－｜　－－｜｜〇　◐－〇｜

好风光，不道中原归思转凄凉。
｜－〇　〇｜－〇－〇｜｜－〇

23．南乡子

【说明】单调27字、5句、2平韵、3仄韵。首句有用四字者，亦有用六字折腰者；有平韵到底不换仄韵者。今以此为定格。

格二，双调56字、上、下片各28字、5句、4平韵。首句四字五字均可。

【词谱·词例（冯延巳）（格一）】

细雨泣秋风，金凤花残满地红。闲蹙黛眉慵不语，情
丨 丨 丨 —○　　◑ 丨 —— 丨 丨 ○　　◑ 丨 —— —— 丨 △　　—
绪。寂寞相思知几许。
△　　◑ 丨 ———— 丨 △

【词谱·词例（辛弃疾）（格二）】

何处望神州？满眼风光北固楼。千古兴亡多少事，悠
⊖ 丨 丨 —○　　◑ 丨 —— 丨 丨 ○　　⊖ 丨 —— —— 丨 丨　　—
悠，不尽长江滚滚流。　　年少万兜鍪，坐断东南战未
○　　◑ 丨 —— 丨 丨 ○　　　　⊖ 丨 丨 —○　　◑ 丨 —— 丨 丨
休。天下英雄谁敌手？曹刘。生子当如孙仲谋。
○　　⊖ 丨 —— 丨 丨　　—○　　⊖ 丨 ——⊖ 丨 ○

24．菩萨蛮

【说明】又名《子夜歌》《重叠金》。双调44字。上片24字、4句、2仄韵、2平韵，下片20字、4句、换2仄韵、换2平韵。平仄递转，情调由紧促转低沉，历来名作最多。

【词谱 ·词例（李 白）(例一)】

平林漠漠烟如织，寒山一带伤心碧。暝色入高楼，有
人楼上愁。 玉阶空伫立，宿鸟归飞急。何处是归程？长
亭连短亭。

【词谱 ·词例（辛弃疾）（例二）】

郁孤台下清江水，中间多少行人泪。西北是长安，可
怜无数山。 青山遮不住，毕竟东流去。江晚正愁余，山
深闻鹧鸪。

25．清平乐

【说明】又名《忆萝月》《醉东风》。双调46字。上片22字、4句、4仄韵，下片24字、4句、3平韵。

【词谱·词例（李　煜）（例一）】

别来春半，触目柔肠断。砌下落梅如雪乱，拂了一身
⊙－⊖△　⊙｜－－△　⊙｜⊙－－⊙△　⊙｜⊙－
还满。　　雁来音信无凭，路遥归梦难成。离恨恰如春
⊖△　　⊙－⊖｜－○　⊙－⊖｜－○　⊖｜⊙－⊖
草，更行更远还生。
｜　⊙⊖⊙｜－○

【词谱·词例（辛弃疾）（例二）】

茅檐低小，溪上青青草。醉里吴音相媚好，白发谁家
⊖－⊖△　⊙｜－－△　⊙｜⊖－－⊙△　⊙｜⊖－
翁媪。　　大儿锄豆村东，中儿正织鸡笼。最喜小儿无
⊖△　　⊙－⊖｜－○　⊖－⊙｜－○⊙｜⊙－⊖
赖，溪头卧剥莲蓬。
｜　⊙⊖⊙｜－○

26．鹊桥仙

【说明】 双调56字。上、下片各28字、5句、2仄韵。

【词谱 ·词例（秦 观）(例一)**】**

纤云弄巧，飞星传恨，银汉迢迢暗度。金风玉露一相
〇－⊙｜　〇－〇｜　〇｜〇－⊙△　〇－⊙｜｜－
逢，便胜却、人间无数。　　柔情似水，佳期如梦，忍顾
－　⊙⊙｜　〇－〇△　　〇－⊙｜　〇－〇｜　⊙｜
鹊桥归路？两情若是久长时，又岂在、朝朝暮暮。
⊙－〇△　⊙－⊙｜｜－－　⊙⊙｜　〇－⊙△

【词谱 ·词例（辛弃疾）(例二)**】**

松冈避暑，茅檐避雨，闲去闲来几度。醉扶孤石看飞
〇－⊙｜　〇－⊙｜　〇｜〇－⊙△　⊙－〇｜｜－
泉，又却是、前回醒处。　　东家娶妇，西家归女，灯火
－　⊙⊙｜　〇－〇△　　〇－⊙｜　〇－〇｜　〇｜
门前笑语。酿成千顷稻花香，夜夜费、一天风露。
〇－⊙△　⊙－〇｜｜－－　⊙⊙｜　〇－〇△

27．人月圆

【说明】又名《青衫湿》。双调48字。上片24字、5句、2平韵，下片24字、6句、2平韵。

【词谱·词例（王　诜）】

小桃枝上春来早，初试薄罗衣。年年此夜，华灯
①－⊖｜－－｜　⊖｜｜－⊖　⊖－①｜　－－
竞处，人月圆时。　　　禁街箫鼓，寒轻夜永，纤手同
①｜　⊖｜－⊖　　　①－⊖｜　⊖－①｜　⊖｜－
携。夜阑人静，千门笑语，声在帘帏。
⊖　①－⊖｜　⊖－①｜　⊖｜－⊖

【词谱·词例（汪梦斗）（例二）】

寻常一样窗前月，人只看中秋。年年今夜，争寻诗
①－⊖｜－－｜　⊖｜｜－⊖　⊖－①｜　－－⊖
酒，共上高楼。　　一夜明镜，能圆几度，白了人头。良
｜　①｜－⊖　　①－⊖｜　⊖－①｜　⊖｜－⊖　⊖
辰美景，赏心乐事，输少年游。
－①｜　①－①｜　⊖｜－⊖

28．如梦令

【说明】又名《宴桃源》《忆仙姿》。单调33字、7句、5
仄韵、1叠韵。第五、六句，例用叠韵。

【词谱 ·词例（李存勖）（例一）】

  曾宴桃源深洞，一曲舞鸾歌凤。长记别伊时，和泪出
  〇丨〇－〇△ ①丨①－〇△ 〇丨丨－－ 〇丨①
门相送。如梦，如梦。残月落花烟重。
－〇△ 〇△ 〇△ 〇丨①－〇△

【词谱 ·词例（李清照）（例二）】

  昨夜雨疏风骤，浓睡不消残酒。试问卷帘人，却道海
  ①丨①－〇△ ①丨①－〇△ ①丨丨－－ ①丨①
棠依旧。知否？知否？应是绿肥红瘦。
－〇△ 〇△ 〇△ 〇丨①－〇△

29．阮郎归

【**说明**】又名《醉桃源》《碧桃春》。双调47字。上片24字、4句、4平韵，下片23字、5句、4平韵。

【**词谱 · 词例**（晏几道）（例一）】

旧香残粉似当初。人情恨不如。一春犹有数行书。秋
〇－〇｜｜－〇　〇－〇｜〇　〇｜－〇｜｜－〇　〇

来书更疏。　衾风冷，枕鸳孤。愁肠待酒舒。梦魂纵有
－〇｜〇　　〇〇｜　｜－〇　〇－〇｜〇　〇－〇｜

也成虚。那堪和梦无。
｜－〇　〇－〇｜〇

【**词谱 · 词例**（秦　观）（例二）】

湘天风雨破寒初，深沉庭院虚。丽谯吹罢小单于，迢
〇－〇｜｜－〇　〇－〇｜〇　〇｜－〇｜｜－〇　〇

清夜徂。　乡梦断，旅魂孤，峥嵘岁又除。衡阳犹有雁
－〇｜〇　　〇〇｜　｜－〇　〇－〇｜〇　〇－〇｜｜

传书，郴阳和雁无。
－〇　〇－〇｜〇

30．三字令

【说明】双调48字。上、下片各24字、8句、4平韵。

格二，于上下片第二句后各增一句"455"作成对偶，为别格。

【词谱 ·词例（欧阳炯）（格一）】

春欲尽，日迟迟，牡丹时。罗幌卷，翠帘垂。彩笺
－｜｜　　｜－○　　｜－○　　｜－｜　　｜－○　　｜－

书，红粉泪，两心知。　人不在，燕空归，负佳期。香
－　　－｜｜　　｜－○　　－｜｜　　｜－○　　｜－○　　－

烬落，枕函敧。月分明，花淡薄，惹相思。
｜｜　　｜－○　　｜－－　　－｜｜　　｜－○

【词谱 ·词例（向子諲）（格二）】

春尽日，雨余时。红蔌蔌，绿漪漪。花满地，水平
－｜｜　　｜－○　　－｜｜　　｜－○　　｜－｜　　｜－

池。烟光里，云影上，画船移。　纹鸳并，白鸥飞。歌
○　　－－｜　　－｜｜　　｜－○　　－－｜　　｜－○　　－

韵响，酒行迟。将我意，入新诗。春欲去，留且住，莫
｜｜　　｜－○　　－｜｜　　｜－○　　－｜｜　　－｜｜　　｜

教归。
－○

31．上行杯

【说明】双调39字。上片24字、4句、4仄韵，下片15字、5句、换4仄韵。

格二，双调41字。上片26字、4句、3仄韵，下片15字、4句、3仄韵。

【词谱 ·词例（孙光宪）（格一）**】**

离棹逡巡欲动，临极浦、故人相送。去住心情知不
－｜－－｜△　　－｜｜　｜－－△　　｜｜｜｜｜
共。金船满捧。　　绮罗愁，丝管咽，迥别。帆影灭，江
△　－－｜△　　　｜－－　－｜▲　｜▲　－｜▲　－
浪如雪。
｜－▲

【词谱 ·词例（韦 庄）（格二）**】**

芳草灞陵春岸，柳烟深、满楼弦管。一曲离声肠寸
⊝｜－－－△　　－－－　　｜⊝－△　①｜－－－｜
断。今日送君千万。　　红缕玉盘金镂盏，须劝。珍重
△　－｜｜｜－△　　　－｜｜｜－｜△　－△　　－｜
意，莫辞满。
｜　｜－△

32．少年游

【说明】双调50字。上片25字、5句、3平韵，下片25字、5句、2平韵。此调以晏词为正格。

格二，第一句折成两个四字句；格三，结尾三句作七言一句、三言二句者；皆为别格。可平可仄处可互相参校。

【词谱 ·词例（晏 殊）（格一）（例一）】

芙蓉花发去年枝，双燕欲归飞。兰堂风软，金炉香
⊖ — ⊖ | | — ○　⊖ | | — ○　⊖ | — —⊙

暖，新曲动帘帷。　家人并上千春寿，深意满琼厄。绿
|　⊖ | | — ○　　— — ⊙ | — — |　⊖ | | — ○　⊙

鬓朱颜，道家装束，长似少年时。
| ⊖ —　 | — ⊖ |　⊖ | | — ○

【词谱 ·词例（晁元礼）（格一）（例二）】

建溪灵草已先尝，欢意尚难忘。未放笙歌，暂留簪
⊙ — ⊖ | | — ○　⊖ | | — ○　⊙⊙ — ⊖　⊙ — ⊖

佩，犹有紫芝汤。　醉中纤手殷勤捧，欲去断人肠。绛
|　⊖ | | — ○　　— — ⊖ | — — |　⊖ | | — ○　⊙

蜡迎归，绣鞍扶下，笑语尽闻香。
| ⊖ —　 | — ⊖ |　⊙ | | — ○

【词谱 · 词例（周邦彦）（格二）】

　　并刀如水，吴盐胜雪，纤手破新橙。锦幄初温，兽烟
　　ー ー ー |　 ー ー | |　 ー | | ー○　 | | ー ー　 | ー
不断，相对坐调筝。　　低声问、向谁行宿，城上已三
⊖ |　 ⊖ | | ー○　 　 ー ー |　 | ー ー |　 ー | | ー
更。马滑霜浓，不如休去，直是少人行。
○　 | | ー ー　 | ー ⊖ |　 ⊖ | | ー○

【词谱 · 词例（苏 轼）（格三）】

　　去年相送，余杭门外，飞雪似杨花。今年春尽，杨花
　　| ー ー |　 ー ー ー |　 ー | | ー○　 ー ー ー |　 ー
似雪，犹不见还家。　　对酒卷帘邀明月，风露透窗纱。恰
| |　 ー | | ー○　 　 | | | ー ー ー |　 ー | | ー○　 |
似姮娥怜双燕，分明照，画梁斜。
| ー ー ー ー |　 ー ー |　 | ー○

33．生查子

【说明】 双调40字。上、下片各20字、4句、2仄韵。例一作者有署朱淑真作，古今词话多有辨。今依胡云翼《宋词选》署欧阳修作，为正格。

各家平仄颇多出入。仅录一常见别格，作为例二。其中平仄变化，亦如诗中之律句。

【词谱 · 词例（欧阳修）（例一）**】**

去年元夜时，花市灯如昼。月上柳梢头，人约黄昏
〇－①｜－　①｜－－△　①｜｜－－　①｜－－

后。　今年元夜时，月与灯依旧。不见去年人，泪湿春
△　　〇－①｜－　①｜－－△　①｜｜－－　①｜－

衫袖。
－△

【词谱 · 词例（晏几道）（例二）**】**

坠雨已辞云，流水难归浦。遗恨几时休，心抵秋莲
①－〇｜－　〇｜－－△　〇｜｜－－　〇｜－－

苦。　忍泪不能歌，试托哀弦语。弦语愿相逢，知有相
△　　①｜｜－－　①｜－－△　〇｜｜－－　〇｜－

逢否？
－△

34．十六字令

【说明】又名《苍梧谣》《归字谣》。单调16字、4句、3平韵。

【词谱·词例（蔡　伸）（例一）】

天。休使圆蟾照客眠。人何在，桂影自婵娟。
○　　⊕丨－－⊕丨○　　－－丨　⊕丨丨－○

【词谱·词例（张孝祥）（例二）】

归。猎猎西风卷绣旗。拦教住，重举送行杯。
○　　⊕丨－－⊕丨○　　－－丨　⊖丨丨－○

【词谱·词例（袁去华）（例三）】

归。目断吾庐小翠微。斜阳外，白鸟傍山飞。
○　　⊕丨－－⊕丨○　　－－丨　⊕丨丨－○

35．霜天晓角

【说明】又名《月当窗》。双调43字。上片21字、下片22字、各4句、3平韵。过片可含1暗韵，亦可作二三断句。各家颇不一致。

格二，改用仄韵，句读不变，可平可仄处可以互参。

【词谱 ·词例（蒋 捷）（平韵格）**】**

人影窗纱，是谁来折花？折则从他折去，知折去、向
－｜－○　｜－－｜○　｜｜－－｜　－①｜　①

谁家？　檐牙枝最佳，折时高折些。说与折花人道：须
－○　　⊖○－｜○　｜－－｜○　①｜①－－｜　⊖

插向、鬓边斜。
｜｜　①－○

【词谱 ·词例（辛弃疾）（仄韵格）**】**

吴头楚尾，一棹人千里。休说旧愁新恨，长亭树、今
－｜①△　｜－－｜△　｜｜｜－－｜｜　－①｜　⊖

如此。　宦游吾倦矣，玉人留我醉：明日落花寒食，得
－△　　①－－｜△　｜－－｜△　①｜①－－｜　①

且住、为佳耳。
｜｜　①－△

36．诉衷情

【说明】又名《一丝风》。此调有两格。格一为平仄韵转换格，单调33字、11句、3仄韵、换2仄韵、6平韵。平韵为主调，仄韵为辅。

格二，为平韵格，双调44字。上片23字、4句、3平韵，下片21字、6句、3平韵。

【词谱·词例（温庭筠）（平仄韵转换格）**】**

莺语，花舞，春昼午，雨霏微。金带枕，宫锦，
－△　－△　－｜△　｜－○　｜｜▲　－▲

凤凰帷。柳弱燕交飞，依依。辽阳音信稀，梦中归。
｜－○　⊙｜｜－○　－○　⊖－－｜○　｜－○

【词谱·词例（陆游）（平韵格）**】**

当年万里觅封侯，匹马戍梁州。关河梦断何处？尘暗
⊖－⊙｜｜－○　⊙｜｜－○　⊖⊖⊙⊙－｜　⊖｜

旧貂裘。　胡未灭，鬓先秋，泪空流。此生谁料，心在
｜－○　　－｜｜　｜－○　｜－○　⊙｜－｜　⊖｜

天山，身老沧洲。
－－　⊖｜－○

37．踏莎行

【说明】一名《喜朝天》。双调58字。上、下片各29字、5句、3仄韵。四言双起，例用对偶。

【词谱·词例（秦　观）（例一）**】**

雾失楼台，月迷津渡。桃源望断无寻处。可堪孤馆闭
⊙｜－－　⊙－⊖△　⊖－⊙｜－－△　⊙－⊖｜｜
春寒，杜鹃声里斜阳暮。　　驿寄梅花，鱼传尺素。砌成
－－　⊖－⊙｜－－△　　⊙－⊖｜－－　⊖－⊙｜　⊖－
此恨无重数。郴江幸自绕郴山，为谁流下潇湘去。
⊙｜－－△　⊖－⊙｜｜－－　⊖－⊖｜－－△

【词谱·词例（晏　殊）（例二）**】**

小径红稀，芳郊绿遍。高台树色阴阴见。春风不解禁
⊙｜－－　⊖－⊙△　⊖－⊙｜－－△　⊖－⊙｜｜
杨花，蒙蒙乱扑行人面。　　翠叶藏莺，朱帘隔燕。炉香
－－　⊖－⊙｜－－△　　⊙｜－－　⊖－⊙△　⊖－
静逐游丝转。一场愁梦酒醒时，斜阳却照深深院。
⊖｜－－△　⊙－⊖｜｜－－　⊖－⊙｜－－△

38．太常引

【说明】双调49字。上片24字、4句、4平韵，下片25字、5句、3平韵。

格二，第二句五字改为六字折腰，为别格。

【词谱 ·词例（辛弃疾）（格一）】

一轮秋影转金波，飞镜又重磨。把酒问姮娥：被白
〇－〇｜｜－〇　　〇｜｜｜－〇　　〇｜｜－〇　　｜〇
发、欺人奈何？　　乘风好去，长空万里，直下看山河。斫
｜　－－｜〇　　　　〇－〇｜　　〇－〇｜　　〇｜｜－〇　　〇
去桂婆娑，人道是、清光更多。
｜｜－〇　　〇〇｜　　－－｜〇

【词谱 ·词例（沈端节）（格二）】

三三五五短长亭，都只解、送人行。天远树冥冥，怅
〇－〇｜｜－〇　　〇｜｜　　｜－〇　　〇｜｜－〇　　｜
好梦、才成又惊。　　夜堂歌罢，小楼钟断，归路已闻
〇｜　－－｜〇　　　　〇｜－〇｜　　〇｜－〇｜　　〇｜｜－
莺。应是困矕腾，问心绪、而今怎生。
〇　〇｜｜－〇　　｜〇｜　　－－｜〇

39．天仙子

【说明】单调34字、6句、5仄韵。又可叠为双调。

【词谱 · 词例（皇甫松）（单调）】

晴野鹭鸶飞一只，水蕲花发秋江碧。刘郎此日别天
⊖ | ① − − | △　　① ⊖ − ① − ⊖ △　　⊖ − ① | | −
仙，登绮席，泪珠滴，十二晚峰高历历。
−　　⊖ ① △　　① ⊖ △　　① | ① − − | △

【词谱 · 词例（张 先）（双调）】

水调数声持酒听，午醉醒来愁未醒。送春春去几时
① | ① − − | △　　① | ① − − | △　　① − ⊖ | | −
回？临晚镜，伤流景，往事后期空记省。　　沙上并禽池
−　　⊖ ① △　　− ⊖ △　　① | ① − − | △　　　　⊖ | ① − −
上暝，云破月来花弄影。重重帘幕密遮灯，风不定，人
| △　　⊖ | ① − − | △　　⊖ − ⊖ | | − −　　⊖ ① △　　−
初静，明日落红应满径。
⊖ △　　⊖ | ① − − | △

40．调笑令

【说明】又名《古调笑》《宫中调笑》《调啸词》《转应曲》。单调32字、8句、4仄韵、2叶平韵、2叠韵。

【词谱·词例（韦应物）（例一）】

胡马，胡马，远放燕支山下。跑沙跑雪独嘶，东望西
－△　　－△　　⊙|⊙－　－⊖△　　⊙－⊙|⊖○　　－|－
望路迷。迷路，迷路，边草无穷日暮。
－|○　　－△　　－△　　－|⊖－⊙△

【词谱·词例（苏　轼）（例二）】

渔父，渔父，江上微风细雨。青蒻黄箬裳衣，红酒白
－△　　－△　　⊖⊙⊖－⊙△　　⊖－－|－○　　－|⊙
鱼暮归。归暮，归暮，长笛一声何处。
－|○　　－△　　－△　　－|⊖－⊖△

【词谱·词例（王　建）（例三）】

团扇，团扇，美人病来遮面。玉颜憔悴三年，谁复商
－△　　－△　　⊙|⊖⊙－　⊙|△　　⊙|－|－○　　－|⊖
量管弦。弦管，弦管，春草昭阳路断。
－|○　　－△　　－△　　－|⊖－⊙△

41．巫山一段云

【说明】双调44字。上、下片各22字、4句、3平韵。

格二，双调46字。上片22字、4句、3平韵，下片24字、4句、2仄韵、换2平韵。

【词谱 · 词例（毛文锡）（格一）】

雨霁巫山上，云轻映碧天。远风吹散又相连，十二晚
⊙丨——丨　——⊙丨○　⊙—⊙丨丨—○　⊙丨丨
峰前。　暗湿啼猿树，高笼过客船。朝朝暮暮楚江边，几
—○　⊙丨——丨　——⊙丨○　⊜—⊙丨丨—○　⊙
度降神仙。
丨丨—○

【词谱 · 词例（李　晔）（格二）】

蝶舞梨园雪，莺啼柳带烟。小池残日艳阳天，苎萝山
⊙丨——丨　——⊙丨○　⊙丨——丨丨—○　⊙丨⊜—
又山。　青鸟不来愁绝，忍看鸳鸯双结。春风一等少年
⊙○　　⊜丨⊙—⊜—△　⊙丨⊙—⊜—△　⊜—⊙丨丨—
心，闲情恨不禁。
心，　⊜—⊜丨⊙●

42．西江月

【说明】又名《步虚词》《江月令》。双调50字。上下片各25字、4句、2平韵、叶1仄韵。

【词谱·词例（辛弃疾）（例一）】

醉里且贪欢笑，要愁那得工夫。近来始觉古人书，信
　⊙｜⊙—⊖｜　　⊙—⊙｜｜—⊖　　⊙—⊙｜｜—⊖　　⊙
著全无是处。　昨夜松边醉倒，问松我醉何如。忽疑松
｜⊖—⊖△　　　⊙｜⊖—⊖｜　　⊙｜⊖—⊖　　⊙—⊖
动要来扶，以手推松曰去。
｜｜—⊖　　⊙｜⊖—⊙△

【词谱·词例（张孝祥）（例二）】

问讯湖边春色，重来又是三年。东风吹我过湖船，杨
　⊙｜⊙—⊖｜　　⊖—⊙｜｜—⊖　　⊙—⊖｜｜—⊖　　⊖
柳丝丝拂面。　世路如今已惯，此心到处悠然。寒光亭
｜⊖—⊙△　　　⊙｜⊖—⊙｜　　⊙—⊙｜｜—⊖　　⊖—⊙
下水连天，飞起沙鸥一片。
｜｜—⊖　　⊙｜⊖—⊙△

43．喜迁莺

【说明】又名《喜迁莺令》。双调47字、上片23字、5句、4平，下片24字、5句、2仄韵、换（可不换）2平韵。

【词谱·词例（晏　殊）（格一）（例一）】

烛飘花，香掩烬，中夜酒初醒。画楼残点两三声。窗
⊙⊖｜　－｜○　⊖｜｜－○　⊙－⊖｜｜－○　－
外月胧明。　　晓帘垂，惊鹊去。好梦不知何处。南园春
｜｜－○　　⊙⊖｜　－⊙｜△　⊙｜⊙－⊖｜△　⊖－⊖
色已归来。庭树有寒梅。
｜｜－●　　⊖⊙｜｜⊖●

【词谱·词例（李　煜）（格一）（例二）】

晓月坠，宿云微，无语枕频欹。梦回芳草思依依，天
⊙⊙｜　｜－○　⊖｜｜－○　⊙｜－⊖｜｜－○　－
远雁声稀。　　啼莺散，余花乱，寂寞画堂深院。片红休
｜｜－○　　⊖⊖｜　－⊖｜△　⊙｜⊙－⊖｜△　⊙｜－⊖
扫尽从伊，留待舞人归。
｜｜－○　　⊖⊙｜｜⊖○

44．相见欢

【说明】又名《乌夜啼》《秋夜月》《上西楼》。双调36字。上片18字、3句、3平韵，下片18字、4句、2仄韵、2平韵。

格二，下片首句不间入仄韵，全用平韵。双调36字。上片18字、3句、3平韵，下片18字、4句、3平韵。

【词谱 ·词例（李 煜）（格一）】

无言独上西楼，月如钩。寂寞梧桐深院、锁清秋。剪
　⊖　－⊙　｜　－⊖　　　｜　－⊖　⊙　｜　－⊖　｜　　　｜　－　⊙
不断，理还乱，是离愁。别是一般滋味、在心头。
⊖　△　　　⊖　⊖　△　　　｜　－⊖　　⊙　｜　⊖　－⊖　｜　　　｜　－⊖

【词谱 ·词例（吴文英）（格二）】

西风先到岩扃，月笼明。金露啼珠滴翠、小云屏。一
　－　－　－　｜　－⊖　　　｜　－⊖　　　－　｜　－　－　｜　｜　　　｜　－⊖　　　｜
颗颗，一星星，是秋情。香裂碧窗烟破、醉魂醒。
｜　｜　　　｜　－⊖　　　｜　－⊖　　　－　｜　｜　－　－　｜　　　｜　－⊖

45．潇湘神

【说明】单调27字、5句、3平韵、1叠韵。此调首三字、例
用叠句。

【词谱 ·词例（黄公绍）（例一）】

棹如飞，棹如飞，水中万鼓起潜螭。最是玉莲堂上
⊙—○　⊙—○　｜—⊙｜｜—○　⊙｜｜——｜
好，跃来夺锦看吴儿。
｜　○—⊙｜｜—○

【词谱 ·词例（刘禹锡）（例二）】

斑竹枝，斑竹枝，泪痕点点寄相思。楚客欲听瑶瑟
—｜○　—｜○　｜—｜｜｜—○　｜｜｜——｜
怨，潇湘深夜月明时。
｜　————｜｜—○

46．小重山

【说明】 又名《小重山令》。双调58字。上片30字、下片28字、各4句、4平韵。唐人例用以写"宫怨"，故其调悲。

【词谱 · 词例（韦 庄）（例一）**】**

一闭昭阳春又春。夜寒宫漏永，梦君恩。卧思陈事暗
⊙｜－－⊖｜⊙　⊙｜－－｜｜　｜－⊖　⊙｜⊖｜｜

消魂。罗衣湿，红袂有啼痕。　歌吹隔重阍。绕庭芳草
－⊙　⊖⊙｜　⊙｜｜－⊙　⊖｜｜－⊙　⊙｜－－

绿，倚长门。万般惆怅向谁论？凝情立，宫殿欲黄昏。
｜　｜－⊙　⊙｜－⊖｜｜－⊙　⊖⊖｜　⊖⊙｜｜－⊙

【词谱 · 词例（岳 飞）（例二）**】**

昨夜寒蛩不住鸣。惊回千里梦，已三更。起来独自绕
⊖｜－－⊙｜⊙　⊖－－｜｜　｜－⊙　⊙｜⊖｜｜

阶行。人悄悄，帘外月胧明。　白首为功名。旧山松竹
－⊙　⊖⊖｜　⊖｜｜－⊙　⊙｜｜－⊙　⊙｜－－

老，阻归程。欲将心事付瑶琴。知音少，弦断有谁听？
｜　｜－⊙　⊙｜－⊖｜｜－⊙　⊖⊖｜　⊖｜｜－－

47．杏花天

【说明】双调54字。上、下片各27字、4句、4仄韵。

【词谱·词例（朱敦儒）（格一）】

浅春庭院东风晓。细雨打、鸳鸯寒峭。花尖望见秋千
⊙⊖⊖⊙－⊖△　⊙⊙｜　⊖－⊖△　⊖－⊙｜－－
了，无路踏青斗草。　人别后、碧云信杳。对好景、愁
△　⊖｜⊙－⊙△　⊖⊙｜　⊙－⊙△　⊙⊙｜　⊖
多欢少。等他燕子传音耗，红杏开还未到。
－⊖△　⊙⊖⊙｜－⊖△　⊖｜⊖－⊙△

【词谱·词例（吴文英）（例二）】

蛮姜豆蔻相思味。算却在、春风舌底。江清爱与消残
⊖⊖⊖⊙－⊖△　⊙⊙｜　⊖－⊙△　⊖－⊙｜－－
醉。憔悴文园病起。　停嘶骑、歌眉送意。记晓色、东
△　⊖｜⊙－⊙△　⊖⊙｜　⊖－⊙△　⊙⊙｜　⊖
城梦里。紫檀晕浅香波细，肠断垂杨小市。
－⊙△　⊙⊖⊙｜－⊖△　⊖｜⊖－⊙△

48．眼儿媚

【说明】 又名《秋波媚》。双调48字。上片24字、5句、3平韵，下片24字、5句、2平韵。首句前四字有作"4544"者（见例二）。

【词谱　·词例（范成大）（例一）】

酣酣日脚紫烟浮，妍暖试轻裘。困人天气，醉人花
⊖　—　⊙　|　|　—　○　　—　⊙　|　—　○　　⊙　—　⊖　|　　⊙　—　⊖
底，午梦扶头。　　春慵恰似春塘水，一片觳纹愁。溶溶
|　　⊙　|　—　○　　　—　—　⊙　|　—　—　|　　⊙　|　|　—　○　　⊖　—
泄泄，东风无力，欲皱还休。
⊙　|　　⊖　—　⊖　|　　⊙　|　|　—　○

【词谱　·词例（王雱）（例二）】

杨柳丝丝弄轻柔，烟缕织成愁。海棠未雨，梨花先
—　|　—　—　|　—　○　　⊖　⊙　|　|　—　○　　⊙　—　⊙　|　　⊖　|　—
雪，一半春休。　　而今往事难重省，归梦绕秦楼。相思
|　　⊙　|　—　○　　　⊖　—　⊙　|　—　—　|　　⊖　|　|　—　○　　⊖　—
只在，丁香枝上，豆蔻梢头。
⊙　|　　⊖　—　⊖　|　　⊙　|　|　—　○

105

49. 忆江南

【说明】又名《望江南》《梦江南》《江南好》。单调27字、5句、3平韵。宋人多用变调。第三、四句，唐词多不作对偶；宋词以降，例用对仗。宋人多叠为双调。

【词谱·词例（白居易）（单调）】

江南忆，最忆是杭州。山寺月中寻桂子，郡亭枕
一⊝丨　⊙丨丨一○　⊝丨⊙一一丨丨　⊙一⊙
上看潮头。何日得重游？
丨丨一○　⊝丨丨一○

【词谱·词例（苏　轼）（双调）】

春未老，风细柳斜斜。试上超然台上望，半壕春
一⊙丨　⊝丨丨一○　⊙丨⊝一一丨丨　⊙一⊙
水一城花。烟雨暗千家。　寒食后，酒醒却咨嗟。
丨丨一○　⊝丨丨一○　　一⊝丨　⊙丨丨一○
休对故人思故国，且将新火试新茶。诗酒趁年华。
⊝丨⊙一一丨丨　⊙丨一⊝丨丨一○　⊝丨丨一○

50．忆秦娥

【说明】 又名《秦楼月》。双调46字。上片21字、下片25字、各5句、3仄韵、1叠韵。以入声韵部为宜。

格二，改用平韵，字句数相同。

【词谱 · 词例（李 白）（仄韵格）**】**

箫声咽。秦娥梦断秦楼月。秦楼月。年年柳色， 灞
⊖⊖△　⊖－①丨－－△　－－△　⊖⊖①①　①
陵伤别。　乐游原上清秋节，咸阳古道音尘绝。音尘
⊖－△　　①－丨⊖－△　⊖－①丨－－△　－－
绝，西风残照，汉家陵阙。
△　⊖－⊖丨　①⊖－△

【词谱 · 词例（贺 铸）（平韵格）**】**

晓朦胧。前溪百鸟啼匆匆。啼匆匆。凌波人去，拜月
①－○　⊖－①丨－－○　－－○　⊖－⊖丨　丨丨
楼空。　去年今日东门东，鲜妆辉映桃花红。桃花红。吹
－○　　丨－－丨⊖－○　⊖－①丨－－○　－－○　⊖
开吹落，一任东风。
－⊖丨　丨丨丨－○

51. 忆少年

【说明】 又名《十二时》。双调46字。上片22字、5句、2
仄韵，下片24字、4句、3仄韵。以入声部为宜。两结皆上一、下
四句法。亦有于过片处增一领格字者，见例二。

【词谱 · 词例（晁补之）（例一）】

无穷官柳，无情画舸，无根行客。南山尚相送，只高
〇－〇｜　①－①｜　〇－〇△　－－｜〇｜　｜〇
城人隔。　　罨画园林溪绀碧。算重来、尽成陈迹。刘郎
－－△　　　｜｜－－－｜△　①〇－　｜〇－△　〇－
鬓如此，况桃花颜色。
｜〇｜　　｜〇－〇△

【词谱 · 词例（曹 组）（例二）】

年时酒伴，年时去处，年时春色。清明又近也，却天
〇－①｜　〇－①｜　〇－〇△　－－｜①｜　｜〇
涯为客。　　念过眼光阴难再得。想前欢、尽成陈迹。登
－－△　　　｜｜｜－－－｜△　①〇－　｜〇－△　〇
临恨如此，把阑干暗拍。
－｜〇｜　　｜〇－①△

52．忆王孙

【说明】 又名《豆叶黄》《阑干万里心》。单调31字、5句、5平韵。

【词谱・词例（李重元）（例一）】

　　萋萋芳草忆王孙，柳外楼高空断魂。杜宇声声不忍
闻。欲黄昏。雨打梨花深闭门。

【词谱・词例（姜　夔）（例二）】

　　冷红叶叶下塘秋。长与行云共一舟。零落江南不自
由。两绸缪。料得吟鸾夜夜愁。

53．渔歌子

【说明】又名《渔父》。单调27字、5句、4平韵。中间三言两句，例用对偶（首句亦可不用韵）。

格二，改用仄韵，第一句拆成六字折腰，结句缩为六字、叠成双调。双调50字。上下片各25字、6句、4仄韵。

【词谱 ·词例（张志和）（格一）**】**

西塞山前白鹭飞，桃花流水鳜鱼肥。青箬笠，绿蓑
〇①〇 〇①①〇 〇〇 －① ｜〇〇 〇① ｜ ｜－
衣，斜风细雨不须归。
〇 〇〇〇① ｜〇〇

【词谱 ·词例（李 珣）（格二）**】**

九疑山，三湘水，芦花时节秋风起。水云间，山月
｜－－ －①△ 〇－①｜－－△ ｜－－ －①
里，棹月穿云游戏。 鼓清琴，倾绿蚁，扁舟自得逍遥
△ ①｜〇－－△ ｜－－ －①△ 〇－①｜－－
志。任东西，无定止，不议人间醒醉。
△ ｜－－ －①△ ①｜｜〇－－△

54．虞美人

【说明】双调56字。上片28字、4句、2仄韵、2平韵，下片28字、4句、换2仄韵、换2平韵。

格二，结句作摊破句式，双调58字。上、下片各29字、5句，上片2仄韵、3平韵，下片换2仄韵、换3平韵。

【词谱·词例（李 煜）（格一）】

春花秋月何时了，往事知多少？小楼昨夜又东风，故
⊖－⊖｜－－△ ①｜－－△ ①－①｜｜－○ ①
国不堪回首月明中。 雕栏玉砌应犹在，只是朱颜改。问
｜①－⊖｜｜－○ ⊖－｜｜－－▲ ①｜－－▲ ｜
君能有几多愁？恰似一江春水向东流。
－－｜｜－● ①｜①－⊖｜｜－●

【词谱·词例（毛文锡）（格二）】

宝檀金缕鸳鸯枕，绶带盘宫锦。夕阳低映小窗明。南
①－⊖｜－－△ ①｜－－△ ①－⊖｜｜－○ ⊖
园绿树语莺莺，梦难成。 玉炉香暖频添注，满地飘轻
－①｜｜－○ ｜－○ ①－⊖｜－－▲ ①｜－－
絮。珠帘不卷度沉烟。庭前闲立画秋千，艳阳天。
▲ ⊖－①｜｜－● ⊖－⊖｜｜－● ｜－●

55．玉蝴蝶

【说明】双调41字。上片21字、4句、4平韵，下片20字、4句、3平韵。

格二，上、下片首句分为两个三字句，可押2仄韵，可不押。

【词谱　·词例（温庭筠）（格一）】

秋风凄切伤离，行客未归时。塞外草先衰，江南雁
－－－｜－〇　〇①①〇〇　｜｜｜－〇　－－｜
到迟。　芙蓉凋嫩脸，杨柳堕新眉。摇落使人悲，断肠
｜〇　　－－－｜｜　－｜｜－〇　－｜｜－〇　｜－
谁得知。
－｜〇

【词谱　·词例（孙光宪）（格二）】

春欲尽，景仍长，满园花正黄。粉翅两悠飏，翩翩过
－｜｜　｜－〇　｜｜－－〇　｜｜｜－〇　－－｜
短墙。　鲜飙暖，牵游伴，飞去立残芳。无语对萧娘，舞
｜〇　　－－△　－－△　－｜｜－〇　－｜｜－〇　｜
衫沉麝香。
－－｜〇

56. 玉楼春

【说明】 双调56字。上、下片各28字、4句、3仄韵。此调历来与《木兰花》相混淆，多名实不副者，颇费考辨。今从《唐声诗》说，"仄起为《玉楼春》，平起为《木兰花》"定之。

【词谱·词例（顾 夐）（例一）**】**

拂水双飞来去燕，曲槛小屏山六扇。春愁凝思结眉
　⊙｜—－－｜△　⊙｜⊙—－｜△　—－－｜｜－
心，绿绮懒调红锦荐。　　话别多情声欲战，玉箸痕留红
－　⊙｜⊙—－｜△　　⊙｜—－－｜△　⊙｜⊙—－
粉面。镇长独立到黄昏，却怕良宵频梦见。
｜△　⊙—⊙｜｜－－　⊙｜⊙—－｜△

【词谱·词例（欧阳修）（例二）**】**

酒美春浓花世界，得意人人千万态。莫教辜负艳阳
　⊙｜—－－｜△　⊙｜⊙—－｜△　⊙｜—－｜｜－
天，过了堆金何处买。　　已去少年无计奈，且愿芳心长
－　⊙｜⊙—－｜△　　⊙｜⊙—－｜△　⊙｜⊙—－
恁在。闲愁一点上心来，算得东风吹不解。
｜△　—－⊙｜｜－－　⊙｜⊙—－｜△

57. 昭君怨

【说明】又名《宴西园》《一痕沙》。双调40字。上片20字、4句、2仄韵、2平韵，下片20字、4句、换2仄韵、换2平韵。

格二，下片仄韵、平韵同上片，不换韵。

【词谱 · 词例（万俟咏）（格一）】

春到南楼雪尽，惊动灯期花信。小雨一番寒，倚栏
⊖|⊖－①△　⊖|⊖－⊖△　①||－○　|－
干。　莫把栏干频倚，一望几重烟水。何处是京华？暮
○　①|⊖－⊖▲　①|①－⊖▲　⊖||－●　|
云遮。
－●

【词谱 · 词例（陆游）（格二）】

昼永蝉声庭院，人倦懒摇团扇。小景写潇湘，自生
①|⊖－⊖△　⊖|①－⊖△　①||－○　|－
凉。　帘外蹴花双燕，帘下有人同见。宝篆拆官黄，炷
○　⊖|①－⊖△　⊖|①－⊖△　①||－○　|
熏香。
－○

58．鹧鸪天

【说明】 又名《思佳客》。双调55字。上片28字、4句、3
平韵，下片27字、5句、3平韵。上片第三、四句与过片三言两句
多作对偶。

【词谱·词例（晏几道）（例一）】

彩袖殷勤捧玉钟，当年拼却醉颜红。舞低杨柳楼心
　⊘　｜－－⊘　｜○　　⊜－⊜　｜｜－○　　⊘－⊜　｜－－
月，歌尽桃花扇底风。　　从别后，忆相逢。几回魂梦与
｜　　⊜　｜－－⊘　｜○　　　－｜｜　　｜－○　　⊘－⊜　｜｜
君同。今宵剩把银釭照，犹恐相逢是梦中。
－○　　⊜－⊘　｜－－｜　　⊜　｜－－⊘　｜○

【词谱·词例（辛弃疾）（例二）】

陌上柔条初破芽，东邻蚕种已生些。平冈细草鸣黄
　⊘　｜－－⊜　｜○　　⊜－⊜　｜｜－○　　⊜－⊘　｜－－
犊，斜日寒林点暮鸦。　　山远近，路横斜。青旗沽酒有
｜　　⊜　｜－－⊘　｜○　　　－｜｜　　｜－○　　⊜－⊜　｜｜
人家。城中桃李愁风雨，春在溪头荠菜花。
－○　　⊜－⊘　｜－－｜　　⊜　｜－－⊘　｜○

59. 烛影摇红

【说明】又名《忆故人》。双调50字。上片25字、5句、2
仄韵，下片25字、5句、3仄韵。

格二，双调48字。上片23字、4句、2仄韵，下片25字、5
句、3仄韵。"断"字非韵脚，此处偶然巧合。

【词谱·词例（王　诜）（格一）】

烛影摇红，向夜阑，乍酒醒、心情懒。尊前谁为唱阳
　｜　｜　｜　｜　　｜　｜　　－－△　　－－－｜｜｜

关？离恨天涯远。　　　无奈云沉雨散，凭阑干、东风泪
－　　－｜－－△　　　　　－｜－－｜△　　｜－－　－－｜

眼。海棠开后，燕子来时，黄昏庭院。
△　　｜－－｜　　｜｜－－　　－－－△

【词谱·词例（贺　铸）（格二）】

波影翻帘，泪痕凝蜡青山馆。故人千里念佳期，襟佩
－｜－－　　｜－－｜－－△　　｜－－｜｜－－　－｜

如相款。　惆怅更长梦短。但衾枕、余芬剩暖。半窗斜
－－△　　－｜－－｜△　　｜－－　－－｜△　　｜－

月，照人肠断，啼乌不管。
｜　　｜－－｜　　－－｜△

60．醉花阴

【说明】 别名《醉春风》。双调52字。上、下片各26字、5句、3仄韵。下片第二句是一四句法（见例一），如改为二三句法，第一字可用平声（见例二）。

【词谱 ·词例（李清照）（例一）**】**

薄雾浓云愁永昼。瑞脑消金兽。佳节又重阳，玉枕
　Ⓘ｜⊖－－｜△　　Ⓘ｜｜－△　⊖｜｜｜－－　Ⓘ｜
纱厨，半夜凉初透。　　东篱把酒黄昏后。有暗香盈袖。莫
－－　Ⓘ｜－－△　　⊖－Ⓘ｜－－△　Ⓘ｜－－△　Ⓘ
道不消魂，帘卷西风，人比黄花瘦。
｜｜－－　Ⓘ｜－－　Ⓘ｜－－△

【词谱 ·词例（毛　滂）（例二）**】**

檀板一声莺起速，山影穿疏木。人在翠阴中，欲觅残
　⊖｜Ⓘ－－｜△　⊖｜－－△　⊖｜｜－－　Ⓘ｜
春，春在屏风曲。　　劝君对客杯须覆，灯照瀛洲绿。西
－　⊖｜－－△　　Ⓘ－Ⓘ｜－－△　Ⓘ｜－－△　⊖
去玉堂深，魄冷魂清，独引金莲烛。
｜｜－－　Ⓘ｜－－　Ⓘ｜－－△

中 调 （25调）

1. 钗头凤

【说明】又名《折红英》《撷芳词》。双调60字。上、片各30字、10句、3仄韵、换3仄韵、2叠韵。此调声情凄紧。此调尚有别式，今不取，仅以此为正格。

【词谱 · 词例（陆 游）（例一）】

红酥手，黄縢酒，满城春色宫墙柳。东风恶，欢
　－－△　－－△　｜－－｜－－△　－－▲　－
情薄。一怀愁绪，几年离索。错！错！错！　　春如
－▲　⊖－－｜　｜－－△　▲　▲　▲　　　－－
旧，人空瘦，泪痕红浥鲛绡透。桃花落，闲池阁。山
△　－－△　｜－－｜－－△　－－▲　－－▲　⊖
盟虽在，锦书难托。莫！莫！莫！
－－｜　｜－－▲　▲　▲　▲

【词谱 · 词例（秦 观）（例二）】

临丹壑，凭高阁，闲吹玉笛招黄鹤。空江暮，重回
　－－△　－－△　⊖－①｜－－△　－－▲　－－
顾。一洲烟草，满川云树。住！住！住！　江风作，波涛
▲　⊖－－｜　｜－－▲　▲　▲　▲　　－－△　－－

恶，汀兰寂寞岸花落。长亭路，尘如雾。青山虽好，朱

△　－－｜｜①－△　－－▲　－－▲　㊀－－｜　①

颜难驻。去！去！去！

－－▲　▲　▲　▲

2. 淡黄柳

【说明】双调65字。上片29字、5句、5仄韵，下片36字、7句、5仄韵。宜以入声为韵。

【词谱 ·词例（姜　夔）】

空城晓角，吹入垂杨陌。马上单衣寒恻恻。看尽鹅黄

㊀－｜△　－｜－－△　｜｜－－－｜△　｜｜｜－

嫩绿，都是江南旧相识。　　正岑寂。明朝又寒食，强携

①△　－｜－－｜－△　　｜－△　－－－｜－△　①㊀

酒、小桥宅。怕梨花、落尽成秋色。燕燕飞来，问春何

｜　｜－△　｜｜－－△　｜｜－－　｜－－

在？唯有池塘自碧。

｜　－｜－－｜△

3. 蝶恋花

【说明】又名《鹊踏枝》《凤栖梧》。双调60字。上、下片各30字、5句、4仄韵。

【词谱·词例（苏 轼）（例一）】

花褪残红青杏小。燕子飞时，绿水人家绕。枝上柳绵
〇｜〇－－｜△　〇｜－－　〇｜－－△　〇｜〇－
吹又少，天涯何处无芳草。　墙里秋千墙外道。墙外行
－｜△　〇－〇｜－－△　〇｜〇－－｜△　〇｜－
人，墙里佳人笑。笑渐不闻声渐杳，多情却被无情恼。
－　〇｜－－△　〇｜〇｜－－△　〇－〇｜－－△

【词谱·词例（柳 永）（例二）】

伫立危楼风细细。望极春愁，黯黯生天际。草色烟光
〇｜〇－－｜△　〇｜－－　〇｜－－△　〇｜〇－
残照里。无言谁会凭阑意。　拟把疏狂图一醉。对酒当
－｜△　〇－〇｜－－△　〇｜－－｜△　〇｜－
歌，强乐还无味。衣带渐宽终不悔，为伊消得人憔悴。
－　〇｜－－△　〇｜〇｜－－｜△　〇－〇｜－－△

4．定风波

【**说明**】一作《定风波令》。双调62字。上片30字、5句、3平韵、间2仄韵，下片32字、6句、换2仄韵、再换2仄韵、2平韵。以平韵为主调，仄韵为辅。

【**词谱·词例**（苏　轼）】

莫听穿林打叶声，何妨吟啸且徐行。竹杖芒鞋轻胜
⊙│——││○　　⊖—⊖││—○　　⊙│⊖——│
马，谁怕？一蓑烟雨任平生。　　　料峭春风吹酒醒，微
△　—△　⊙—⊖││—○　　　⊙│⊖——│▲　—
冷，山头斜照却相迎。回首向来萧瑟处，归去，也无风
▲　⊖—⊖││—○　　⊖│⊙——│▼　—▼　⊙—⊖
雨也无晴。
││—○

5．洞仙歌

【说明】又名《洞仙歌令》。双调83字。上片34字、6句、3仄韵，下片49字、8句、3仄韵。音节舒徐，极骀荡摇曳之致。前片第二句是一四句法，后片收尾二句，先以一去声字领七言一句，紧接又以一去声字领四言两句作结。前片第二句亦有用二三句法，并于全阕增一、二衬字、句读平仄略异者，为别格，兹不录。

【词谱 · 词例（苏 轼）】

冰肌玉骨，自清凉无汗。水殿风来暗香满。绣帘开，一
　　⊖－⊖｜　　｜⊖－－△　　⊙｜－－｜－△　　｜－－　　⊙
点明月窥人，人未寝，攲枕钗横鬓乱。　　起来携素手，庭
｜⊖｜－－　　－⊙｜　　－｜－－⊙△　　　　⊙｜－－｜｜　　⊖
户无声，时见疏星渡河汉。试问夜如何？夜已三更，金
｜－－　　⊖｜－－｜－△　　　｜｜－－　　⊙｜－－　　－
波淡、玉绳低转。但屈指西风几时来，又不道流年，暗
⊙｜　　⊙－⊖△　　｜⊙｜－－｜－－　　　｜｜｜－－　　｜
中偷换。
－－△

6. 粉蝶儿

【说明】双调72字。上、下片各36字、7句、4仄韵。

【词谱 ·词例（辛弃疾）】

昨日春如十三女儿学绣，一枝枝、不教花瘦。甚无
　⦶　｜－－⦶－⊖－｜｜△　　｜－－　　｜－－△　　｜－

情，便下得，雨僝风僽？向园林、铺作地衣红绉。　　而
－　　⦶｜｜　　⦶－－△　　｜－－　　－⦶｜｜△　　⊖

今春似轻薄荡子难久。记前时、送春归后。把春波、都
－－｜－｜｜｜－△　　｜－－　　｜－⊖△　　｜－－

酿作、一江醇酎。约清愁、杨柳岸边相候。
｜｜　　⦶－⊖△　　｜⊖－　－｜｜－－△

7. 风入松

【说明】双调76字。上、下片各38字、6句、4平韵。第二句亦有作四言"2543"者。

【词谱 · 词例（吴文英）】

听风听雨过清明，愁草瘗花铭。楼前绿暗分携路，一
〇—❶｜｜—〇　〇｜｜—〇　〇—❶｜——｜　❶
丝柳、一寸柔情。料峭春寒中酒，交加晓梦啼莺。　　西
—❶　❶｜—〇　〇｜——❶｜　〇—❶｜—〇　　〇
园日日扫林亭，依旧赏新晴。黄蜂频扑秋千索，有当时、
—❶｜｜—〇　〇｜｜—〇　〇—〇｜——｜　❶—〇
纤手香凝。惆怅双鸳不到，幽阶一夜苔生。
〇｜｜—〇　〇｜——❶｜　〇—❶｜—〇

8．喝火令

【说明】双调65字。上片28字、5句、3平韵，下片37字、7句、4平韵。下片第四、五、六句首二字多用反复格。

【词谱 ·词例（黄庭坚）】

见晚情如旧，交疏分已深。舞时歌处动人心。烟水数
　｜｜－－｜　　－－｜｜○　　｜－－｜｜－○　　－｜｜
年魂梦，何处可追寻？　　昨夜灯前见，重题汉上襟。便
－－｜　　⊖｜｜－○　　　　｜｜－－｜　　－－｜｜○　　｜
愁云雨又难禁。晓也星稀，晓也月西沉。晓也雁行低
－－｜｜－○　　｜｜－－　　｜｜｜－○　　｜｜｜－
度，不会寄芳音。
｜　　｜｜｜－○

9．解佩令

【说明】 双调66字。上片33字、6句、5仄韵，下片33字、6句、4仄韵、1叠韵。上片第一、二句为平仄相同之四字对偶。第一、二句亦有不用韵者。

【词谱 · 词例（史达祖）】

人行花坞，衣沾香雾。有新词、逢春分付。屡欲传
　⊖－⊖△　　－－⊖△　｜－⊖　－－－△　　⊙｜－
情，奈燕子、不曾飞去。倚珠帘、咏郎秀句。　　相思
　－　⊙｜⊙　　⊙－－△　｜－－　　｜－⊙△　　　⊖－
一度，浓愁一度，最难忘、遮灯私语。淡月梨花，借梦
⊙△　　－－⊙△　｜－⊖　－－－△　　⊙｜－－　　⊙｜
来、花边廊庑。指春衫、泪曾溅处。
⊖　　⊖－－△　　｜－－　｜－⊙△

10．金人捧露盘

【**说明**】又名《铜人捧露盘引》《西平曲》。双调81字。上片39字、8句、5平韵，下片42字、9句、4平韵。此曲多苍凉激楚之音。前片第六、后片第七两句，并以一去声字领下七言句。起用对偶，首句亦可不叶韵。此二句亦有为7字句者，是为别格。此调别格亦多，以此为正格。

格二双调79字。上片38字、8句、5平韵，下片41字、9句、4平韵。

【**词谱·词例**（贺　铸）（格一）】

控沧江，排青嶂，燕台凉。驻彩仗、乐未渠央。岩花

｜－○　－〇｜　｜－○　｜①｜　　①｜－○　〇－

磴蔓，妒千门、珠翠倚新妆。舞闲歌悄，恨风流、不管

｜｜　｜－〇　－｜｜－○　①－〇｜　｜①〇〇　｜｜

馀香。　繁华梦，惊俄顷；佳丽地，指苍茫。寄一笑、何

－○　　〇－①　〇－｜　〇①｜　｜①①｜　｜

与兴亡。量船载酒，赖使君、相对两胡床。缓调清管，更

｜－○　　〇－①｜　｜｜－　－｜｜－○　①－〇｜　｜

为侬、三弄斜阳。

①〇　〇｜－○

【词谱·词例（高观国）（格二）】

念瑶姬，翻瑶佩，下瑶池。冷香梦、吹上南枝。罗浮
　｜－○　－○－　｜－○　｜○① ○｜－① ○
梦杳，忆曾清晓见仙姿。天寒翠袖，可怜是、倚竹依
｜｜　①－○｜｜－○　○－①｜　｜－① ｜｜－
依。　溪痕浅，雪痕冻，月痕淡，粉痕微。江楼怨、一
○　　○－①　○①－｜　①○－｜　｜－○　○○｜　①
笛休吹。芳音待寄，玉堂烟驿两凄迷。新愁万斛，为春
｜－○　○－①｜　①－｜｜－○　○－①｜　｜○
瘦、却怕春知。
①　①｜－○

11. 锦缠道

【说明】一名《锦缠头》。双调66字。上片33字、6句、4
仄韵，下片33字、6句、3仄韵。下片首句及第五句并是一、四句
法。

【词谱·词例（宋祁）】

燕子呢喃，景色乍长春昼。睹园林、万花如绣。海棠
　｜｜－－　｜｜｜－－△　｜－○　①－－△　①－
经雨胭脂透。柳展宫眉，翠拂行人首。　向郊原踏青，恣
○｜－－△　｜｜－－　｜｜－－△　　｜－－｜－　｜

歌携手。醉醺醺、尚寻芳酒。问牧童、遥指孤村，道杏
ー－△　｜－－　｜－－△　｜｜｜　⊖｜⊖－　①｜
花深处，那里人家有。
－⊖｜　｜｜－－△

12．酷相思

【说明】双调66字。上、下片各33字、5句、4仄韵、1叠
韵。上下片第三句皆是以一去声字领下七言。

【词谱·词例（程 垓）】

月挂霜林寒欲坠，正门外、催人起。奈离别如今真个
　｜｜－－－｜△　｜⊖｜　－－△　｜｜｜－－｜
是。欲住也、留无计。欲去也、来无计。　马上离情衣
△　①｜｜　－－△　①｜｜　－－△　　｜｜－－
上泪，各自个、供憔悴。问江路梅花开也未？春到也、须
｜△　｜①｜　－－△　｜－｜－－｜△　⊖｜｜　－
频寄。人到也、须频寄。
－△　⊖｜｜　－－△

13．离亭燕

【说明】一作《离亭宴》。双调72字。上、下片各36字、6句、4仄韵。

【词谱·词例（张升）**】**

一带江山如画，风物向秋潇洒。水浸碧天何处断？翠
　⊙｜⊖－－△　－｜｜－－△　⊙｜｜－－｜｜　｜
色冷光相射。蓼屿荻花洲，隐映竹篱茅舍。　　天际客
｜⊙－－△　｜｜｜－－　⊙｜⊙－－△　　⊖｜⊙
帆高挂。烟外酒旗低亚。多少六朝兴废事，尽入渔樵闲
－－△　－｜｜－－△　⊙｜｜－－｜｜　｜｜⊙－－
话。怅望倚层楼，寒日无言西下。
△　｜｜｜－－　⊖｜⊖－－△

14．蓦山溪

【说明】又名《上阳春》。双调82字。上、下片各41字、9句、3仄韵。亦有前片第一句押韵者；或前片第一、七句押韵，后片第七句押韵者。句读不变，为别格，不赘举。

【词谱·词例（程　垓）】

老来风味，是事都无可。只爱小书舟，剩围着、琅玕
⊙－⊖｜　⊙｜｜－△　⊙｜｜－－　⊖－　⊙⊖⊙　⊖－
几个。呼风约月，随分乐生涯，不羡富，不忧贫，不怕
⊙△　⊖－⊖｜　⊖－｜－－　⊙⊙⊙　⊙⊖⊖　⊙｜
乌蟾堕。　　三杯径醉，转觉乾坤大。醉后百篇诗，尽从
－－△　　　⊖－⊙｜　⊙｜－－△　⊙｜｜－－　⊙⊖
他、龙吟鹤和。升沉万事，还与本来天，青云上，白云
⊖　⊖－⊙△　⊖－⊙｜　⊖｜｜－－　⊙⊖⊙　｜－
间，一任安排我。
－　⊙｜－－△

15．破阵子

【说明】 又名《十拍子》，双调62字。上、下片各31字、5句、3平韵。

【词谱 ·词例（辛弃疾）】

醉里挑灯看剑，梦回吹角连营。八百里分麾下炙，五
｜｜－－｜　　｜－－｜－○　｜｜｜－－｜｜　　｜

十弦翻塞外声。沙场秋点兵。　　马作的卢飞快，弓如霹
｜－－｜｜○　　－－－｜○　　　　｜｜｜－－｜　－－｜

雳弦惊。了却君王天下事，赢得生前身后名。可怜白发
｜－○　　｜｜－－｜｜　　｜｜－－－｜○　　－－｜｜

生。
○

16．千秋岁

【说明】双调71字。上片35字、下片36字、各8句、5仄韵。

【词谱·词例（秦观）】

水边沙外，城郭春寒退。花影乱，莺声碎。飘零疏酒
⊙－⊖△　　⊙｜－－△　　⊖⊙｜　－－△　　⊖－－｜

盏，离别宽衣带。人不见，碧云暮合空相对。　忆昔西
｜　　⊖｜－－△　　－⊙｜　⊙－⊙｜－－△　　⊙｜－

池会，鹓鹭同飞盖。携手处，今谁在？日边清梦断，镜
－△　⊖｜－－△　　⊖⊖｜　－－△　　⊙－－｜｜　⊙

里朱颜改。春去也，飞红万点愁如海。
｜－－△　　－⊙｜　　⊙－⊙｜－－△

133

17．青玉案

【说明】 双调67字。上片33字、下片34字、各6句、5仄韵。上下片倒数第二句俱可不用韵，见例二。

【词谱 ·词例（贺 铸）（例一）】

凌波不过横塘路。但目送、芳尘去。锦瑟华年谁与
　⊖－①｜－－△　　｜⊖｜　－－△　　⊙｜⊖－－｜
度？月桥花院，琐窗朱户，只有春知处。　飞云冉冉蘅
△　　⊙｜－⊖｜　　⊙｜－⊖△　　⊙｜｜－－△　　　⊖－⊙｜－
皋暮。彩笔新题断肠句。试问闲愁都几许？一川烟草，满
－△　　⊙｜－－｜－△　　⊙｜⊖－－｜－　　⊖－⊖｜　　⊙
城风絮，梅子黄时雨。
－⊖△　　⊙｜－－△

【词谱 ·词例（辛弃疾）（例二）】

东风夜放花千树。更吹落、星如雨。宝马雕车香满
　⊖－①｜－－△　　｜⊖｜　－－△　　⊙｜⊖－－｜
路。凤箫声动，玉壶光转，一夜鱼龙舞。　蛾儿雪柳黄
△　　⊙｜－⊖｜　　⊙｜－⊖｜　　⊙｜｜－－△　　　⊖－⊙｜－
金缕。笑语盈盈暗香去。众里寻他千百度。蓦然回首，那
－△　　⊙｜－－｜－△　　⊙｜⊖－－｜△　　⊙｜－⊖｜　　⊙
人却在，灯火阑珊处。
－⊙｜　　⊖｜－－△

18．苏幕遮

【说明】双调62字。上、下片各31字、7句、4仄韵。

【词谱·词例（范仲淹）（例一）】

碧云天，黄叶地。秋色连波，波上寒烟翠。山映斜阳
　丨－－　　－丨△　　⊖丨－－　　⊖丨－－△　　⊖丨⊖－

天接水。芳草无情，更在斜阳外。　　黯乡魂，追旅思。夜
－丨△　　⊖丨－－　　⊙丨－－△　　　丨－－　　－丨△　⊙

夜除非，好梦留人睡。明月楼高休独倚。酒入愁肠，化
丨－－　　⊙丨－－△　　⊖丨⊖－－丨△　　⊙丨⊖－　⊙

作相思泪。
丨－－△

【词谱·词例（周邦彦)（例二）】

燎沉香，消溽暑。鸟雀呼晴，侵晓窥檐语。叶上初阳
　丨－－　　－丨△　　⊙丨－－　　⊖丨－－△　　⊙丨⊖－

干宿雨。水面清圆，一一风荷举。　　故乡遥，何日去。家
－丨△　　⊙丨－－　　⊙丨－－△　　　丨－－　　－丨△　⊖

住吴门，久作长安旅。五月渔郎相忆否？小楫轻舟，梦
丨－－　　⊙丨－－△　　⊙丨⊖－－丨△　　⊙丨⊖－　⊙

入芙蓉浦。
丨－－△

19．唐多令

【**说明**】又名《南楼令》。双调60字。上、下片各30字、5句、4平韵。有于上片第三句加一衬字者，不赘举。

【词谱 ·词例（刘 过)】

芦叶满汀洲，寒沙带浅流。二十年、重过南楼。柳下
⊖｜｜－○　⊖－①｜○　｜①－　⊖｜－○　①｜

系舟犹未稳，能几日、又中秋。　黄鹤断矶头，故人曾
①－－｜｜　⊖①｜　｜－○　⊖｜｜－○　①－⊖

到不？旧江山、浑是新愁。欲买桂花同载酒，终不似、少
｜○　｜⊖－　⊖｜－○　①｜①－－｜｜　⊖①｜　｜

年游。
－○

20．惜红衣

【说明】双调88字。上片43字、10句、6仄韵，下片45字、9句、6仄韵。宜用入声韵。前片结句与后片倒数第二句皆上一下四句法。

【词谱·词例（姜　夔）】

簟枕邀凉，琴书换日，睡馀无力。细洒冰泉，并刀破
｜｜－－　－－｜｜　｜－△　⊙｜－－　－－｜

甘碧。墙头唤酒，谁问讯、城南诗客。岑寂。高树晚
－△　　－－｜｜　⊖⊙｜　－⊖－△　－△　⊖｜⊙

蝉，说西风消息。　　虹梁水陌。鱼浪吹香，红衣半狼
－　　⊙－－－△　　　－－｜△　⊖｜－－　－－｜

藉。维舟试望故国，眇天北。可惜柳边沙外，不共美人
△　　－－⊙｜｜△　｜－△　⊙｜｜－－　　⊙｜⊙－

游历。问甚时同赋，三十六陂秋色？
－△　｜⊙－－｜　－｜⊙－－△

137

21. 行香子

【说明】 双调66字。上片33字、8句、5平韵，下片33字、8句、5平韵。此为正格。上下片两结皆以一去声字领三言三句。

格二，上下片第一句或有不用韵者、下片第一、二句或有不用韵改为仄收者。

此调音节流美，亦可略加衬字（格三）。其可平可仄处，可互为参校。

【词谱 · 词例（秦 观)（格一）】

树绕村庄，水满陂塘。倚东风、豪兴徜徉。小园几
⊙｜－○　⊙｜－○　⊙－－　⊙｜－○　⊙－○
许，收尽春光。有桃花红，李花白，菜花黄。　远远
｜　⊙｜－○　｜－－－　⊙－｜　｜－○　⊙｜
苔墙，隐隐茅堂。扬青旗、流水桥旁。偶然乘兴，步过
－○　⊙⊙－○　－－⊙　⊙｜－○　⊙－－｜　⊙｜
东冈。正莺儿啼，燕儿舞，蝶儿忙。
－○　｜－－○　⊙－｜　｜－○

【词谱 · 词例（晁补之）（格二）】

前岁栽桃，今岁成蹊。更黄鹂、久住相知。微行清
－｜｜－　－｜－○　⊙－－　⊙｜－○　⊙－－

露，细履斜晖。对林中侣，闲中我，醉中谁？何妨到
｜　⊙｜－○　｜⊖－①　⊖⊖｜　｜－○　⊖－①
老，常闲常醉，任功名、生事俱非。衰颜难强，拙语多
｜　⊖⊖－｜　⊙－⊖　⊖｜－○　⊖－⊖｜　⊙｜－
迟。但醉同行，月同坐，影同归。
○　｜⊙－⊖　⊙⊖｜　｜－○

【词谱 ·词例（李清照）（格三）】

草际鸣蛩。惊落梧桐。正人间天上愁浓。云阶月地，
⊖｜－○　｜－○　⊙⊖⊖⊖｜－○　⊖－①｜
关锁千重。纵浮槎来，浮槎去，不相逢。　星桥鹊驾，
⊖｜－○　｜⊖－⊖　⊖⊖｜　｜－○　⊖－①｜
经年才见，想离情别恨难穷。牵牛织女，莫是离中。甚
⊖⊖－｜　⊙－⊖①｜－○　⊖－①｜　⊙｜－○　｜
一霎儿晴，一霎儿雨，一霎儿风。
衬⊙－⊖　衬⊙⊖｜　衬｜－○

22．一剪梅

【说明】双调60字。上、下片各30字、6句、3平韵。每句并用平收，声情低抑。本调可句句押韵，见格二。

【词谱 ·词例（周邦彦）（格一）**】**

一剪梅花万样娇，斜插疏枝，略点眉梢，轻盈微笑舞
⊙丨－－⊙丨○　⊖⊙丨－　⊙丨－○　⊙丨－－丨
低回，何事尊前，拍手相招。　　夜渐寒深酒渐消，袖里时
－－　⊖丨－－　⊙丨－○　　　⊙丨⊖丨－⊙丨○　⊙⊙－
闻，玉钏轻敲。城头谁恁促残更，银漏何如，且慢明朝。
⊖　⊙丨－○　⊖－⊖丨丨－－　⊖丨－－　⊙丨－○

【词谱 ·词例（蒋 捷）（格二）**】**

一片春愁待酒浇。江上舟摇。楼上帘招。秋娘渡与泰
⊙丨－－⊙丨○　⊖丨⊖－　⊖丨－○　⊙－⊙丨
娘娇。风又飘飘。雨又萧萧。　　何日归家洗客袍。银字
－－　⊖丨－－　⊙丨－○　　　⊖丨⊖－⊙丨○　⊖丨
笙调。心字香烧。流光容易把人抛。红了樱桃。绿了芭
－⊖　⊙丨－○　⊖－⊖丨丨－－　⊖丨－－　⊙丨－
蕉。
○

23．渔家傲

【说明】双调62字。上、下片各31字、5句、5仄韵。

【词谱·词例（晏 殊）（例一）】

画鼓声中昏又晓，时光只解催人老。求得浅欢风日
　①｜⊖－－｜△　⊖－①｜－－△　⊖｜①｜－－｜
好，齐揭调，神仙一曲渔家傲。　　绿水悠悠天杳杳。浮
△　－①△　⊖－①｜－－△　　①｜⊖－－｜△　
生岂得长年少。莫惜醉来开口笑，须信道，人间万事何
－①｜－－△　①｜①｜－－｜△　－①△　⊖－①｜－
时了？
－△

【词谱·词例（李清照）（例二）】

天接云涛连晓雾，星河欲转千帆舞。仿佛梦魂归帝
　①｜⊖－－｜△　⊖－①｜－－△　①｜①｜－－｜
所，闻天语，殷勤问我归何处。　　我报路长嗟日暮，学
△　－⊖△　⊖－①｜－－△　　①｜①｜－－｜△　⊖
诗谩有惊人句。九万里风鹏正举，风休住，蓬舟吹取三
－①｜－－△　①｜①｜－－｜△　⊖－△　⊖－①｜－
山去。
－△

24．祝英台近

【说明】又名《月底修箫谱》。双调77字。上片37字、8句、4仄韵，下片40字、8句、5仄韵。此调婉转凄抑，忌用入声部韵。

【词谱·词例（辛弃疾）】

宝钗分，桃叶渡，烟柳暗南浦。怕上层楼，十日九风
∣－－　－∣△　－∣∣－△　◎∣－－　◎∣－－
雨。断肠片片飞红，都无人管，倩谁劝、流莺声住？　鬓
△　◎－◎∣－－　◎－◎∣　∣◎∣　◎－－△　∣
边觑，试把花卜归期，才簪又重数。罗帐灯昏，哽咽梦
－△　◎∣－－－　◎－∣－△　◎－－－　◎◎∣
中语。是他春带愁来，春归何处？却不解、带将愁去。
－△　◎∣－◎∣－－　◎－◎∣△　∣◎∣　◎－－△

25．最高楼

【说明】双调81字。上片36字、8句、4平韵，下片45字、9句、2仄韵、3平韵。体势轻松流美，渐开元人散曲先河。

【词谱 ·词例（辛弃疾）】

长安道，投老倦游归。七十古来稀。藕花雨湿前湖
－〇｜　〇｜｜－〇　⦶｜｜－〇　⦶－｜｜〇－
夜，桂枝风淡小山时。怎消除？须殢酒，更吟诗。　　也
｜　⦶－－｜｜－〇　｜－－　－｜⦶　｜－〇　　　⦶
莫向、竹边辜负雪，也莫向、柳边辜负月。闲过了，总
⦶｜　⦶－－｜△　｜⦶｜　⦶－－｜△　⊖－⦶｜　｜
成痴。种花事业无人问，对花情味只天知。笑山中，云
－〇　⦶－｜｜－－｜　⊖－⊖｜｜－〇　｜－－　－
出早，鸟归迟。
｜｜　｜－〇

长 调 （32调）

1. 暗 香

【说明】双调97字。上片49字、9句、5仄韵，下片48字、10句、7仄韵。首句四字起韵，换头用短韵，为此调定格。例用入声部韵。前片第五字，后片第六字，皆领格字，宜用去声。姜夔自度曲，张炎以咏荷花，改名《红情》。兹以姜词为准。各家词中平仄句读，与"定格"小有出入，但多以入作平。

【词谱 · 词例（姜夔）】

旧时月色，算几番照我，梅边吹笛。唤起玉人，不管
⊙－⊙△　│⊙－⊙│　－－△　││⊙－　⊙│

清寒与攀摘。何逊而今渐老，都忘却、春风词笔。但怪
－－│－△　⊖│⊖－││　⊖⊖⊙　⊖－－△　⊙⊙

得、竹外疏花，香冷入瑶席。　江国，正寂寂。叹寄与
⊙　⊙││－－　⊖││－△　　⊖△　│⊙△　││⊙

路遥，夜雪初积。翠尊易泣，红萼无言耿相忆。长记曾
⊙－　││－△　⊙││△　－│⊖│－△　⊖⊖－

携手处，千树压、西湖寒碧。又片片、吹尽也，几时见
－⊙│　⊖⊙⊙　－－△　││⊙│　－││　│－⊙

得。
△

2．八六子

【说明】双调91字。上片32字、6句、3平韵，下片59字、11句、6平韵。前片第四句以一去声字领六言两对句，后片第四句以三仄声字领六言一句，四言两对句，第七、八句中含六言两对句。前后片结处四字并宜用"去平去平"，方能发调。要注意转折处，有骀荡生姿之感，乃称合作。

格二，双调88字。上片30字、6句、3平韵，下片58字、11句、5平韵。注意之处同前例，可平可仄处亦可参照。此调句读，诸家多有出入。兹选定常用之二格，余不赘举。

【词谱 · 词例（晁补之）（格一）**】**

喜秋晴。淡云萦缕，天高群雁南征。正露冷初减兰
丨—〇　丨　——丨　〇—⊖丨—〇　　丨丨丨⊖⊘⊖

红，风紧潜凋柳翠，愁人梦长漏惊。　重阳景物凄清。渐
〇　⊖丨⊖—⊖丨　——丨—丨〇　　——⊘丨—〇　⊘

老何时无事，当歌好在多情。暗自想朱颜，并游同醉，官
丨⊖—⊖丨　⊖—丨丨—〇　丨丨丨—丨—　⊘—丨丨　丨

名缰锁，世路蓬萍。难相见、赖有黄花满把，从教渌酒
—⊖丨　丨丨—〇　丨　丨丨—〇　　丨〇—⊘丨

深倾。醉休醒，醒来旧愁旋生。
—〇　丨—〇　——丨—丨〇

【词谱·词例（秦 观）（格二）】

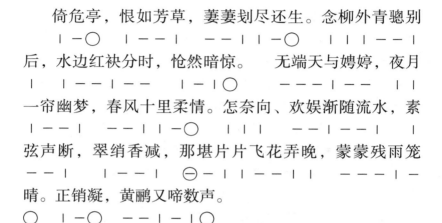

倚危亭，恨如芳草，萋萋刬尽还生。念柳外青骢别
后，水边红袂分时，怆然暗惊。 无端天与娉婷，夜月
一帘幽梦，春风十里柔情。怎奈向、欢娱渐随流水，素
弦声断，翠绡香减，那堪片片飞花弄晚，蒙蒙残雨笼
晴。正销凝，黄鹂又啼数声。

注："那"字应平，考宋人其他词例，多为平声，故以平为正格。

3．拜星月慢

【说明】又名《拜星月》。双调104字。上片49字、10句、4仄韵，下片55字、8句、6仄韵。前片第五句及结句，后片第四句及结句，皆一四句式。

【词谱 ·词例（周邦彦）】

夜色催更，清尘收露，小曲幽坊月暗。竹槛灯窗，识
｜｜－－　　⊖－⊖｜　⊙｜｜－－⊙△　｜｜－－　｜

秋娘庭院。笑相遇，似觉、琼枝玉树相倚，暖日明霞光
－－－△　｜相｜　｜｜　－－｜｜－｜　｜｜⊖－－

烂。水盼兰情，总平生稀见。　　画图中、旧识春风
△　⊙｜⊖－　｜－－－△　　　－－－　｜－－－

面。谁知道、自到瑶台畔，眷恋雨润云温，苦惊风吹
△　⊖－⊙　｜｜｜－－△　⊙｜｜⊙－⊖　｜－－－

散。念荒寒、寄宿无人馆。重门闭、败壁秋虫叹。争奈
△　｜－－　｜｜｜－－△　－－｜　⊙｜－－△　⊖⊙

向、一缕相思，隔溪山不断。
｜　⊙｜－－　｜－－｜△

4．长亭怨慢

【说明】 又名《长亭怨》。双调97字。上片48字、10句、5仄韵，下片49字、9句、5仄韵。上片首句、第六句、下片第二句、第七句、第八句之第一字，定用去声。上片第四、五句是四言对句。

【词谱 ·词例（姜 夔）】

渐吹尽、枝头香絮。是处人家，绿深门户。远浦萦
　|　⊖　|　　⊖　—　⊖　▲　　①　|　—　⊖　　|　⊖　—　▲　　|　|　—

回，暮帆零乱，向何许？阅人多矣，谁得似、长亭树？树
—　　①　—　—　|　　|　—　▲　　|　—　—　|　　—　|　|　　—　—　▲　①

若有情时，不会得、青青如此。　　日暮，望高城不见，只
|　|　—　—　　|　|　|　　⊖　—　—　▲　　　①　▲　　|　—　—　①　|　　①

见乱山无数。韦郎去也，怎忘得、玉环分付。第一是、早
|　①　—　—　▲　　⊖　—　|　|　　|　①　①　　①　—　—　▲　　①　①　①　①　①

早归来，怕红萼、无人为主。算只有并刀，难剪离愁千
|　—　—　　|　⊖　|　　⊖　—　—　▲　　|　⊖　|　—　—　　⊖　|　⊖　—　—

缕。
▲

5．渡江云

【说明】又名《三犯渡江云》。双调100字。上片51字、10句、4平韵，下片49字、9句、4平韵、1叶仄韵。下片第四句为一四句式，必须押同部仄韵。

【词谱 ·词例（周邦彦）】

晴岚低楚甸，暖回雁翼，阵势起平沙。骤惊春在
⊖ — — | |　　① — ① |　　① | | — ⊖　　| — ⊖

眼，借问何时，委曲到山家。涂香晕色，盛粉饰、争作
|　　① | — —　　① | | — —　　— — | |　　| ① ① 　— ① |

妍华。千万丝、陌头杨柳，渐渐可藏鸦。　堪嗟。清江
— ⊖ 　— | ① 　① — ⊖ |　　① | | — ⊖　　　— ⊖ 　⊖ —

东注，画舸西流，指长安日下。愁宴阑、风翻旗尾，潮
⊖ |　　| | — —　　| ⊖ — ① △　　⊖ ① ⊖ 　— — ⊖ |　　⊖

溅乌纱。今宵正对初弦月，傍水驿、深舣蒹葭。沉恨
| — ⊖ 　⊖ — ⊖ | — |　　① ① ① 　— ① — ⊖　　— |

处，时时自剔灯花。
|　　⊖ — ⊖ | — ⊖

6. 二郎神

【说明】双调104字。上片52字、8句、5仄韵，下片52字、10句、5仄韵。结尾倒数第三句第一字是领字，宜用去声。

【词谱·词例（柳 永）】

炎光谢，过暮雨、芳尘轻洒。乍露冷风清庭户爽，天
⊖－△　｜⊙｜　－－－△　｜｜｜⊖－－｜｜　⊖
如水、玉钩遥挂。应是星娥嗟久阻，叙旧约、飙轮欲
⊖｜　⊙－－△　－－｜⊙－－｜｜　⊙｜｜　⊖－⊙
驾。极目处、微云暗度，耿耿银河高泻。　　闲雅，须知
△　⊙⊙｜　－－⊙｜　⊙｜｜－－△　　－△　－⊖
此景，古今无价。运巧思、穿针楼上女，抬粉面、云鬟
⊙｜　⊙－⊖△　｜⊙｜－　－－－｜｜　⊖⊙｜　⊖－
相亚。钿合金钗私语处，算谁在、回廊影下。愿天上人
－△　｜｜｜－－｜｜　⊙⊖｜　－－｜△　｜－⊙－
间，占得欢娱，年年今夜。
⊖　｜｜｜－－　－－－△

7．法曲献仙音

【说明】双调92字。上片39字、8句、4仄韵，下片53字、9句、5仄韵。前片结尾是以一去声字领下五言两句，后片结尾是以一去声字领下四言一句、六言一句。考之别词，上片倒第二句、下片第二句可用韵可不用韵。

【词谱·词例（周邦彦）】

蝉咽凉柯，燕飞尘幕，漏阁签声时度。倦脱纶巾，困
〇｜－－　〇－〇｜　｜｜〇－－△　〇｜－－　｜

便湘竹，桐阴半侵庭户。向抱影凝情处，时闻打窗雨。
－－｜　〇－〇｜－－△　｜〇｜－－△　－－｜－△

耿无语。叹文园、近来多病，情绪懒、尊酒易成间
｜－△　｜－－　｜｜－－　－〇｜　－｜｜－〇

阻。缥缈玉京人，想依然、京兆眉妩。翠幕深中，对徽
△　〇｜｜－－　｜〇〇｜　－〇｜－△　〇｜－－　｜－

容、空在纨素。待花前月下，见了不教归去。
〇　〇〇｜－△　｜〇－〇｜－　｜｜〇－－△

151

8. 凤凰台上忆吹箫

【说明】双调95字。上片47字、10句、4平韵，下片48字、11句、5平韵。

【词谱 ·词例（李清照）】

香冷金猊，被翻红浪，起来慵自梳头。任宝奁尘满，
　⊖｜－－　　⊙－⊖｜　　⊙－⊖｜－○　　｜｜｜－｜

日上帘钩。生怕离怀别苦，多少事、欲说还休。新来
⊙｜－○　　⊖｜－－⊙｜　　⊙⊙｜　⊙｜｜－○

瘦，非干病酒，不是悲秋。　　休休，这回去也，千万遍
｜　－－｜｜　｜｜－○　　　　－○｜　⊙｜｜｜　－⊙｜

阳关，也则难留。念武陵人远，烟锁秦楼。惟有楼前流
－－　⊙｜－○　　｜｜－－｜　　⊖｜－○　　⊖｜－－⊖

水，应念我、终日凝眸。凝眸处，从今又添，一段新愁。
｜　－｜⊙　　⊖｜｜－○　　－－｜　　－－｜－　　｜｜－○

9．八声甘州

【说明】双调97字。上片46字、下片51字，各9句、4平韵。因全词共八韵，故称"八声"。《词谱》以此谱为正体。首句八字作一七句式，首句、第三句、下片第二句、第四句之第一字皆为领字，宜用去声。此调变体亦多，有上片第一、二句亦作上五下八者，亦有首句不用领字，于第三字逗者，亦有首句增一韵者，不赘举。

【词谱 ·词例（柳 永）】

对潇潇暮雨洒江天，一番洗清秋。渐霜风凄紧，关河
冷落，残照当楼。是处红衰翠减，苒苒物华休。惟有长
江水，无语东流。　不忍登高临远，望故乡渺邈，归思
难收。叹年来踪迹，何事苦淹留？想佳人、妆楼颙望，误
几回、天际识归舟。争知我、倚栏干处，正恁凝愁。

10．高阳台

【说明】又名《庆泽春》。双调100字。上片49字、下片51字，各10句、4平韵。亦有于两结句三字逗处增一韵者，为别格。不再举例。

【词谱·词例（王　观）】

红入桃腮，青回柳眼，韶华已破三分。人不归来，空
⊖｜－－　⊖－｜｜　⊖－①｜－○　⊖｜－－　⊖

教草怨王孙。平明几点催花雨，梦半阑、欹枕初闻。问东
－①｜－○　⊖－①｜－－｜　｜①－　⊖｜－○　｜－

君、因甚将春，老了闲人。　　东郊十里香尘满，旋安排玉
－　⊖｜－－　①｜－○　⊖－①｜－－｜　－⊖－①

勒，整顿雕轮。趁取芳时，共寻岛上红云。朱衣引马黄
｜　⊖｜－○　①｜－－　⊖｜－○　①｜①｜－○　⊖｜－①｜

金带，算到头、总是虚名。莫闲愁、一半悲秋，一半伤
－｜　｜①－　①｜－○　｜－－　①｜－－　①｜－

春。
○

11．桂枝香

【说明】又名《疏帘淡月》。双调101字。上片49字、下片52字，各10句、5仄韵。宜用入声韵部。上下片第二句第一字并是领字，宜用去声。

【词谱·词例（王安石）】

登临送目，正故国晚秋，天气初肃。千里澄江似
⊖　－　⊕　△　　｜⊖　｜　⊕　｜　　⊖　⊕　｜　－　△　　⊖　⊕　｜　－　｜
练，翠峰如簇。归帆去棹斜阳里，背西风、酒旗斜矗。彩
｜　　｜　－　－　△　　－　⊖　｜　⊕　－　｜　　｜　－　－　　⊕　⊖　－　△　　｜
舟云淡，星河鹭起，画图难足。　　念往昔、繁华竞逐。叹
－　－　｜　　⊖　－　⊕　｜　　⊖　－　－　△　　　　｜　⊕　①　　－　－　｜　△　　｜
门外楼头，悲恨相续。千古凭高对此，漫嗟荣辱。六朝
⊕　①　－　⊖　　⊖　①　－　△　　⊖　｜　－　－　①　｜　　｜　－　－　△　　⊕　－
旧事随流水，但寒烟、衰草凝绿。至今商女，时时犹
①　｜　－　－　｜　　｜　－　－　　⊖　｜　－　△　　⊕　－　⊖　　　⊖　－　⊖
唱，后庭遗曲。
①　　｜　－　－　△

12. 汉宫春

【说明】《高丽史·乐志》名《汉宫春慢》。各家句读多有出入。兹以此例为正格，双调96字。上片47字、下片49字，各9句、4平韵。此例上片第二、三句，下片第二、三句，第四、五句，俱可藏四字对偶，是此调驰荡摇曳处。除换头句多两字外，其他上下片同。

【词谱 ·词例（晁冲之）】

黯黯离怀，向东门系马，南浦移舟。熏风乱飞燕子，
时下轻鸥。无情渭水，问谁教、日日东流。常是送、行
人去后，烟波一向离愁。　　回首旧游如梦，记踏青㳺
饮，拾翠狂游。无端彩云易散，覆水难收。风流未老，拼
千金、重入扬州。应又是、当年载酒，依前名占青楼。

13．贺新郎

【说明】 又名《金缕曲》《乳燕飞》《风敲竹》《貂裘换酒》。双调116字。上片57字、下片59字，各10句、6仄韵。大抵用入声韵者较激壮，用上去声韵者较凄郁，贵能各适物宜耳。上下片倒数第三句，八字亦可作三五断句。

【词谱 ·词例（辛弃疾）（例一）】

绿树听鹈鴂。更那堪、鹧鸪声住，杜鹃声切。啼到春
①｜－－△　｜－－　①－①｜　①－－△　⊖｜⊖

归无寻处，苦恨芳菲都歇。算未抵、人间离别。马上琵琶
－－⊖｜　①｜｜－－⊖△　①①｜　⊖－⊖｜　⊖－｜

关塞黑，更长门、翠辇辞金阙。看燕燕，送归妾。　将军
－①｜　｜①｜－－　△　⊖｜｜　①－△　⊖－

百战声名裂，向河梁、回头万里，故人长绝。易水萧萧
①｜－－△　｜｜⊖－　⊖－⊖｜　｜｜－⊖△　⊖｜⊖－

西风冷，满座衣冠似雪。正壮士、悲歌未彻。啼鸟还知
－⊖｜　①｜｜－－①△　①①｜　－⊖①△　⊖｜｜－

如许恨，料不啼、清泪长啼血。谁共我，醉明月。
－⊖｜　｜⊖－　①｜－－△　⊖｜｜　①－△

【词谱 ·词例（张元幹）（例二）】

梦绕神州路。怅秋风、连营画角，故宫离黍。底事昆
Ⓘ｜－－△　｜－－　　⊖－Ⓘ｜　　Ⓘ｜－－△　Ⓘ｜｜

仑倾砥柱，九地黄流乱注？聚万落、千村狐兔。天意从来
－－Ⓘ｜　Ⓘ｜⊖－Ⓘ△　ⒾⒾ｜　⊖－⊖△　⊖｜｜⊖－

高难问，况人情、易老悲难诉。更南浦，送君去。　　凉
－⊖｜　｜⊖－　Ⓘ｜－－△　Ⓘ－｜　Ⓘ－△　⊖

生岸柳催残暑。耿斜河、疏星淡月，断云微度。万里江山
－Ⓘ｜－－△　｜⊖⊖　⊖⊖Ⓘ｜　｜－⊖△　Ⓘ｜⊖－

知何处？回首对床夜语。雁不到，书成谁与？目尽青天
－⊖｜　⊖｜Ⓘ｜－Ⓘ△　Ⓘ｜｜　⊖－⊖△　｜－⊖－

怀今古，肯儿曹、恩怨相尔汝。举大白，听金缕。
－⊖｜　｜⊖⊖　⊖－｜－｜△　Ⓘ｜｜　Ⓘ－△

注："古"、"处"二字非韵脚，此处盖为偶合。

14．兰陵王

【说明】三片130字。上片48字、11句、7仄韵，中片42字、8句、5仄韵，下片40字、10句、6仄韵。宜用入声部韵。

【词谱 ·词例（周邦彦）】

柳阴直，烟里丝丝弄碧。隋堤上、曾见几番，拂水飘
①－△　⊖｜－－｜△　－－｜　－｜①－　①｜－
绵送行色。登临望故国。谁识，京华倦客？长亭路，年
⊖｜－△　⊖－｜①△　－△　－－｜△　－－｜　⊖
去岁来，应折柔条过千尺。　闲寻旧踪迹。又酒趁哀弦，灯
｜｜－　⊖｜－－｜－△　－－｜－△　｜｜－｜－　－
照离席。梨花榆火催寒食。愁一箭风快，半篙波暖，回
｜－△　⊖－｜－－△　⊖｜①｜－｜　①｜－⊖｜　－
首迢递便数驿。望人在天北。　凄恻，恨堆积。渐别浦萦
①⊖｜｜｜－△　｜①－｜－△　⊖△　｜－△　｜①｜－
回，津堠岑寂。斜阳冉冉春无极。念月榭携手，露桥闻
－　⊖｜－△　⊖－①①｜｜－△　｜①①－△　①－⊖
笛，沉思前事，似梦里，泪暗滴。
△　⊖－⊖｜　｜①｜　｜①△

【附注】：词中领字并用去声，"愁"字亦应去声。

15．六州歌头

【说明】双调143字。上片71字、19句、8平韵，下片72字、20句、8平韵。声情激壮，有急管繁弦、五音繁会之妙。

【词谱·词例（张孝祥）（平韵格）】

长淮望断，关塞莽然平。征尘暗，霜风劲，悄边声，
－－⦿｜　⊖｜－⦿　－⊖｜　－－｜　｜－⦾

黯销凝。追想当年事，殆天数，非人力，洙泗上，弦歌
｜－⦾　⊖｜－⊖｜　⦿｜－　－⊖｜　⊖⦿｜　－⊖

地，亦膻腥。隔水毡乡，落日牛羊下，区脱纵横。看名
｜　｜－⦾　⦿｜⊖－　｜｜－－｜　⊖｜－－　｜－

王宵猎，骑火一川明。笳鼓悲鸣，遣人惊。　念腰间
－⊖｜　⦿｜｜－⦾　⊖｜－⦾　｜－⦾　　｜－－

箭，匣中剑，空埃蠹，竟何成。时易失，心徒壮，岁将
｜　⦿－｜　⊖－｜　⦾－－　⊖⦿｜　｜－⊖｜　｜－

零。渺神京，干羽方怀远，静烽燧，且休兵。冠盖使，纷
⦾　⦾｜－　⊖⊖｜－－｜　⦿｜｜　⊖－－　⦾｜｜　－

驰骛，若为情。闻道中原遗老，常南望，翠葆霓旌。使
⊖｜　｜－⦾　－｜⊖－⊖｜　⊖－｜　⦿｜｜－⦾　｜

行人到此，忠愤气填膺，有泪如倾。
⊖－⦿｜｜　⊖｜｜－⦾　⦿｜｜－⦾

格二，平韵叶仄韵格，双调143字。上片71字、19句、8平

160

韵、叶8仄韵，下片72字、20句、8平韵、叶10仄韵。平韵为主，仄韵为辅。

【词谱 · 词例（贺　铸）（平韵叶仄韵格）】

少年侠气，交结五都雄。肝胆洞，毛发耸，立谈中，
－－○｜　⊖｜｜－○　－⊖△　－｜△　｜－○
死生同。一诺千金重，推翘勇，矜豪纵，轻盖拥，联飞
｜－○　｜｜－○△　⊙－△　－⊖△　⊖⊙△　－⊖
鞚，斗城东。轰饮酒垆，春色浮寒瓮，吸海垂虹。闲呼
△　｜－○　⊙｜｜－　｜｜－－△　⊖｜｜○　｜－○
鹰嗾犬，白羽摘雕弓。狡穴俄空，乐匆匆。　　似黄粱
－⊙｜　⊙｜｜－○　⊖｜－○　｜－○　　　｜－○
梦，辞丹凤，明月共，漾孤篷。官冗从，怀倥偬，落尘
△　⊙－△　－⊖△　－⊖△　－⊙△　－⊖△　｜－
笼，簿书丛。歇弁如云众，供粗用，忽奇功。笳鼓动，渔
○　｜－○　｜｜－－△　⊙－△　｜－○　⊖｜△　⊖
阳弄，思悲翁。不请长缨，系取天骄种，剑吼西风。恨
⊖△　｜－○　－｜⊖－　⊙｜⊖－△　⊙｜－○　｜
登山临水，手寄七弦桐，目送归鸿。
⊖－⊙｜　⊖｜｜－○　⊙｜－○

格三，平韵间仄韵递换格，双调143字。上片71字、19句、8平韵、8仄韵，下片72字、20句、8平韵、换3仄韵、再换2仄韵。三换2仄韵。平韵为主，仄韵为辅。

【词谱 ·词例（韩元吉）（平韵间仄韵递换格）】

东风着意，先上小桃枝。红粉腻，娇如醉，倚朱
－－①｜　◯｜－－◯　－①△　－－△　｜－

扉。记年时，隐映新妆面，临水岸，春将半，云日暖，斜
◯　｜－◯　◯｜◯－▲　①－▲　－◯▲　◯①▲　－

桥转，夹城西。草软莎平，跋马垂杨渡，玉勒争嘶。认蛾
◯▲　｜－◯　｜－◯－　｜｜－｜｜　｜－◯　◯｜

眉凝笑，脸薄拂燕脂。绣户曾窥，恨依依。　　共携手
－◯｜　①｜｜－◯　｜－◯　｜－◯　　｜－－

处，香如雾，红随步，怨春迟。销瘦损，凭谁问，只花
▼　①－▼　－◯｜　｜－◯　◯①►　－◯►　｜－

知，泪空垂。旧日堂前燕，和烟雨，又双飞。人自老，春
◯　｜◯◯　◯｜－－｜　◯◯｜　｜－◯　◯｜◄

长好，梦佳期。前度刘郎，几许风流地，花也应悲。但
◯◄　｜－◯　－｜◯－　◯｜◯－｜　①｜－◯　｜

茫茫暮霭，目断武陵溪，往事难追。
◯－①｜　◯｜｜－◯　①｜－◯

16. 满江红

【说明】双调93字。上片47字、8句、4仄韵，下片46字、10句、5仄韵。例用入声韵部。声情激越，宜抒豪壮情感与恢张襟抱。亦可酌增衬字。

格二，平韵格，双调93字。上片47字、8句、4平韵，下片46字、10句、5平韵。姜夔改作平韵，情调俱变。

【词谱 · 词例（岳 飞）（仄韵格）】

怒发冲冠，凭栏处、潇潇雨歇。抬望眼、仰天长
⊙ 丨 － －　⊖ ⊖ 丨　⊖ － ⊙ △　⊖ ⊙ 丨　⊙ － ⊖

啸，壮怀激烈。三十功名尘与土，八千里路云和月。莫等
丨　⊙ － ⊖ △　⊙ 丨 ⊖ － － 丨　⊙ － ⊙ 丨 － － △　⊙ ⊙

闲、白了少年头，空悲切。　靖康耻，犹未雪。臣子
⊙　⊙ 丨 丨 － －　－ － △　　－ ⊖ 丨　－ ⊙ △　－ ⊙

恨，何时灭。驾长车踏破，贺兰山缺。壮志饥餐胡虏
丨　－ － △　⊖ ⊖ ⊖ ⊙ 丨　⊙ ⊖ － △　⊙ 丨 ⊖ － － 丨

肉，笑谈渴饮匈奴血。待从头、收拾旧山河，朝天阙。
丨　⊖ － ⊙ 丨 － － △　⊙ ⊖ ⊖　⊙ 丨 丨 － －　－ － △

【词谱 · 词例（姜 夔）（平韵格）】

仙姥来时，正一望、千顷翠澜。旌旗共、乱云俱
⊖ 丨 － －　⊙ ⊙ 丨　－ ⊙ 丨 〇　－ ⊖ 丨　⊙ － ⊖

下，依约前山。命驾群龙金作轭，相从诸娣玉为冠。向
｜　　〇｜－〇　　①｜－－－｜｜　　〇－〇｜｜－〇　｜

夜深、风定悄无人，闻佩环。神奇处，君试看。　　奠
①－　　〇｜｜－－　　－｜〇　　－〇｜　　〇｜〇　　　①

淮右，阻江南。遣六丁雷电，别守东关。却笑英雄无
〇｜　　｜－〇　　｜①－〇｜　　①｜－〇　　①｜〇－－

好手，一篙春水走曹瞒。又怎知、人在小红楼，帘影间。
｜｜　　①－〇｜｜－〇　　｜①－　　〇｜｜－－　　－｜〇

17．满庭芳

【说明】 又名《锁阳台》。双调95字。上片48字、下片47字，各10句、4平韵。

【词谱·词例（秦观）】

山抹微云，天黏衰草，画角声断谯门。暂停征辔，聊
⊖｜－－　⊖－⊖｜　｜⊖－｜－○　⊖－⊖｜　⊖
共引离樽。多少蓬莱旧事，空回首、烟霭纷纷。斜阳
｜｜－○　①｜－－①｜　①－｜、①－－○　①－
外，寒鸦万点，流水绕孤村。　　销魂。当此际，香囊暗
｜　⊖－①｜　｜－｜－○　　－○　－－｜　－－｜｜
解，罗带轻分。谩赢得青楼，薄幸名存。此去何时见
｜　⊖｜－○　｜⊖①⊖－　①｜－○　①｜①－①
也，襟袖上、空惹啼痕。伤情处，高城望断，灯火已黄
｜　⊖⊖｜、①｜｜－○　－－｜　⊖－①｜　⊖｜｜－
昏。
○

【附注】 下片第一句可不用韵，亦可改为五字句如"⊖－－｜｜"。
下片第四句是一四句法，平仄调式亦可如"｜①－－｜"。

18．摸鱼儿

【说明】又名《买陂塘》《双蕖怨》。双调116字。上片57字、10句、7仄韵，下片59字、11句、7仄韵。上片第一句亦可不用韵。前后片第五韵定要十字一气贯注（此句亦有以一字领四言一句、五言一句者，可以不论）。双结倒数第三句第一字皆领格，宜用去声（此例"休去倚危栏"改为二三句式，着重在第二字，故第一字可用平声）。

【词谱·词例（辛弃疾）】

更能消、几番风雨，匆匆春又归去。惜春长怕花开
│ － － 　 │ － － △ 　 － － － │ － △ 　 │ － － │ － －
早，何况落红无数。春且住。见说道、天涯芳草无归
│ 　 － │ │ － － △ 　 － │ △ 　 │ ⊙ │ 　 ◯ － ◯ │ － －
路。怨春不语。算只有殷勤，画檐蛛网，尽日惹飞絮。
△ 　 ⊙ － ⊙ △ 　 │ │ │ － － 　 ⊙ － － │ 　 │ │ │ － △

长门事，准拟佳期又误。蛾眉曾有人妒。千金纵买相
－ － │ 　 ⊙ │ － － │ △ 　 － － － │ － △ 　 ◯ － ⊙ │ －
如赋，脉脉此情谁诉？君莫舞。君不见、玉环飞燕皆
－ │ 　 ⊙ │ ⊙ │ － － △ 　 － │ △ 　 － ⊙ │ 　 ◯ － ◯ －
尘土。闲愁最苦。休去倚危栏，斜阳正在，烟柳断肠处。
－ △ 　 ◯ － ⊙ △ 　 ◯ │ │ － － 　 ◯ － ⊙ │ 　 ◯ │ │ － △

19．霓裳中序第一

【说明】 双调101字。上片50字、10句、7仄韵，下片51字、11句、8仄韵。例用入声韵部。上片第四句第一字是领字，宜用去声。

【词谱 ·词例（姜夔）】

亭皋正望极，乱落江莲归未得。多病怯无气力。况纨
－－｜｜△　　｜｜－－－｜△　　⊖｜⊙－⊙△　　｜⊖

扇渐疏，罗衣初索。流光过隙，叹杏梁双燕如客。人何
｜⊙－　　⊖－－△　　⊖－｜△　　｜｜－－｜△　　－－

在？一帘淡月，仿佛照颜色。　　幽寂，乱蛩吟壁，动庾
△　　⊙－⊙｜　　｜｜｜－△　　－△　　⊙－⊖△　　｜⊙

信清愁似织。沉思年少浪迹，笛里关山，柳下坊陌，坠
｜⊖－⊙△　　－－⊖｜⊙△　　⊙｜｜－－　　⊙⊙－△　　｜

红无信息，漫暗水涓涓溜碧。漂零久，而今何意，醉卧
－－｜△　　⊙｜｜－－｜△　　－－｜　　⊖－｜｜　　｜｜

酒垆侧。
｜－△

20．念奴娇

【说明】 又名《百字令》《酹江月》《壶中天》《湘月》。双调100字。上片49字、下片51字，各10句、4仄韵。此调音节高亢，英雄豪杰之士多喜用之。用以抒写豪壮感情者，宜用入声韵部。

另有平韵一格，字句数相同，只换平韵，见词谱。

【词谱·词例（苏 轼）（仄韵格）】

凭高眺远，见长空万里，云无留迹。桂魄飞来光射
〇－⊙｜　｜－〇⊙｜　〇〇－△　⊙｜－－｜
处，冷浸一天秋碧。玉宇琼楼，乘鸾来去，人在清凉
｜　⊙｜⊙－－△　⊙｜－－　〇－〇｜　⊙｜－－
国。江山如画，望中烟树历历。　　我醉拍手狂歌，举杯
△　〇－〇｜　｜－－｜⊙△　　⊙｜｜⊙｜－－　⊙－
邀月，对影成三客。起舞徘徊风露下，今夕不知何夕。便
〇｜　⊙｜－－△　⊙｜⊙－－｜｜　〇｜⊙－－△　⊙
欲乘风，翻然归去，何用骑鹏翼。水晶宫里，一声吹断
｜－－　〇－〇｜　〇｜－－△　⊙－－｜　⊙－－｜
横笛。
－△

【词谱 ·词例（叶梦得）（平韵格）】

洞庭波冷，望冰轮初转，沧海沉沉。万顷孤光云阵
①　—⊖｜　｜—　—　—｜　⊖①　—〇　①｜—　—｜

卷，长笛吹破层阴。汹涌三江，银涛无际，遥带五湖
｜　⊖①　—｜—〇　⊖｜——　⊖—⊖｜　⊖｜｜—

深。酒阑歌罢，至今鼍怒龙吟。　回首江海平生，漂流
〇　①—⊖｜　①⊖⊖｜—〇　　—①⊖｜——　——

容易散，佳会难寻。缥缈高城风露爽，独倚危槛重临。醉
⊖｜｜　⊖｜—〇　⊖｜———｜｜　①｜—｜—〇　①

倒清尊，姮娥应笑，犹有向来心。广寒宫殿，为余聊借
｜——　⊖—⊖｜　⊖｜｜—〇　①——｜　｜—⊖｜

琼林。
—〇

169

21．齐天乐

【说明】又名《台城路》《五福降中天》。双调102字。上片51字、19句、5仄韵，下片51字、11句、5仄韵。上片第七句、下片第八句第一字是领格，例用去声。上下片首句亦可入韵。下片首句亦可作"——│—││"。

【词谱 ·词例（姜　夔）】

庚郎先自吟愁赋，凄凄更闻私语。露湿铜铺，苔侵石
①—│——│　—⊖│—⊖△　①│——　⊖—①

井，都是曾听伊处。哀音似诉。正思妇无眠，起寻机
│　⊖│—⊖△　⊖—①△　│⊖│——　①——

杼。曲曲屏山，夜凉独自甚情绪？　　西窗又吹夜雨，为
△　①│——　⊖—①││—△　⊖—⊖│①│　│

谁频断续，相和砧杵？候馆迎秋，离宫吊月，别有伤心
——││　⊖①—△　①│——　⊖—①│　⊖│——

无数。幽诗漫与。笑篱落呼灯，世间儿女。写入琴丝，一
①△　⊖—①△　│①①——　│——△　①│——　│

声声更苦。
——│△

22．沁园春

【说明】又名《寿星明》《大圣乐》。双调114字。上片56字、13句、4平韵，下片58字、13句、5平韵。此调格局开张，宜抒壮阔豪迈情感，苏、辛一派最喜用之。

【词谱·词例（葛长庚）】

嫩雨如尘，娇云似织，未肯便晴。见海棠花下，飞来双燕，垂杨深处，啼断孤莺。绿砌苔香，红桥水暖，笑捻吟髭行复行。幽寻懒，就半窗残睡，一枕初醒。　消凝，次第清明。渺南北东西草又青。念镜中勋业，韶光冉冉，尊前今古，银发星星。青鸟无凭，丹霄有约，独倚东风无限情。谁知有，这春山万点，杜宇千声。

【附注】上下片第四五六七句，宜各为一字领四句扇面对偶，第八九句亦宜用对偶。词中领字宜用去声。过片处两句亦可合成一句，"凝"字是暗韵，可不用韵。

【词谱 · 词例（刘 过）（例二）】

斗酒彘肩，风雨渡江，岂不快哉。被香山居士，约林
① ｜ － －　⊖　－ －　｜ ① ｜ ○　｜ ⊖ ｜ ① ｜　① －

和靖，与坡仙老，驾勒吾回。坡谓西湖，正如西子，浓
⊖ ｜　① － ⊖ ｜　① ｜ － ○　－ － － －　⊖ － ① ｜　⊖

抹淡妆临照台。二公者，皆掉头不顾，只管传杯。　白
｜ ① － ⊖ ｜ ○　① ｜ ｜　⊖ ① － ① ｜　① ｜ － ○　　－

云天竺去来。图画里、峥嵘楼阁开。爱纵横二涧，东西
－ ① ｜ ｜　⊖ ① ｜　－ － ⊖ ｜ ○　｜ ① － ⊖ ｜　⊖ －

水绕，两峰南北，高下云堆。逋曰不然，暗香浮动，不
① ｜　① － ⊖ ｜　⊖ ｜ － ○　① ｜ ① －　① － ⊖ ｜　①

若孤山先访梅。须晴去，访稼轩未晚，且此徘徊。
｜ － － ⊖ ｜ ○　－ － ｜　｜ ① － ① ｜　① ｜ － ○

【附注】"白"字疑为以入代平，以谱为准。

23．声声慢

【说明】 双调97字。上片49字、9句、5仄韵，下片48字、8句、5仄韵。例用入声部韵，上下片起句可以不押韵。历来作者多用平韵格，而《漱玉词》所用仄韵格最为世所传诵，因即据以为正格。

【词谱 ·词例（李清照）】

寻寻觅觅，冷冷清清，凄凄惨惨戚戚。乍暖还寒时
－－Ⓘ△　Ⓘ｜－－　⊖－Ⓘ Ⓘ Ⓘ△　Ⓘ｜－⊖－⊖

候，最难将息。三杯两盏淡酒，怎敌他、晚来风急。雁
｜　Ⓘ｜－－△　⊖－｜｜Ⓘ｜　｜Ⓘ－　Ⓘ⊖－△　Ⓘ

过也，正伤心、却是旧时相识。　　满地黄花堆积。憔悴
Ⓘ｜　Ⓘ－－　Ⓘ｜｜－－△　　Ⓘ｜⊖－⊖△　－Ⓘ

损、如今有谁堪摘？守着窗儿，独自怎生得黑？梧桐更
｜　⊖－｜－－△　Ⓘ｜－｜　Ⓘ｜｜－｜△　－－｜

兼细雨，到黄昏、点点滴滴。这次第，怎一个愁字了得。
－｜｜　｜－⊖　Ⓘ Ⓘ Ⓘ△　｜Ⓘ Ⓘ　｜Ⓘ｜⊖－Ⓘ Ⓘ△

24．寿楼春

【说明】双调101字。上片51字、10句、6平韵，下片50字、11句、6平韵。此调始见史达祖《梅溪词》，殆是悼亡之作，中多拗句，尤多连用平声之句，声情低抑，全作凄音。有用以填寿词者，大误。

【词谱·词例（史达祖）】

裁春衫寻芳。记金刀素手，同在晴窗。几度因风残
－－－－○　｜－－｜｜　－｜－○　｜｜－－－

絮，照花斜阳。谁念我、今无裳？自少年、消磨疏狂。但
｜　｜｜－○　－－｜　－－○　｜｜－　－－－○

听雨挑灯，敧床病酒，多梦睡时妆。　　飞花去，良宵
｜｜－－　－－｜｜　－｜｜－○　　－－｜　－－

长。有丝阑旧曲，金谱新腔。最恨湘云人散，楚兰魂
○　｜－－｜｜　－｜－○　｜｜－－－｜　｜－－

伤。身是客，愁为乡。算玉箫，犹逢韦郎。近寒食人
○　－｜｜　－－○　｜｜－　－－－○　｜－－－

家，相思未忘蘋藻香。
－　－－｜－－｜○

25．疏　影

【说明】一名《绿影》。双调110字。上片54字、10句、5仄韵，下片56字、10句、4仄韵。例用入声韵部。姜夔自度曲，张炎以咏荷叶，改名《绿意》。兹以姜词为准。各家词中平仄句读，与此例小有出入，但多以入作平。

【词谱　·词例（姜　夔）】

苔枝缀玉。有翠禽小小，枝上同宿。客里相逢，篱角
⊖－│△　│①－││　⊖①－△　①│－－　⊖│

黄昏，无言自倚修竹。昭君不惯胡沙远，但暗忆、江南
－－　⊖⊖①①－△　⊖－①│－│　①①①－

江北。想佩环、月夜归来，化作此花幽独。　　犹记深宫
－△　│①－　①│－　①│①－－△　　－│－－

旧事，那人正睡里，飞近蛾绿。莫似春风，不管盈盈，
││　│⊖①││　－│－△　│││－　①│－－

早与安排金屋。还教一片随波去，又却怨、玉龙哀曲。
①│⊖－⊖△　⊖－①│－－│　①①①│　│－－△

等恁时、重觅幽香，已入小窗横幅。
│①⊖　⊖│－－　①│││－－△

26．双双燕

【说明】双调98字。上片48字、9句、5仄韵，下片50字、10句、7仄韵。首句是"一二一"句式；上片第二句、下片第三句首字，皆为领字，例用去声。

【词谱 ·词例（史达祖）】

　　过春社了，度帘幕中间，去年尘冷。差池欲住，试入
　　｜—｜｜　　｜—————　　｜—△　　——｜｜　　Ⓘ｜
旧巢相并。还相雕梁藻井，又软语、商量不定。飘然快
｜——△　　—｜——｜△　　｜Ⓘ｜　　——Ⓘ△　　——｜
拂花梢，翠尾分开红影。　　芳径，芹泥雨润。爱贴地争
｜——　　｜｜———△　　　　—△　　——｜△　　｜｜｜—
飞，竞夸轻俊。红楼归晚，看足柳昏花暝。应是栖香正
—　　｜——△　　㊀——｜　　｜｜｜——△　　—｜——｜
稳，便忘了、天涯芳信。愁损翠黛双蛾，日日画阑独凭。
△　　｜㊀｜　　———△　　—Ⓘ｜｜㊀—　　Ⓘ｜｜—Ⓘ△

27．水调歌头

【说明】双调95字。上片48字、9句、4平韵，下片47字、10句、4平韵。

格二，前后片两六言句夹叶仄韵。

格三，平仄互叶几于句句用韵。为别格，皆举例于后。

【词谱·词例（毛滂）（格一）】

金马空故事，方朔漫多端。三千牍在，玉殿何日赐清
⊖①⊖①｜　⊖｜｜—⊖　⊖—①｜　①①—｜｜—
闲？难恋长安钟漏，谁借青云咳唾，拂袖且东还。笑杀
○　⊖｜｜—⊖｜　⊖｜｜—⊖｜　①｜｜—⊖　①①
长缨使，复转出秦关。　　吾道在，虽不遇，面何惭。洛
⊖—｜　①｜｜—⊖　　⊖①①　⊖①｜　⊖—⊖　①
阳年少，高论难与绛侯谈。富贵暂饶先手，晞尽草头秋
—⊖｜　⊖｜｜｜—⊖　①①①—⊖｜　⊖｜①—⊖
露，掩鼻出东山。且饱鲸鱼脍，风月过江南。
｜　①｜｜—⊖　①｜⊖—｜　⊖｜｜—⊖

【词谱·词例（苏轼）（格二）】

明月几时有，把酒问青天。不知天上宫阙，今夕是何
⊖①①⊖｜　①｜｜—○　①—⊖｜⊖①　—｜｜—

年？我欲乘风归去，又恐琼楼玉宇，高处不胜寒。起舞
○　①｜⊖—⊖△　①｜⊖—①△　⊖｜｜—○　①①

弄清影，何似在人间。　转朱阁，低绮户，照无眠。不
①—｜　⊖｜｜—○　①①⊖①　⊖⊖①｜　｜⊖○○　①

应有恨，何事长向别时圆？人有悲欢离合，月有阴晴圆
—①｜　⊖｜⊖｜｜—○　⊖｜⊖—⊖▲　⊖｜⊖—⊖

缺，此事古难全。但愿人长久，千里共婵娟。
▲　①｜｜—○　①｜⊖—｜　⊖｜｜—○

【词谱 · 词例（贺 铸）（格三）】

南国本潇洒，六代浸豪奢。台城游冶，擘笺能赋属宫
⊖①①⊖△　①｜｜—○　①｜⊖—△　①｜⊖—｜｜—

娃。云观登临清夏，璧月留连长夜，吟醉送年华。回首
○　⊖｜⊖—⊖△　①｜⊖—⊖△　⊖｜｜—○　⊖①

飞鸳瓦，却羡井中蛙。　访乌衣，成白社，不容车。旧
⊖—△　①｜｜—○　①⊖⊖　⊖①△　｜⊖○○　①

时王谢，堂前双燕过谁家？楼外河横斗挂，淮上潮平霜
—⊖△　⊖—⊖｜｜—○　⊖｜⊖—①△　⊖｜⊖—⊖

下，墙影落寒沙。商女篷窗罅，犹唱后庭花。
△　⊖｜｜—○　⊖｜⊖—△　⊖｜｜—○

28．水龙吟

【说明】 又名《龙吟曲》《小楼连苑》。双调102字。上片52字、11句、4仄韵，下片50字、10句、5仄韵。第九句第一字是领格，宜用去声。结句宜用"一二一"句法，较二二句式收得有力。下片首句可不用韵。各家格式出入颇多，今以历来传诵之苏、辛两家词作为准。开端有用七六句式者，格为"⊖－⊖｜－－｜，⊙｜｜⊖－△"。

【词谱 ·词例（辛弃疾）】

楚天千里清秋，水随天去秋无际。遥岑远目，献愁供
⊖－⊙｜－－　　⊙－⊙｜－－△　　⊖－⊙｜　　⊙｜⊙

恨，玉簪螺髻。落日楼头，断鸿声里，江南游子。把吴
｜　　⊙－⊖△　　⊙｜－－　　⊙－－｜　　⊖－－△　　｜⊖

钩看了，栏干拍遍，无人会，登临意。　　休说鲈鱼堪
－⊙｜　　⊖－⊙｜　　⊖⊖｜　－－△　　　　⊙｜⊖－⊖

脍，尽西风，季鹰归未？求田问舍，怕应羞见，刘郎才
△　　｜－⊖　　⊙－－△　　⊖－｜｜　　⊙－⊖｜　　⊖－⊖

气。可惜流年，忧愁风雨，树犹如此。倩何人唤取，红
△　　⊙｜－－　　⊖－⊖｜　　⊙－－△　　｜－｜｜　　－

巾翠袖，揾英雄泪。
－｜｜　　｜－－△

【附注】 上片结句"会"字非韵脚，此处殆为偶合。

29. 望海潮

【说明】双调107字。上片53字、11句、5平韵，下片54字、11句、6平韵。

此调以柳永此例为正格。另有上片第八句作"55455"为一四句式，下片结尾作"4544，5445543"者；亦有上片第四句作"4455"，下片首二字增一韵者。皆为别格，兹不赘举。

【词谱 · 词例（柳 永）】

东南形胜，三吴都会，钱塘自古繁华。烟柳画桥，风
⊖－－｜　－－⊙｜　⊖－⊙｜－○　－｜｜－　－

帘翠幕，参差十万人家。云树绕堤沙。怒涛卷霜雪，天堑
－｜｜　⊖－⊙｜－○　－｜｜⊖－○　｜⊖⊙⊙｜　⊖｜

无涯。市列珠玑，户盈罗绮竞豪奢。　重湖叠巘清佳。有
－○　｜｜－－　⊙－⊖｜｜－－　⊖－⊙｜－○　｜

三秋桂子，十里荷花。羌管弄晴，菱歌泛夜，嬉嬉钓叟
⊖－｜｜　⊙｜－○　－｜｜－　－－｜｜　⊖－⊙｜

莲娃。千骑拥高牙。乘醉听箫鼓，吟赏烟霞。异日图将
－○　⊖｜｜－○　⊖⊙｜－⊖｜　⊖｜－○　⊙｜｜－－

好景，归去凤池夸。
⊙｜　⊖｜｜－○

30．扬州慢

【说明】双调98字。上片50字、10句、4平韵，下片48字、9句、4平韵。

【词谱·词例（姜夔）】

淮左名都，竹西佳处，解鞍少驻初程。过春风十里，尽
　⊖｜－－　⊙－⊖｜　⊙－⊙｜｜－⊝　｜－－⊙｜　⊙

里，尽荠麦青青。自胡马、窥江去后，废池乔木，犹厌
⊙　｜－⊝｜⊖　｜－－　⊙｜⊙－　⊖｜⊝｜　｜－

言兵。渐黄昏，清角吹寒，都在空城。　杜郎俊赏，算而
－⊝　｜－－　⊝｜－⊝　－｜－⊝　⊙－⊖｜　｜－

今、重到须惊。纵豆蔻词工，青楼梦好，难赋深情。二
－　⊖｜－⊝　｜⊙｜－⊝　⊝｜－⊝　－｜－⊝　｜

十四桥仍在，波心荡、冷月无声。念桥边红药年年，知
｜⊙－－｜　－－｜　⊙｜－⊝　｜⊝－－｜⊝－　⊝

为谁生？
｜－⊝

【附注】上片第四、五句及下片第三句，皆一四句法。结末二句亦可作一个六言句、一个四言句。

31．永遇乐

【说明】一名《消息》。双调104字。上、下片各52字、12句、4仄韵。

【词谱 · 词例（辛弃疾）】

千古江山，英雄无觅，孙仲谋处。舞榭歌台，风流总
〇｜－－　⊙－〇｜　－⊙－△　⊙｜〇－　－〇⊙
被，雨打风吹去。斜阳草树，寻常巷陌，人道寄奴曾
｜　⊙｜－－△　－〇｜｜　－〇｜｜　⊙｜〇－
住。想当年、金戈铁马，气吞万里如虎。　元嘉草草，封
△　⊙－〇－　－－⊙｜　〇〇｜⊙－△　　－〇⊙｜
狼居胥，赢得仓皇北顾。四十三年，望中犹记，烽火扬
〇〇｜　－｜⊙－⊙△　⊙｜－－　－－〇｜　－｜－
州路。可堪回首，佛狸祠下，一片神鸦社鼓。凭谁问、廉
－△　〇－〇｜　－〇〇｜　⊙｜⊙－〇△　⊙－〇　〇
颇老矣，尚能饭否。
〇⊙｜　⊙－｜△

【附注】"胥"字此处读上声。

32．雨霖铃

【说明】双调103字。上片51字、10句、5仄韵，下片52字、8句、6仄韵。例用入声韵部。上片第二、五句是一三句式，第八句是一四句式，此三句中第一字皆为领字，宜用去声（此例中"方"字未用去声，盖因"恋"字去声故）。

【词谱·词例（柳永）】

寒蝉凄切，对长亭晚，骤雨初歇。都门帐饮无绪，方
－－○△　｜－－｜　｜｜－△　－－◑◑○｜　－
留恋处，兰舟催发。执手相看泪眼，竟无语凝咽。念去
－｜｜　－－－△　｜｜－－◑　｜◑｜－△　｜｜
去、千里烟波，暮霭沉沉楚天阔。　　多情自古伤离别，更
◑　－｜－－　｜｜－－｜－△　　○－｜｜－－△　｜
那堪、冷落清秋节。今宵酒醒何处？杨柳岸、晓风残
－－　｜｜－－△　○－｜◑○｜　○｜｜　｜－－
月。此去经年，应是、良辰好景虚设。便纵有、千种风
△　｜｜－－　－｜　－－｜｜－△　◑｜｜　－－
情，更与何人说。
－　｜｜－－△

【附注】考宋人词，"那"字处多为平声，此处应以谱为准。

第三编 平水韵（诗韵）

概 说

1.本韵表以《佩文诗韵》为基础，参考《佩文韵府》《诗韵合璧》《康熙字典》《汉语大字典》进行校订,共收字9504个。

2.为了方便查阅旧版本书籍，本韵表采用繁体字。

3.【補，注】：逗号前为补充字（补充字参考李格非《汉语大字典》，四川辞书出版社、湖北辞书出版社2000年版），逗号后为部分形体差异较大的简化字。

4.上声二十八俭，原为琰，因避清嘉庆帝（颙琰）名讳而改为俭，今恢复原貌，是为二十八琰。

5.本韵表按汉语拼音字母顺序进行排序，以便于读者检索查找。

韵部表
（9504字）

【上平聲】（2038）

一東	二冬	三江
四支	五微	六魚
七虞	八齊	九佳
十灰	十一真	十二文
十三元	十四寒	十五刪

【下平聲】（1863）

一先	二蕭	三肴
四豪	五歌	六麻
七陽	八庚	九青
十蒸	十一尤	十二侵
十三覃	十四鹽	十五咸

【上　聲】（1738）

一董	二腫	三講
四紙	五尾	六語
七麌	八薺	九蟹
十賄	十一軫	十二吻
十三阮	十四旱	十五潸

十六銑　　　十七篠　　　十八巧
十九皓　　　二十哿　　　二十一馬
二十二養　　二十三梗　　二十四迥
二十五有　　二十六寝　　二十七感
二十八琰　　二十九豏

【去　聲】（2176）

一送　　　　二宋　　　　三絳
四寘　　　　五未　　　　六御
七遇　　　　八霽　　　　九泰
十卦　　　　十一隊　　　十二震
十三問　　　十四願　　　十五翰
十六諫　　　十七霰　　　十八嘯
十九效　　　二十號　　　二十一箇
二十二禡　　二十三漾　　二十四敬
二十五徑　　二十六宥　　二十七沁
二十八勘　　二十九豔　　三十陷

【入　聲】（1689）

一屋　　　　二沃　　　　三覺
四質　　　　五物　　　　六月
七曷　　　　八黠　　　　九屑
十藥　　　　十一陌　　　十二錫
十三職　　　十四緝　　　十五合
十六葉　　　十七洽

平水韵

上平声（2038）

【一東】充忡沖琉㹖罿艟崇漴蟲爞悤蔥璁聰驄潀叢**東**涷蝀侗峒恫戙詷汎風渢楓豐酆澧豐麷逢馮釭工弓公功攻宮躬烘玒洪紅虹澒葓䀧鴻訌洚空倥悾隆癃窿嚨靇曨朧櫳瓏龔蘢籠聾礱䆍髼冡罞夢雺瞢幪濛曚朦矇艨饛蒙懵㦷龐芃峯埄蓬篷髼鬔穹窮藭戎彤狨茙絨融駥瀜崧菘嵩通同桐童絅衕酮僮銅潼曈朣氃犝瞳穜鮦筒箭翁螉芎雄熊中忠盅衷終螽鬷种堫㚇猣葼椶䍟稯緵艐螉豵騣鬉鬷總（159）

【補，注】箜，悤（怱匆）騣（騌鬉鬃）箭（筒）豐（丰）汎（泛）緵（綜）粽（糉）椶（棕）髼（鬔）蔥（葱）玒（玜）叢（丛）

【二冬】舂揰惷憧衝踳蝩從樅鏦悰淙琮慒賨**冬**鼕丰封峰桻烽葑犎蜂鋒逢縫供恭蚣龔共龍蘢農儂濃膿穠襛醲跫銎邛笻蛩蛬茸容溶蓉榕瑢鎔忪松凇淞鬆彤橦凶兇匈恟洶胸訩邕庸傭鄘雍墉慵噰壅雝鏞廱灉饔鱅癰喁顒禺彸鍾踵鐘重宗蹤縱（96）

【補，注】從（从）蹤（踪）鬆（松）衝（冲）癰（痈）縱（纵）鼕（冬咚）洶（汹）

【三江】邦垹梆惷窗摐瑽鏦淙漎矼缸釭杠谾玒**江**茳豇降洚扛悾瀧龙庬哤娏蛖駹逢龐椌腔跫雙艭橦椿幢撞

（41）

【補，注】椿（桩）玒（玜）

【四支】陂卑悲碑藣比庳禆詖裨偲差蚩䋽眵笞嗤媸摛絺螭鴟癡魑齝彲黐池持匙粭蚳趍馳墀篪踟遲箎鉹褫吹炊垂倕陲箠腄鎚玼疵骴柌祠茈茨瓷詞慈磁雌辝餈辭鶿榱嵯鍉坻隓而兒陑洏耏栭胹唲鬋鮞鴯規嫣摫龜騩萑撝麾肌剞姬基攲畸稘箕觭錤饑齎羇羈徛劑鯊居窺虧逵郊馗葵戣頯騤夔羸纍藟欙厘离犁蔾漓蜊蔆樆璃貍氂犛褵黎罹醨離鵹灕蘺蠡孋劙穲籬驪鸝麗酈眉郿嵋湄楣采彌縻縻麋䕷醾瀰劘尼怩秜跜柅箄丕伾邳披秠紕旇翍秛豾鈹銔駓錍皮毗疲郫陴埤崥椑脾貔羆娸期欺僛檱諆踦魌祁岐忯其其奇奇歧衹疧耆蚑崎淇萁軝棊琦琪祺旗綦蜞踑錡藄騎騏蘄麒鬐鰭薺欞桵矮綏蕤蛇尸邿屍施師絁葹獅蓍詩鳲褷鍦襹簏籭釃姼時塒榯鰣氏衰衰脽誰司私思虒斯絲禗凘罳廝澌緦颸榸覗荽睢睢雖隋綏隨台菭提洟推蓷危逶峗為帷惟溈維濰委萎痿蝼壝倭娭稀僖熙嘻嬉熹羲爔譆巇曦犧蠵觿鑴莛禧纚戲巇涯伊咿洢猗禕漪噫醫黟匜圯夷宜怡迤姨峓恞瓵宧扅移桋酏酏痍移蛦貽暆椸跠飴疑儀遺頤嶷簃彝誃䐖蟻椅轙寅菑之**支**卮芝枝知肢衹胝脂梔禔榰泜治觶佳追椎錐騅鯡仔孜咨姿兹茲淄嵫椔滋粢鄑觜貲資緇輜甾澬錙髭齍秄訾齜厜嗺（431）

【補，注】棊（碁棋）氂（釐厘）瀰（弥）鎚（锤）譆（嘻）箠（棰）簏（篩）齎（赍）纍（累）辭（辞）頯（頄）菭（苔）

【五微】溰妃非飛婓菲扉緋霏餥騑騑騛肥淝腓誹屝痱歸騩揮暉楎煇徽褘翬徽刉嘰鐖機璣禨磯穖譏鐖饑鞿幾圻

祈肵旂碕頎威葳微溦蝛薇巍韋圍幃違闈犩希晞欷睎稀豨鵗衣依譩沂（72）

【補，注】暉（輝）韋（韦）旂（旗）幾（几）

【六魚】車初摴樗除滁蒢耡蜍篨鋤躇儲居狙苴疽砠椐琚腒趄裾雎鶋咀沮据醵鐻廬臚閭櫚藘驢慮挐拏且阹袪胠袪蛆渠蕖磲璩蘧籧呿如茹袽駑洳書紓梳疏舒綀𤤽蔬攄藷涂屠筡駼胥虛嘘墟歔蝑諝魖驉徐湑糈萸衙疋唹淤箊予余好於狳魚畬漁䱷餘懙璵輿旟與鋙齬譽諸豬瀦櫧櫫蠩菹（114）

【補，注】與（与）攄（抒）藷（薯）于（於）耡（鋤）

【七虞】逋晡餔瓿裯貙芻趎廚幮雛蹰麤徂裯都闍惡夫玞趺怤柎荂趺稃鈇敷膚麩懯孚扶扶芙泭苻俘枹郛莩蚨桴符罦颫鳧拊枸姑孤沽柧罛菰蛄觚軱辜酤箛橭鴣呱乎呼恗虖幠膴弧狐胡壺湖葫瑚箶糊醐餬鶘瓠鋘拘捄痀娵跔駒句俱瞿刳郀枯絝婁慺蔞溇鏤旅盧壚瀘蘆櫨瓐矑簬纑艫轤鑪顱鱸鸕氀膢嫫摹模膜謨母臑獳奴孥筊駑砮懦齵嘔痡鋪蒱蒲酺區嶇趨軀驅劬朐約狗軥鼩戵欋臞衢躣鸜儒嚅濡襦繻醹殳杸姝殊毹樞輸酥穌蘇帑徒荼途屠稌塗瘏圖駼駼菟汙杇巫烏誣毋吳吾部梧無蕪鼯瑦憮盱盰欨訏須需嬃鬚姁喁迂紆盓渝于邘杅玗於盂臾俞禺竽娛萸釪隃隅雩堬嵎愉揄楰腴逾愚榆歈牏瑜虞睮窬褕羭蝓諛澞覦鍝髃鰅鸆萮麌齬吁芋喻瘉咮朱侏邾洙株珠蛛誅跦銖鴸諏騶嫭租葅（280）

【補，注】瘻孺蝡（蠕），膚（肤）鑪（炉）枹（桴）戵（瞿）塗（涂）麤（粗）汙（污）

【八齊】鎞篦吡低羝隄磾鞮氐詆締兒圭邽窐袿閨巂枅

笄嵇稽雞躋齎齏擠刲聧奎暌睽梨犂蔾黎藜黧蠡驪鸝瓈迷麛泥倪猊蜺輗霓鯢齯麑批錍笓椑膍鼙妻凄栖悽淒萋緀霋蹊畦齊懠臍蠐禔嘶撕澌梯銻鷉媞提稊嗁瑅綈緹蹏鶙題鵜騠睼烓兮西奚傒屖粞徯榿谿磎醯鄪鼷蠵觿鑴騱攜緊鷖鷖黳荑桋鮧折禔（120）

【補，注】齊（齐）隄（堤）淒悽（凄）蹏（蹄）嗁（啼）磎（溪）卟（乩）鷉（鹈）折（tí）齎（赍）

【九佳】挨啀靫差釵柴豺儕荄緺騧乖鮭骸淮槐懷櫰**佳**皆痎階喈湝街揩楷埋霾俳排牌廲哇娃媧蛙蝸偕膎鞋諧厓涯齋（45）

【補，注】厓（崖）懷（怀）

【十灰】哀唉埃欸皚杯猜才材財裁纔鎚崔催摧縗漼獃堆磓頧侅陔垓峐荄晐絯該瑰咍孩徊槐坏**灰**恢虺豗詼回洄茴開頦咳悝魁傀來郲崍徠萊騋雷罍枚莓梅脢媒煤禖塺酶鋂能肧岆醅陪培裴捼毸顋胎駘台部苔炱臺儓鮐擡薹推蓷隤檯焞偎隈椳煨鰃桅嵬隗緭災哉栽（106）

【補，注】敳毐棓搥裓賅胲佪剴盔涞棶鯠鐳玫脢徘坯鰓跆頹魋溨萛，顋（腮）肧（胚）桮（杯）捼（挼）臺（台）獃（呆）擡（抬）

【十一真】彬斌賓儐濱豳瀕蠙瞋嗔臣辰宸陳晨塵麎春椿櫄純蒓淳脣漘醇錞鶉皴踆郇巾津璡墐均袀鈞筠麇竣箘粼鄰嶙潾燐璘瞵磷轔驎麟鱗掄倫淪綸蜦輪民岷忞旻旼罠瑉緡泯筤閩貧頻嬪嚬顰蘋親秦溱螓囷逡輑人仁紉申伸身侁呻姺神娠甡紳詵駪神填屯礥辛莘新薪眴巡旬峋恂洵紃荀珣循詢馴湮因姻茵氤堙歅禋諲駰闉垠狺寅鄞夤誾銀嚚齗齗勻昀縜珍帪**真**桭甄蓁榛臻籈眕侲振僎迍窀諄遵鷷

（160）

【补，注】禛，蘋（苹）燐（磷粦）櫄（椿）脣（唇）親（亲）麖（䴢）

【十二文】朌賁分帉芬氛祌紛雰饙汾枌紒棻焚墳幩蕡鼖魵獖蕡魵轒葷斤筋堇廑憨君軍鞍麇漬蘄芹勤癏懃窘裙羣文紋蚊雯聞雞闓昕欣炘焄熏勳獯薫曛膧繻醺殷蒑慇硃垠狺鄞齦員菎熅蝹云妘沄芸紜耘郧雲涓氳澐楥箮緷緼（89）

【补，注】慇（殷）羣（群）薫（熏）

【十三元】奔賁純村存惇敦蜳墩蹲豚庵燉恩番墦幡旛翻藩轓笲煩樊蕃燔璠膰蘋繁繙蹯攀蘩反根跟縚棦痕鞎洹狟昏婚惛梧闇渾魂鼲溷犍軒鞬塞坤昆崑琨髡禈鯤鵾掄崙論崙門捫璊虋襑噴盆溢阮孫飧蓀蕿吞哼焞暾屯芚豚軘飩臀蜿宛亹溫瑥輼掀騫咺晅軒喧萱暄諼塤芫言黿垠冤智鴛鸉元祁沅杬垣爰原蚖袁援湲媛園嫄源榞楥獂轅黿騵怨媛沄緼蘊尊嶟縛鱒鶵（146）

【补，注】歂蜦鱒，旛（幡）鱒（樽）攀（矾）崙（仑）燉（炖）

【十四寒】安峯豻般瘢拌弁磻餐殘巑攢欑丹單鄲殫癉襌簞撣彈端敦繁干忓玕肝竿官冠倌棺觀洹寒韓汗翰獾歡讙驩峘洹桓萑綄狟瓛奸刊看寬髖闌幱攔瀾蘭欄簡讕巒樂灤灤鑾鸞榣瞞饅鬘鰻曼漫謾鏝難潘盤磐蟠鏊胖乾乾姍珊跚狻酸疼暉攤灘壇檀歡湍貒劓團慱搏溥剜丸刓汍芄完岏紈莞智源攢驙鑽（121）

【补，注】頇邗襴，峯（鞍）壇（坛）乾（干幹）鑽（钻）歡（欢）

【十五删】豜扳班般斑猵颁孱潺關鰥寰澴還環鍰轘闤鐶鬟患擐姦菅軒蕑艰間閒（间）瞯斕綸鬘蠻獌粄攀悭跧山刪狦潺汕彎灣頑閑閑嫻憪賮鷳黫鰢顔殷湲圜（58）

【補，注】關（关）姦（奸）環（环）豜（猈豜）

下平聲（1863）

【一先】筵編邊鯿邉扁便緶蝙孱嬋鋋偭廛潺禪瀍蟬纏躔煇川穿船遄傳椽篿純單滇瘨蹎顛巔佃鈿懁還枅开戔肩堅豜湔犍煎箋鵑籛轏髯諓鍵濺娟捐涓鋗鵑鐫鐲卷夯焆竣連漣蓮憐聯鰱零攣眠棉綿櫋年偏篇翩胼梗骿駢平耕千仟阡芊岍汧牽悁鉛搴遷塞騫轞前虔乾嫣錢鞭鮱悛棬駩全佺泉荃拳牷痊筌絟詮跧蜷蜷銓鬈權顴然堧埏挺蟬扇天田沺畋填磌闐籛仙仚先袄私褝鮮廯躔鱻弦涎絃舷蚿賢縣宣揎瑄儇嬛駽翾蠉譞玄旋璇璿咽焉煙鄢嫣蔫延妍沿郔狿研莚筵縏蜒燕歀鞭悁淵蜎鳶驨員湲圓緣蜍橼旃澶邅甎餰驢鱣鷾甄專甎顓朘（226）

【補，注】蝙樞嫙漩，鞭（鞭）邊（边）邉（笾）私（籼）磚（砖）乾（干）羶（膻）甎（砖）璇（璿）鱻（鲜）牽（牵）傳（传）

【二蕭】杓髟嘌標熛麃儦漉臁矊飆鑣摽弨怊超朝朝潮鼂刁凋彫貂雕調熇憢椒焦嬌澆蕉焦臁稍鐎驕鷮鷯僥徼噍嶠轎橑聊僚寥嫽漻脊嘹寮撩獠遼燎簝謬鐐鷯料颮貓緢苗描蟯剽髟漂翱飄瓢薸篍僄幜橇鍬莜喬僑憔蕎樵橋譙趫翹荍薆橈饒嬈蛸燒苕韶劭哨陶佻桃挑桃迢條蜩俸髫鰷跳枵宵消逍梟痟硝儵鼜綃歊嘵獢銷霄膮蕭魈鴞瀟簫囂驍馨繭

幺夭妖喓葽腰邀垚姚珧傜堯鞗喓愮搖猺遙瑤銚嶢窯繇謠
飆蘨鰩要鷂恌褕佋招昭釗鍣（175）

【補，注】黽（晁）蕭（萧）窯（窑）

【三肴】坳磽聱謷冂包苞胞鉋颰麃炰訬鈔巢鄛澩嘲櫟
翬轑枹嗃交郊姣茭蛟膠鮫鵁鷜佼笯勒窌教摎嘮顥犇嶚茅
罞媌呶恌硇譊鐃拋脬咆庖炮匏䩚跑泡抔捄鄗敲骹磽鞘弰
捎梢菁旓筲蛸髾庨虓嘹髇浇崤洨哮洨詨然爻肴咬啁艄抓
（91）

【補，注】犇（牦）膠（胶）鉋（刨）

【四豪】敖謷葵熬璈翱螯謷麐鼇驁褒操曹嘈嶆漕槽醩
螬褯綯刀叨忉舠鮂翿羔高皋橰膏篙餻藆蒿薅毫嗥豪濠蠔
號呺尻撈牢勞簩螃醪澇鼇毛旄秏髦芼猱撓臑袍慅搔溞繰
臊颮騷椮艘氃條慆滔稻濤謟韜饕匋咷洮逃桃陶淘萄裪綯
蜪醄檮駒氃挑橐囂遭糟（101）

【補，注】鼇（鳌）條（绦縚）皋（皋）韜（弢）謷
（嗷）蠔（蚝）鼇（牦）氃（韜）餻（糕）號（号）

【五歌】阿波嶓嶓瘥搓瑳磋蹉醝嵯矬齹多婀囮俄娥峨
莪訛哦蛾鵝番伽戈哥歌緺堝過鍋過呵訶禾何和河荷菏迦
枷苛柯痾珂科痾軻窠薖蝌囉螺羅蘿籮鑼贏麼摩磨魔劘那
儺哦坡婆皤頗茄捼抄莎娑傞梭蓑挲髿挓佗佗（他）陀沱
迱紽堶詑跎酡駄駝鮀驒鼉倭渦窩踒硪獻鞾薖（106）

【補，注】砒（砣），羅（罗）覶（覼）婀（婀妸）
峨（峨）鞾（靴）挓（拖）詑（托）獻（献）贏（骡）

【六麻】巴芭笆羓蚆鈀叉杈艖鎈耗靫差瘥車硨葭爹闍
哆荂駕瓜緺騧花華嘩鎵驊鵊划樺加迦枷珈家痂笳葭跏柍
嘉豭麚瘕㗾嗟苴罝夸姱誇麻蟆拏笯葩杷爬琶茄搻媷沙紗

裟鲨奢賒佘蛇髿鉈塗哇娃洼宷媧蛙窪攩蝸汙吾煆颰蝦遐
瑕碬椵鍜霞騢些邪斜丫呀椏鴉錏牙岈芽枒涯瑘衙齖啞椰
耶揶爺釾畬溠楂樝皻咤夈遮樋鬙菹（130）

【补，注】犯袈（鞾），楂（樝）譁（嘩）拏（拿）
窪（洼）汙（污）鍱（鏵）塗（涂）夸（誇）

【七陽】昂柳膀傍磅倉滄滄蒼鶬藏昌佷猖菖閶鯧長
常萇腸嘗償鱨場倡瑒鐺牀創當瑒禓簹艙碭方邡坊芳枋蚄
鈁防妨房肪魴彷岡剛堈綱鋼光洸胱芫杭航頏桁肓荒匟皇
凰隍黃喤徨惶湟遑煌潢璜篁腥蝗簧餭趪鱑姜僵漿缰薑橿
蠻礓疆蔣將將康穅亢吭匡劻恇洭筐狂眶郎狼莨廊桹琅椰
硠稂筤蒗銀浪良梁涼梁綜踉糧量邙忙汒芒宋茫鋩蘤囊娘
汸雺滂霧螃彭羌戕斨蜣蔣槍瑲蹌蹡鏘強嫱薔檣牆搶慶勸
瀼穰瓤穰毿攘纕桑喪商傷殤觴裳霜嬬鶶驦湯湯鐺唐堂傏
棠塘搪溏糖瑭磄螗螳餹厇汪亡王忘望相香鄉厢湘薌箱緗
腳襄瓖鑲驤庠祥翔詳行央決殃秧鋏鴦羊佯徉洋眹陽揚歗
暘楊煬瘍錫鴹颺牂臧賍張章郭嫜彰慞漳樟璋麐障妝莊裝
（258）

【补，注】陽（阳）螗（螳）麐（獐）穰（糠）
餹（糖）歗（揚扬）颺（揚扬）鱄（鰉）牀（床）慶
（庆）

【八庚】榜怦祊絣繃兵栟并傖琤撐瞠赬樫蟶成呈郕城
振珵根程裎誠醒橙瞪丁阬更庚耕賡羹鶊舲亨桁珩橫衡蘅
訇鍧轟吰宏泓浤紘翃紭閎鬨喤鍠鏗京秔荊莖旌菁晶睛精
鯨鶄鵲麐驚硜鏗令盲岷萌盟甍薨名明洺娗鳴儜獰鬤怦抨
泙砰烹綳彭棚搒軯蛩平坪莘枰評槍鎗卿清傾蜻輕鯖勍情
晴擎檠顈頃請悙薐瓊榮嶸蠑生牲笙甥聲鼪盛餳趟猩觪騂

行婞兄嬛英瑛蓥霙嫈諆嚚嚶攖櫻瓔鶯纓鸚迎盈塋楹瑩嬴
營縈嶸瀛瀯贏籯祭贞侦楨禎征爭峥鉦箏錚鬟正（183）

【補，注】檉泩，鐄（鍠）秔（粳粳）阬（坑）瓊
（琼）獰（狞）并（並）蝱（虻）嚚（嚻）

【九青】丁仃玎钉涇經垌扃綱駉伶囹泠苓玲瓴翎聆舲
軨鈴零鴒酃齡醽靈欞廳冥娭溟蓂瞑銘瞑螟寧聹娉傡屏瓶
萍軿青笒汀町桯綎聽廳廷亭庭莛停渟筳葶蜓桯霆艇娗馨
星惺腥篂鯹刑邢形侀型陘娙硎鈃鉶醒滎熒螢濙（87）

【補，注】寧（甯宁）靈（灵）聽（听）廳（厅）

【十蒸】冰掤繒層嶒增驓稱偁丞承乘脀媵澄澂懲騬庱
登豋燈簦橙馮掤緪肱恆薨弘弘輗矜兢棱夌凌陵崚淩淩綾
輘鯪薝薾艻能凝溿朋堋鬅鵬砅凭溯憑扔仍礽陾僧醹升昇
憴澠繩譝鯅勝腃縢縢縢膡藤騰興應膺鷹蠅鷹曾曾鄫增憎
橧矰磳罾繒烝蒸徵篜癥（100）

【補，注】澂（澄）薝（菱）憑（凭）徵（征）癥
（症）膺（應）應（应）膡（誊）稱（称）

【十一尤】彪髟瀌不抽紬搊瘳篍犨仇惆愁稠裯酬綢
儔幬疇籌讎魗調吺兜篼紑芣枹罘浮桴烰琈罦秠蜉溝鉤緱
褠篝韝龜駒侯喉猴篌鍭餱尤湫噍啾挈鳩摎樛鬮捄句婁貗
剅彄摳頄頄流留旒遛榴劉瘤嘐蟉瀏鏐騮鷗颷婁僂嶁蔞樓
艛蝼𦝧髏搜𥴧勼膢矛蛑督繆牟侔眸謀鍪犛牛歐甌謳鷗嘔
漚抔哀邱秋楸菆荍鞦鰍鶖𦚼囚求泅蚯俅酋逑毬球逎絿裘
觩賕璆銶區輶柔揉腬蹂鍒鞣䳑收售庾搜溲鍐颼曳涑𩰚偷
婾鍮投骰頭休修咻庥羞脩脉㹇楢髹鵂緜蔾抌尤攸呦怮幽
悠麀憂優鄾嚘擾尤由油斿疣汥郵蚰詶猶遊猷蕕蝣輶蚰卣
冑橊腧惆州舟侜周洲輈賙謅鵃妯隃掫菆楸鄒緅諏鰍騶

（132）

【补，注】虬（虬）毬（球）蒐（搜）餱（糇）媮（偷）嫶（啾）鰍（鰍）鞦（秋）扰（舀）佅（讎）

【十二侵】参嵾岑涔郴琛綝忱霃谌今金衿襟祲禁林淋琳霖临黔灊侵衾绶嶔駸芩琴禽擒檎钦壬儝任妊紝森椮深蔘沈椹心歆鬵镡寻浔煂鲟音阴喑愔瘖霵吟崟淫蟫霪簪湛斟碪箴鍼（70）

【补，注】鍼（针）碪（砧）沈（沉）鲟（鳝）参（葠蔘）蔘（参）椹（葚）

【十三覃】庵菴媕盦谙闇醃鹌䨐啽参傪骖憨蟗妠眈玵眈耽酖儋擔澹餤甔驔甘坩泔柑淦蚶酣馣憨含邯函唅涵魁蜬颔堪嵁戡龛婪嵐蓝褴篮男枏南諵三毵鬖簁䑎贪佟郯惔覃痰潭谈昙橝锬薝壜谭醰探鐕鐔弇涔蟫湛（84）

【补，注】枏（枬楠）惭（惭）菴（庵）壜（坛坛）擔（担）

【十四盐】砭觇幨襜蟾阽尖兼蒹燂縑殲瀸鰜鹣渐廉奁磏鬑簾帘蠊鬑鎌薟柟拈鲇黏佥谦鈐箝黔灊籖潜蚺髯坫蕲苫添恬甜湉醶忺杴桰銛暹憸襳纖嫌撏鬑㮇淹醃阎厌炎阎檐严盐噞猒沾詀詹噡霑瞻占佔鍼（81）

【补，注】黇，簾（帘）嚴（严）奁（奁）纖（纤）籖（签）霑（沾）厌（恹）殲（歼）噡（噡）醃（腌）鍼（针）鲇（鲶）盐（盐）猒（厌）

【十五咸】髟摻攙狝毚儳劖巉欃谗鑱饞帆颿凡函械诚监缄喃鹐嵌杉芟衫縿杴咸衔諴鹹喦嵒嚴巉巉鹹詀（39）

【补，注】嵒，喦（巉岩）嚴（严）饞（馋）

上　声（1738）

【一董】珙埲菶琫憁董懂侗挏洞動硐唪汞嗊澒空孔籠
攏懞曚懵蠓苯桶塕潼蓊嵷鏠傯總（33）

【二腫】寵湩㲈奉拱奉栱珙軵鞏紅恐隴壅捧葰茸溶氄
宂軵悚竦聳駷銿恟洶誦壅擁甫俑勇涌蛹澬踊冢歱腫種踵
重（44）

【补，注】涌（湧）踊（踴）洶（汹）誦（讻）鞏
（巩）竦（悚）澬（恿）

【三講】珙蚌棒港傋耩講蚝項（9）

【四紙】被匕比姊彼秕俾鄙婢庳鞞髀弛侈恥褫齒揣捶
箠玼此佌沘底坻砥哆耳珥爾駬邇否否宄汜佹垝癸軌庋匭
晷詭簋跪燬毀机剞几己掎麂妓技紀悝蟣揆傀跬頍檦絫誄
壘蠶讄李里俚娌理裏鯉邐履美靡芉弭敉灖你旎儗擬薿秕
庀圮痞嚭踦趾錡企屺芑杞起綺棨鷖蘂醴嫷史矢豕使始屎駛
士氏仕市阰枾恀是視葸褆諟水死巳汜似兕姒祀俟涘耜澥
髓徒唯委洧痏劻荴薳鮪壝舊枲喜屣葨璽纚匜迤酏蟻已以
矣苡倚歋螘襼徵止只旨阯址抵沚芷祉咫指枳紙趾軹阤豸
岿庤時痔廌雉仔秭子姊肺秭籽第梓啙紫滓訾唯（207）

【补，注】踞，燬（毀）絫（累）榮（縈蘂蕊）灖
（弥）棰（箠）枾（柿）擬（拟）耻（恥）葸（舐）底
（砥）蟣（岂）螘（蟻蚁）裏（里）

【五尾】菲蜚蟹胐匪悱斐枾椑誹篚鬼虺卉幾蟣蟥豈尾
偉葦暐煒瑋韙韗亹晞豨斐扆俒蟻顗（34）

【补，注】螘（蚁）豈（岂）韡（韡靴）幾（几）

【六語】杵楮楚褚濋礎齼處櫸苴咀沮莒筥舉欅巨岠怚
拒苣炬秬詎距跙虡駏鋸鐻呂侶旅梠祣膂儢稆宁女籹去茹
汝抒紓暑黍鼠癙墅所稰諝許湑稰醑序敘漵緒蒮鱮衙予圄
峿圉敔與語嶼齬禦籞渚煮佇杼苧紵矜著貯阻俎（87）

【補，注】禦（御）紵（纻）苧（苎）佇（伫）與
（与）貯（贮）

【七麌】補部簿堵覩賭杜肚甫府弣拊斧俯釜脯腑滏腐
輔撫簠黼父父枸估酤古股牯罟羖詁鼓鼓鹽瞽蠱雇膴虎琥
滸戶岵怙祜扈滬賈矩蒟踽聚宴苦楛姥僂蔞謱嶁簍鹵虜滷
魯櫓艣縷莽錋努弩砮怒剖莆圃浦普溥譜取齲齬乳籔數豎
樹稌土吐鄔五午仵伍昈武侮舞嫵廡憮瓿鵡隖咻栩詡煦煦
楀宇羽雨俣禹栩庾鄅傴寙斞瑀嫭貐麌愈瘉主拄麈柱炷俎
祖組（141）

【補，注】頫（俯），虜（虏）覩（睹）瘉（癒愈）
艣（艪櫓）隖（塢）

【八薺】陛髀泚邸坻底抵牴牴紙弟娣遞濟鱭薺蠡澧禮
醴鱧欚襧米眯瀰啟棨綮薺媞緹醍體悌涕徯洗（38）

【補，注】苊，遞（递）瀰（弥）灛（弥）

【九蟹】矮罷擺拐駭駴夥解解楷鍇買賣嬭灑躧躧澥獬
蟹廌（21）

【補，注】灑（洒）嬭（奶）躧（屣）夥（伙）罷
（罢）

【十賄】欸倍琲蓓采宷彩綵茝錞溾璀嶉待怠殆紿改海
醢亥悔匯賄痪塏愷鎧頦瑰橢硌硌蕾儓瘣每浼乃鼐腰鯁駘
骸儡隗廆猥頠餧詒宰載在崽（55）

【補，注】硌（磊）餧（餒）骸（腿）茝（芷）匯

（彙汇）

【十一軫】臏純倰惷踳蠢盾盡緊宭菌箇稇嶙泯敏閔愍黽憫牝困忍哂脤腎蜃吮楯隼笋簨尹引蚓靷允狁隕殞賱胗眕袗紾診軫稹縝驎朕紖朕賑準（56）

【補，注】疹鬒，笋（笋）愍（憫）

【十二吻】齔蚡墳粉坋弅忿憤刌菫槿謹近听刎**吻**抆殷隱惲薀（21）

【補，注】听（yin，與聽異）

【十三阮】阪本畚刊庬沌盾遯反返飯袞緄輥鯀棍很鰥混寋楗墾懇焜悃捆梱壺閫娩捷圈綣**阮**損踠宛晚婉菀腕琬踠跪穩憶咺烜鄢偃蝘鰋齫齵巎堰遠苑鱒噂撙（60）

【補，注】挽，懇（懇）墾（墾）遯（遁）

【十四旱】粄伴篡癉亶但蜑誕短斷笴稈琯痯管館亶盥旱悍暵緩澣侃衍款窾嬾卵滿灙暖散繖饊算坦袒疃盌脘趲鄼趲纂纘（47）

【補，注】緞焊，繖（傘傘）嬾（懶）饊（糤）澣（浣）

【十五潸】版鈑蝂偄弝剗產嶘潺羼睅睆柬揀簡彎赧戁販潸莞綰慪限俔眼琖醆棧輚撰（31）

【補，注】弝（串）

【十六銑】扁匾惼碥褊牖辨辯辯幝蕆燀闡趁歂舛荈喘單僤典鞭跰揃筧戩翦謇蹇繭鬍褕件倎餞踐鍵餞卷狷雋絹璉變爨免汅俛勉眄冕勔愐湎緬黽涊撚辇論寋錢淺遣繾犬畎奨惓硜顿頓善墡墡鱔姟吮疹腆靦蜓剸洗**銑**鮮毨筅蜆跣獮燹蘚韅顯峴峴睍睍選癬泫琄鉉贙兗衍嶙演戩甗瓺巘齴宴讌蜎展輾棧鄆轉壔璑撰篡譔（126）

【補，注】繯礥，輭（軟）蝡（蠕）撚（捻）雋（隽）譔（撰）顯（显）趼（跰）

【十七篠】標麃表摽訬麨掉嬌皎湫撟矯皦蟜譑僚燎繚蓼了瞭杪眇秒淼渺緲藐梟鳥嫋裊嬲縹殍篻醥慓悄蹻愀嬈擾遶繞少袑紹駣佻挑窕朓篠小皛曉篠夭杳窅窈溔鷕佋昭沼兆旐肇趙鮡（72）

【補，注】僥嫽，梟（裊嫋）擾（扰）繞（绕）

【十八巧】拗飽鮑炒姣佼狡筊絞鉸攪繚卯泖茆昴媌撓巧狣齩搔爪（23）

【十九皓】芺媼襖保堡葆褓鴇寶抱草懆倒島擣禱道稻夰杲菒槁稾縞鎬鄗藁好昊浩皓滈暤顥灝考栲老恅栳潦橑轑澇蕘媢惱腦碯鄗繰繅嫂埽駣套討夭燠媼早蚤棗璪澡璪藻皁造燥（70）

【補，注】稾（稿）擣（捣）

【二十哿】跛簸揣瑳脞癉爹哆朵垜埵鬌彈陊惰墮隓峨騀笴哿舸果惈蜾裹輠荷火夥禍坷軻顆可堁卵砢蓏裸蠃麼那娜儺叵頗隋娑瑣鎖拕沱柁妥婿嫷橢我婐硪閜左坐（54）

【補，注】跺，拕（拖）夥（伙）

【二十一馬】把奼撦哆嘏寡輠踝斝賈瘕檟假姐髁銙馬駉且惹若灑捨社瓦閜下夏廈寫灺瀉疋庌啞雅也冶野鮓痄者赭（43）

【補，注】撦（扯）灑（洒）捨（舍）寫（写）瀉（泻）

【二十二養】盎榜蒡蒼長袒敞廠鷩磢黨欓讜潒蕩盪盪簜仿昉倣紡放廣獷蚢沆慌怳晃幌滉榥駫彊甥蔣槳獎慷吭

槨朗兩緉蜽莽漭蟒曭曩灢搶繈襁穰壤攘磉顙賞上爽帑儻曭往枉罔惘網輞魍迋享想嚮蠁鯗響象像橡泱鞅蕩蚌仰坱養駚瀁癢怏髒駔奘掌丈仗杖（101）

【補，注】彊（強）倣（仿）嚮（向）髒（脏）廣（广）

【二十三梗】丙邴怲秉炳窉蛃餅併裎悜逞騁打哽耿梗綆骾鯁獷睛井景憬璟頸警靖境靚靜冏煛礦冷領嶺猛艋蜢皿黽屏頃請省眚箵杏幸荇郢影潁穎癭永整（60）

【補，注】璥，併（並并）

【二十四迥】竝庱等酊奵頂鼎剄脛泂迥炯熲褧肯茗嫇溟酩濘謦町莛侹娗挺梃珽脡艇鋌頲冼醒婞涬詗拯（37）

【補，注】褧（絅）竝（並并）

【二十五有】瓿蔀丑醜斗枓陡蚪缶否阜負婦蕡狗苟枸玽笱耉垢茩吼后郈厚後糾赳九久玖韭酒臼咎舅口扣釦蟉懰瀏柳綹罶塿嶁漊甊簍茆某母牡拇畝忸狃杻紐莥鈕歐毆偶耦藕培剖掊糗取趣蹂楺手守首受壽綬籔溲醜叟嗾擻藪妵黈鴝朽滫琇呦友有卣酉羑庮莠槱牖黝右誘肘帚紂掫鯫走（113）

【補，注】狗（豿）後（后）醜（丑）釦（扣）

【二十六寑】踸錦澿噤稟凜廩懍淰品寑鋟荏稔恁袵諗葚飪沈審諗瞫嬸瀋甚唫飲枕朕（30）

【補，注】蕈，袵（衽）

【二十七感】闇晻慘憯黲歁眈紞紞黕膽萏窞噉髧憺澹禫瞫敢感澉橄贛喊菼菡撼頷頗坎欿轗罯覽攬欖嵌槧鋘糂穇醰荅毯嗿揜昝寁鏨黮（51）

【補，注】糂（糝）膽（胆）轗（坎）贛（贑）

【二十八琰】貶謟篂點启玷广儉檢漸濂斂臉瀲慊芡嗛歉冉苒染陝閃剡忝險獫奄掩渰琰陝厱儼魘魇燄颭（38）

【補，注】睒，燄（焰）广（yan與廣異）險（险）

【二十九豏】黯摻巉瀺喊犯范軓笵範喊減醶檻艦轞闞臽濫淰歉錟豏黤斬湛（26）

　　去　声（2176）

【一送】涷恫洞凍棟渾調諷鳳賵贛灨玒貢哄蕻閧空控輭甏哢夢曹霿弄凇送綗痛慟甕中衷仲眾緵億糭（38）

【補，注】糭（粽）閧（哄）緵（綜）

【二宋】惷從封葑縫俸供共恐霿宋訟頌誦統雍壅用種重綜瘲縱（23）

【補，注】縱（纵）從（从）

【三絳】惷憧幢澒淙虹閧降洚絳胖巷幢撞（14）

【補，注】閧（哄）

【四寘】陂被備糒貢柲鼻比坒庇邲畀毖庫詖痹閟鄪髲避臂躄奰廁柴屎遲諀攱翅啻寘熾饎出吹腄槌錘髓次伙刺賜萃粹翠穎髊德地懟哆珥餌二刵呬螄貳樲堄蚝恚彗篲積掎幾忌芰季泊記寄悸惎㵸芰暨概記冀覬懫驥近炊歸媿匱賷樻簣饋纍淚累類莉裏吏利苬痢晉媚寐魅泌祕觬膩帔彎轡其蚑跂騎企棄器瑞傺瑟曬施施觶食蒔識使始示事侍嗜試諡術帥睡司思澌四寺伺泗栖笥嗣肆飼駟睢瀡祟遂睟隧誶㩻燧璲襚穗穟邃旞縋為偽萎痿蜼諉位餧杝屜㑊咦墍戲嚱圓衁胎詒遺輠异易阤異意義肄勩廙漢誼劓縊議懿織值埴植至志忮治致智痣真置輊誌幟摯稦緻憤贄觶鷙躓

鷙惴甀硾膇墜縋孶字自恣牸胔胾漬醉（251）

【補，注】鞴，備（备）祕（秘）淚（泪）誌（志）穉（稚）術（术）裏（里）餧（餵喂）翨（翅）屓（屭）蚝（蠔）纍（累）胔（呲）欬（咳）嶧（岿）積（积）織（织）識（识）曬（晒）義（义）

【五未】蜚翡誹沸剕疿屝費痱蘱靡芾髴摡溉貴卉㳉彙諱禨旡既蔇暨慨气氣緯**未**味畏胃尉渭蔚慰緭罻謂魏欷忥塈熂鱀饑鏸衣毅（50）

【補，注】彙（汇）疿（痱）

【六御】除楚處狙梠沮怚倨詎勮踞據遽鋸醵鐻慮櫖鑢女胠去呿覷如茹洳疏署曙恕庶悆嘘絮蕷淤瘀歟與語忬悆**御**棜飫馭預豫澦蕷礜穥譽鸒助著箸翥麆詛（61）

【補，注】與（与）歟（与）

【七遇】餔哺捕布步怖秏妬醋厝措錯妒度渡鍍蠹惡跗付附坿祔訃赴蚹傅賦駙鮒賻酤固故涸雇痼錮顧謼互冱戽柘瓠嫭護頀擭濩獲蒟句具屨瞿懼苦庫絝胯露賂路輅潞璐簬鷺屢募墓慕暮怒仆捬鋪酺圃驅娶趣孺輸戍數澍樹泝素傃訴嗉塑吐兔菟汙忤捂務悟晤婺寤誤霧鶩騖呴姁酗煦斁雨芋寓裕**遇**嫗諭傴籲味屬住注炷註鉒㚝駐霔鑄足作阼祚胙（140）

【補，注】註（注）絝（袴褲）謼（呼嘑虖）籲（竽吁）懼（惧）護（护）獲（获）瞿（瞿）屬（属）汙（污）

【八霽】敝閉幣弊箅蔽嬖薜斃濞鷩掣傺脃毳竁达軑逮蹛蹛髢柢弟杕帝娣第鈦棣睇禘遞蔕遰締諦踶桂筀劌鱖彗惠嘒慧憓暳槥蕙篲蟪擠計偈祭際劑穄薊髻嚌濟穧繫繼蘻

霽揭蹶離例戾沴砅荔唳悷蒞厲綟蜧勵癘隸禲蠇礪麗盭糲蠣儷欐捩袂謎泥埧睨淠睥妻齊懠縈契砌挈愒甈憩切汭芮枘蜹銳叡世忕逝貰勢筮誓噬澨遾帨稅說歲題媞涕揥替薙嚏蛻彗衛轊系細褉泄壻曳医枻羿袣裔詣嫕槸瘞曀殪瞖寱翳藝殢囈晣淛制猘毳墆滯疐製畷綴醊贅眥（181）

【補，注】係，蝃（蝷）繫（系）製（制）脃（脺脆）蠇（蠣）盭（戾）遞（递）壻（婿）轊（槥）畷（綴）蜹（蚋）筭（篹）眥（眦）齊（齐）

【九泰】藹靄艾壒貝狽蔡大汏軑帶釱兌祋茷匄蓋襘禬害會會噦澮薈檜繪翽磕儈鄶廥獪膾旝賴瀨藾癩籟酹糲眛奈柰沛旆霈愒忕太汰泰娧蛻外憎濊最（59）

【補，注】匄（丐）會（会）蓋（盖）

【十卦】隘餲拜唄敗稗粺韛憊瘥蠆噧懘卦挂絓註夬怪喝畫話繣壞祭價解介戒芥屆玠界疥犗誡魪繲欬蒯快噲獪喟蕢簣聵勱賣邁派湃殺鎩曬械廨懈薤瀣齘噫砦債寨瘵眦（67）

【補，注】衩，曬（晒）砦（寨）壞（坏）賣（卖）欬（咳）價（价）

【十一隊】愛薆曖礙靉北背背悖鄁焙琲誖輩孛裁采菜棌倅淬焠代岱俗埭逮貸瑇曃戴黛襶隸隊碓對憝薱鐓敦茷朏吠肺廢癈溉槩劾回悔晦喙誨薉穢繢闠𩰫顪慨鎧欬嘅愾塊憒潰徠睞賚礧未酹擂纇瑁脢妹昧眛痗耐鼐内儗佩配塞賽簺柹碎誶態退磑瀣乂刈栽載再在綷晬（107）

【補，注】啐袋閡嬇餩僾（㤅）綷（綷），隊（队）礙（碍）槩（概）欬（咳）誖（悖）瑇（玳）癈（废）擂（擂）鄁（邶）

【十二震】儐擯殯鬢疢趁齔儭櫬襯璡僅瑾饉晉進搢墐瑨殣縉藎燼覲峻晙浚畯儁餕濬駿粦遴瞵麐驎吝悋藺蹸躪轥親菣刃仞牣訒軔韌認閏潤娠慎蜃舜順蕣瞬鬊填瑱信舋揗汛迅徇殉訊引紖濥印胤酳慭袗診侲陣振賑震鎮諄（88）

【補，注】稕纫贐（賮），舋（釁）濬（浚）襯（衬）儁（俊）轥（躪）

【十三問】拚分坋忿僨奮糞斤近靳郡聞抆紊汶問絻璺焮訓隱員鄆運慍暈緼醞餫鞾蘊韻（32）

【補，注】瀵捃，拚（拼）

【十四願】坌寸敦鈍頓遯販飯艮恨溷恩建健困論曼蔓悶嫩噴圈綣券勸潠褪畹萬憲獻楦巽遜郾堰遠怨愿願（40）

【補，注】畈諢硍焌搵，遯（遁）萬（万）憲（宪）獻（献）

【十五翰】岸按案犴半絆粲燦璨攛竄爨旦彈憚鴠段緞鍛斷斷旰盰矸骭幹榦冠觀館貫悹祼盥雚灌爟瓘鑵扞汗垾悍泔焊閈漢暵翰睅瀚奐逭喚換渙煥漶侃看衎瀾讕爛亂墁幔漫縵謾難泮判泮叛畔胖癉癉偄散蒜算攤灘炭歎彖褖玩惋腕碫晏喭贊酇讚鑽（99）

【補，注】姅疸緞鸛，幹（干）榦（干）爛（烂）竄（窜）鑵（罐）鑽（钻）玩（翫翫）

【十六諫】扮辦瓣鏟串篡骭丱慣轘幻宦患豢槵擐間襇澗諫覵嫚慢縵謾盼襻汕疝訕綰薍莧粯晏鴈鷃贋柵棧綻輚戲（43）

【補，注】繯鐗，鴈（雁）

【十七霰】卞弁忭汴拚便昪徧變禪纏顫穿猭傳傳釧竄佃甸淀奠殿殿鈿電澱煎趼揀鬋見見洊栫荐栴箭諓賤薦餞濺劵倦狷眷鄄睊罥絹健楝練鍊链戀孌眄偭面麪瞑片汧牽遣繾譴俔茜倩蒨綪菮縓煽扇善鄯擅膳繕填瑱剸先蜆韅涀晛羨線縣霰旋選炫眩袨眴衒絢贙狿研莚衍甗彥唁宴堰硯燕諺嚥嬿醼援緣院媛掾瑗輾戰轉譔饌囀（130）

【補，注】抃玔靛湅篟嬗諞現漩嚥禐，拚（拼）薦（荐）唸（念）線（线）鍊（炼）醼（宴）麪（麵面）徧（遍）縣（县）選（选）嚥（咽）譔（撰）縣（县）傳（传）

【十八嘯】驃裱俵摽吊掉釣調藋僬敫徼叫訆嘂噍嶠噭獥趭轎醮釂爝嘹燎瞭療鷯料篎妙廟蔦尿剽漂僄勡慓陗誚誚竅嬈繞燒少劭邵哨朓窱嫽眺覜趒糶肖笑嘯要搖銚顤要窔曜燿艞耀鷂約召詔照（76）

【補，注】票俏帩熽，糶（粜）陗（峭）覜（眺）嘂（叫）繞（绕）

【十九效】拗豹儤爆鈔踔趠礮嗃膠珓窌教窖較酵覺樂貌淖鬧皰礟敲橈稍孝恔傚效校校斆袎靿笊罩櫂（38）

【補，注】鏍（鉋刨），礮（炮）傚（效）皰（疱）櫂（棹）樂（乐）膠（胶）

【二十號】傲奡奧墺澳懊鶩菢報暴虣操糙漕倒導蹈禱到悼盜燾翿纛膏縞告郜誥好秏號犒靠勞嫪澇旄芼冒眊毷媢帽瑁瀑埽毦隩燠鑿造慥噪譟趮躁竈（58）

【補，注】耗套，竈（灶）

【二十一箇】播簸譒磋剉挫莝銼大癉惰餓个箇過和賀貨坷軻堁課邏磨那奈稬破愞馱婑唾涴臥些左佐作坐座

（40）

【补，注】剁坐，箇（個个）剉（銼）愞（懦）稬（糯）

【二十二祃】嘎靶弝罷霸灞欛妠詫化崋樺架假嫁價稼駕借藉堨胯蜡祃駡杷吧怕舍射射赦麝賈暇下夏罅卸榭謝瀉迓亞砑婭訝稏夜乍咤詐醡柘蔗炙（57）

【补，注】汉佗厍吒鷓，罷（罢）價（价）蜡（蠟）瀉（泻）

【二十三漾】益醠傍徬謗藏長償鬯唱悵暢韔枊創愴當擋宕碭蕩盪防妨舫訪放廣頏桁潢匠將醬亢伉抗炕閌吭誆況貺壙曠纊恨閬浪兩緉亮量諒掠醸搒讓喪上尚湯踢儻王妄忘迋旺望相餉饟向向珦嚗行煬颺仰養瀁快恙羕漾樣葬臟張漲仗帳脹障嶂瘴壯狀（100）

【补，注】呒垠，嚗（向）況（况）臟（脏）颺（扬）徬（彷）盪（荡）饟（餉）

【二十四敬】榜迸邴恜柄并併病更橫勁宧儆淨竟敬獍靚鏡競令盟孟命娉聘評倩輕檠請清慶晟盛聖行姓性詗夐迎映硬泳詠祭醬偵遉正証政鄭靜（55）

【补，注】絣幀摒，并（並併）净（淨）慶（庆）

【二十五徑】稱乘橙蹬凳鄧隥磴嶝磴鐙釘矴定訂錠頲互經徑脛愣瞑凝佞甯濘堋憑艵磬罄剩勝賸聽廷庭興醒應瑩腠瀅孕甑贈烝證（49）

【补，注】蹭訂，聽（听）應（应）稱（称）濘（濘泞）甯（寧宁）互（亘）

【二十六宥】桐懤臭湊榱膝輳蔟豆逗脰酘饇竇鬥讀伏輻副富復鍑覆婋菁媾彀詬遘雊構覯購眸鍪吼后厚後逅候

堾鬿宭究灸疚枢救就廄儵舊鷲句扣寇蔲筊觳廖溜留瘤餾
蹓廇雷飍鷚僂陋漏瘻鏤茂衺貿愁楸督鄲懋霿繆謬姆狃譹
漚仆糅蹂輮鞣擩收守首狩售授壽瘦綬獸漱嗽瘶宿透蜼戉
謏秀岫袖琇褎繡鼥畜緰油柚猶輶檽槱又右幼佑侑狖囿宥
祐酭鼬簁仙呪宙胄味晝酎甃僦皺繿籀驟走奏（156）

【补，注】耨卯（敏）鏽（锈），構（构）繡（绣）
鬪（鬥斗）晝（昼）舊（旧）複（复）復（复）鼥
（嗅）呪（咒）瘶（嗽）瘻（瘺）讀（读）

【二十七沁】讖闖紟浸褃禁傑噤臨賃沁雂任妊衽紝深
罧沈俧甚滲窨暗蔭吟飲譖枕搰鴆（31）

【补，注】妗，紝（絍）蔭（荫）

【二十八勘】暗參擔啗淡憺澹甔淦紺灨憨薈玪憾勘暾
磡闞憾纜濫爁三賧撪暫鏨（28）

【补，注】儑探，撢（撣）蹔（暫），啗（啖）擔
（担）

【二十九豔】俺砭窆幨襜坫店唸唅塾兼僭劍趁燄斂穌
殮潋念埝潜欠傔槷壂店黏苫贍忝礆獫婪脅壓鹽薈噞掞厭
焰曆驗釅豔灔沾占（48）

【补，注】焱，壍（塹）唸（念）脅（脇胁）豔
（艳）厭（厌）驗（验）鹽（盐）

【三十陷】韽僭讒鑱懺帆汎梵監劍鑒闞欠陷淹站蘸
（17）

【补，注】撕譀賺，鑒（鑑鉴）汎（泛）懺（忏）

入　声（1689）

【一屋】澳暴偪楅醭卜俶矗蔟噈蹴瘯簇蹙蹴顣獨瀆櫝
殰牘犢讀鞠髑黷讟伏服洑茯柣匐菔虙幅葍福箙複褙澓蝠
輻鵩副復腹蝮輹覆馥縠谷穀穀熇斛槲縠觳氉掬踘鞠鞠菊
麴鵴哭蓼六陸鹿彔禄僇勠盝睩碌稑搙漉戮簏蠡轆麓繆木
目沐牧苜髦桑睦霂穆恧朒衄扑僕濮纀樸瀑槭麴肉搙叔倏
淑菽儵孰塾熟夙洬速宿棟肅蓿觫楸餗謖踧鱐縮禿鵚屋剭
鷔畜慉蓄蓿柚茜囿育郁彧昱淯煜毓薁燠鬻粥軸碡竹竺逐
舳蓫柷祝筑築啄族鏃（171）

【补，注】讀（读）複（复）復（复）僕（仆）麴
（麹曲）樸（朴）鞠（毱）偪（逼）勠（戮）顣（蹙）
儵（倏）鬻（侑）築（筑）

【二沃】襮歊觸促纛督毒裻篤幞告鵠梏牿熇焗局華踀
酷嚳渌逯醁錄騄簶綠僕曲辱廓溽蓐褥縟贖蜀束俗粟沃鋈
項旭勖續玉浴欲獄慾鵠瘯燭蠋躅斸屬矚足（61）

【补，注】屬（属）觸（触）續（续）幞（襆）僕
（仆）慾（欲）勖（勖）燭（烛）斸（劚）

【三覺】剥雹趵骲爆颮岞駁駮觳爆踔娖逴齪鷟鰒豽嚗
觳角較玨捔桷覺樂搉兀瓳督邈搦檠撲濮璞樸殼埆碻搉愨
榷確數朔欶稍箹喔偓幄握渥楃學嶨鸑药汋嶽鷟櫂噣卓倬
捉涿樵稴涴斮踔梉琢斳諑錠濁擢濯鵫瀹鐲鷟（86）

【补，注】槕棟（桌），稍（鍬鍫）殼（壳）嶽
（岳）樂（乐）斮（斫斸）兒（貌）撲（扑）樸（朴）
確（确）愨（悫）濁（浊）櫂（棹）殼（壳）噣（啄）

【四質】筆必佖苾玼畢弼潷鉍飶熚罼駜篳觱蹕饆韠叱

抉出怵黜聖汩唧吉佶姞疾嫉蒺拮蛣詰橘潏栗溧慄篥鵋麏
律率繂泬泌密蔤蜜謐尼昵匹七桼漆日駔瑟瑟失蝨實室秩
朮戍述術帥蟀胅悉膝侄卹獝一壹乙屼佚弋佾泆祂逸軼
溢鎰聿通歍繘霱驈鷸姪屋帙郅挃柣晊桎秩桎窒綷蛭鑕質
櫛櫍鷙磧鐟茁卒崒踤（124）

【補，注】姪（侄）術（术）實（实）畢（毕）屋
（屋）歍（鴥）蝨（虱）

【五物】不吃泼佛坲弗刜咈弗佛拂茀袚紱魃綍韍髴黻
倔崛掘厥洶乞汔迄訖屈詘菀尉蔚勿岉芴物胇釳欻忔屹鬱
鳶熨（45）

【補，注】鬱（郁）欻（炊）崛（崖）

【六月】悖誖誖孛勃浡渤脖猝咄柮閦發髮伐垡筏廠罰
閥怵魃絻鶻扢骨淈愲榾鱤核黦觷忽惚溺抇撯笏滑汗楬碣
竭羯撅掘厥劂蕨檠糵蹶鷹矻堀崛窟庶碥沒汩歿訥鑢闕窣
凸突搳脖嗢䡅兀屼扤扤矹歇蠍猲狤暍碣謁曰月刖拐蚏軏
越粤鉞樾泏桅卒卒崒崒捽椊（103）

【補，注】髮（发）發（发）䡅（䡅襪袜）捽（萃）
崛（崖）誖（悖）

【七曷】餲友妭拔茇跋軷魃鉢撥鱍鈸馛襏撮呾妲怛
牽笪達達汏咄劂掇奪鶡遏頞閼割葛輵鶡聒喝曷骷鞨鶡褐
豁佸活活眜渴括栝筶括闊刺粚糲捋抹末沫秣柣嶭潑撒薩
适獺撻闥芑脫袜濊斡猲蘗泧蠍喝碣越嚇（84）

【補，注】牽，達（达）粚（辣）嚇（嚇）

【八黠】八拔菝汃察刹鴰嘎鶻刮鴰滑猾蛚圿扴戛秸劼
楬頡砎怴妠肭豽疤帕髯殺蔱樧鎩刷獺嗗瞎韐磍黠圠攕猰
黤擖刖嘶札軋蛭錣茁（52）

【補，注】札（劄）髯（髥）

【九屑】闭鷩鷩别别莂虌挈彻撇澈啜懾輟歇跌迭垤泆撨経耋昳剟掇齞齾偈揭癤孑思拮桀訐傑結蛣楬窫節截碣竭潔頡巚抉決沈玦觖訣趹絕薩鳺譎鱲列劣冽洌茢埒烈捩蛚裂颲鍥滅蔑薎篾蠛巁吶蜺捏茶涅臬陧嵲嶭湟巟闑孽糵糵齧蠥批潎擎瞥契橇切挈鍥竊缺闋熱熱舌哆設齻說鐵餮凸咥楔絜擷襭纈泄屑喋渫紲褻蠥瞲薛穴雪血映威咽讞噎軼悅閱折折哲晢轍浙姪蛭畷綴酹準拙茁梲（157）

【補，注】姪（侄）節（节）潔（洁）滅（威灭）傑（杰）徹（彻）齾（啮）竊（窃）擎（撇）糵（蘖）晢（晰）準（准）巚（蔑）叡（核）準（准）

【十藥】杓泊亳博搏箔膊薄簿鎛髆槔襮礴鑮焯躇逴綽酢厝錯度劇澤跁鐸惡咢堊鄂塄崿愕鄂遌噩諤鍔鰐鶚綌格閣各硌郭礦郝蠚涸貉嗃熇壑鶴攉灂獲霍臄藿蠖臛曤鑊霍踖燋敠腳繳礐醵屬嚛爵臄嚼矍燭懎攫獲戄躤鑊恪廓霩鞟烙酪樂躒獵掠略洛珞絡落駱鮥濼摸膜莫寞漠瘼膜鏌幕嫋虐瘧諾粕魄鄑蹻卻雀散碏鵲若弱都婼蒻箬勺芍妁爍鑠索洛託飥魠橐拓柝擇籜昔削謞謔药藥鑰鸞約汋礿嬡龠爐躍籥籰鸙鑿鑿迮笮澤著著彴灼斫酌斲禚昨作岞怍柞（184）

【補，注】藥（药）樂（乐）躍（跃）託（托）鑿（凿）卻（却）獲（获）鸞（俏）臄（臛）斲（斲斫）籥（篓）拓（tuo）鰐（鱷）獵（猎）澤（泽）

【十一陌】嗌霸白百百柏辟辟碧璧襞躄伯帛舶擘檗冊策尺斥赤厝額疒阨輆搤胳革格鬲隔骼膈蟈幗摑號鹹核翮馘赫畫煻劃湁獲屎積塉耤瘠踖蹐籍脊戟搋跡鯽借藉劇客刺膱脈麥霡覭陌莫貊貘蒼逆拍闢霹擗癖僻迫珀魄碛射石

祐觟適奭螫褙釋碩愬蝎夕汐昔夃惜席蓆郤焉隙綌潟碏嚇
耆啞掖液腋亦役易奕帟弈疫益場嶧懌斁繹譯醳驛鬹喑責
嘖幘擇澤簀禚賾齰咋柵摘宅翟窄磔謫隻摭蹠鸀躑炙擲摘
柞（162）

【补，注】積（积）脈（脉）闢（辟）獲（获）適
（适）劇（剧）軶（轭）隻（只）蓆（席）蹠（跖）阸
（厄阨厄）嚇（吓）郤（郤却郤）繹（绎）覈（核）覰
（觅）麥（麦）譯（译）譯（驿）澤（泽）

【十二錫】壁喫踧的滴鏑狄迪荻笛靮滌嫡頔敵糴覿商
荮馰弔禹勣觳激擊績寂狝昊鷁歷曆櫟瀝藶櫪櫟礰癖酈轢
靂汨覓塓幎霓怒溺霹澼甓戚慼鋮惕適剔踢倜逖裼籊趯析
淅蓆皙緆蜥錫覡蔽檄闃耆殈焱艗鸏鶂鸏摘翟楠蹢（87）

【补，注】覓（觅）曆（历）歷（历）擊（击）敵
（敌）糴（籴）喫（吃）鬏（疬）適（适商）鷁（鹢）
弔（吊）焱（猋）

【十三職】北逼愊愎湢楅腷堛踣昃側惻測葪墄敕飭鶒
聖得德匐菔幅副祴國勌黑或惑唧即亟棘極殛襋稷鯽克刻
剋仂阞扐玏洫勒肋力弋冒墨默繹匿恧塞色嗇濇穡轖食寔
湜蝕識式拭栻軾飾弒特牣愿媵息熄鵋盡衁洫巇弋芅抑杚
翊翌釴谁億默憶薏檍翼臆繶瀷醷域淢棫域罭緎蟈閾魊則
仄昃崱稄賊蟙鰂織直埴植殖樴職陟（129）

【补，注】織（织）億（亿）憶（忆）識（识）剋
（克）濇（澀涩）

【十四緝】給緝及伋岌汲急笈級戢集湒戢澀輯霵立岦
芨笠粒嗇廿泣葺入鈒澀湴十什拾吸翕歙習榶隰霅襲潗揖
揖邑唈悒挹浥裛熠蟄褶汁執縶舝（56）

【補，注】卌，習（习）執（执）溼（濕湿）

【十五合】搭嗒沓荅答姶盇閤鴿蛤鞈欱合合盍闔榼磕嗑溘拉臘蠟㳍衲納軜靸卅鈒駁颯跋蹋塔㳠搨遝榻譗踏噎鞳闒鞜㖥匼雜（48）

【補，注】閤（合）遝（遢）搨（拓[ta]）雜（杂）臘（腊）蠟（蜡）盇（蓋盖）蹋（踏）

【十六葉】喋堞惵牒褋褋蝶諜蹀疊獵笈楫浹梜莢蛱鋏頰接萐楼衱倢婕捷睫踕擸獦躐鬣捻荼鑈鑈聂箑聶躎妾浹悏倢篋鮻萐箑霎涉愵鞢懾攝灄檝怗貼跕帖歃謵俠協挾毚庬爕躠魘厭葉葉楪曄燁鍱燁鎑靨裛霅摺輒礨褶（86）

【補，注】葉（叶）獵（猎）疊（叠）協（协）摺（折）鑈（鑷）捻（nie）燁（烨）爗（烨）

【十七洽】筴扱插鍤剳婕喋乏法韐欱夾袷郟跲鵊甲胛鉀劫蛺掐帢恰洽怯蓶㗱歃箑㪉霎呷匣狎柙峽狹袷硤脅嗋愶渫押鴨壓圉業擖鄴巢霅眨（54）

【補，注】業（业）壓（压）脅（脇胁）剳（札）

第四编　词林正韵（词韵）

概　说

1．本韵表以龙榆生《唐宋词格律》(上海古籍出版社1978年版) 附录"词韵简编"（张珍怀辑）为蓝本，收录时经过校对和修订。

原注："词韵简编"依据清戈载《词林正韵》一书删去僻字，故称"简编"。《词林正韵》原书韵目用《集韵》标目，分目繁多，标目有僻字，因此，本编改用比较通行的《诗韵》标目，以便于检韵，且与平水韵接轨。至于分部，仍分十九部，一如《词林正韵》原书。

2．本韵表共收入5863字，其中平声字2371个，上声字1132个，去声字1337个，入声字1023个。

3．繁体字一般改成简体字，个别繁体字里不同的字在简体里并为一字者，对原繁体字酌情保留。

4．本韵表按照汉语拼音字母顺序进行排序，以便于读者检索查找。

5. 第十四部上声二十八俭，原为琰，因避清嘉庆帝
（颙琰）名讳而改为俭，今恢复原貌，是为二十八琰。

韵 部 表
（5863字）

第一部　　东冬（213）

第二部　　江阳（345）

第三部　　支微（821）

第四部　　鱼虞（507）

第五部　　佳灰（180）

第六部　　真文（335）

第七部　　寒删（645）

第八部　　萧肴（443）

第九部　　歌波（151）

第十部　　佳麻（181）

第十一部　庚青（405）

第十二部　尤求（289）

第十三部　侵寻（94）

第十四部　覃盐（231）

第十五部　屋沃（146）

第十六部　觉药（148）

第十七部　质陌（374）

第十八部　物月（289）

第十九部　合洽（66）

词林正韵

第一部　东冬（213）

平声：一东二冬通用（136）

【一东】充忡冲虫崇匆葱骢聪丛东崆风枫疯冯工弓公功攻宫躬烘红洪虹鸿薨空崆丰咙泷栊珑胧眬瓮笼聋隆窿酆蒙懵曚朦蒙蓬篷穷穹戎绒融嵩（崧）菘通同桐铜童僮瞳曈筒翁嗡雄熊中（中间）忠终盅衷椶（77）

【二冬】冲（冲）春从（服从）惊淙冬蛩（咚）丰封峰烽葑锋蜂逢缝供（供给）恭蚣龚龙茏农浓秾侬脓醲登邛筇蚣蠢茸容溶蓉榕松淞鬆彤凶兇匈汹胸痈邕庸佣雍慵喁锺钟重（重复）宗踪纵（纵横）（60）

仄声：上声一董二肿去声一送二宋通用（77）

【一董】董懂动洞（澒洞）汞澒孔笼（东韵同）拢蠓捅桶蓊总（14）

【二肿】宠奉拱栱巩恐垅（陇）捧氄宂怂悚耸竦拥甬俑勇涌蛹踊（踊）肿种（种子）冢踵重（轻重）（26）

【一送】冻栋洞（岩洞）讽凤赣贡哄閧空（空缺）控鞚梦弄送恸痛瓮中（击中）仲众粽（22）

【二宋】从（仆从）缝（隙也）俸供（名词）共讼宋诵颂统用种（种植）重（再也）综纵（放纵）（15）

第二部　江阳（345）

平声：三江七阳通用（201）

【三江】邦梆舡窗缸釭杠江豇降（降伏）扛泷尨庞腔
跫（冬韵同）双桩幢撞（20）

【七阳】昂帮（帮）傍（侧也）仓沧苍舱藏（收
藏）伥昌猖阊长（长短）肠尝偿常场倡锠疮床创（创
伤）怆（漾韵同）当（应当）珰裆筜方坊芳防妨房肪冈
（岗）刚纲钢光杭航颃桁肓荒慌皇凰隍黄徨惶遑煌潢璜
篁蝗簧姜将（持也送也）浆僵缰薑螀疆康慷（养韵同）
穅（糠）亢吭（漾养韵并同）匡筐狂郎狼廊琅榔（桹）
蜋（螂）鎯浪（沧浪）良梁凉粮粱踉量（衡量）邙忙芒
茫囊孃（娘）滂旁羌枪跄蜣锵鎗强（刚强）墙嫱蔷樯抢
（突也）瓤穰纕桑丧（丧葬）伤殇商觞裳霜孀骦汤唐堂
棠塘糖螳汪亡王忘望（漾韵同）乡芗相（相互）香厢湘
缃箱襄骧镶详庠祥翔行（行列）央泱殃秧鸯鞅扬羊阳旸杨
炀佯颺（漾韵）祥洋怏赃臧奘张章彰漳璋麞妆庄装（181）

仄声：上声三讲二十二养
　　　去声三绛二十三漾通用（144）

【三讲】蚌棒港耩讲项（6）

【二十二养】魟盎榜长（长幼）敞厂氅党谠荡瀁纺昉
仿（倣）广矿沆恍恍谎幌奖桨蒋慷吭朗两㒳魍莽漭蟒曩
锒强（勉强）抢襁壤嗓颡赏上（上声）爽傤往网枉罔惘魍
享飨想鲞向响象像橡仰养痒脏掌丈仗（漾韵同）杖（68）

【三绛】戆降（升降）绛巷撞（江韵同）（5）

【二十三漾】傍（依傍）谤藏（库藏）怅畅凼唱创

怆当（适当）挡宕砀防（阳韵同）访舫放桃桁将（将帅）匠酱亢（高亢）伉抗炕吭圹纩况旷贶阆浪（波浪）亮谅量（数量）酿榜让丧（丧失）上（上下）尚妄忘旺望（阳韵同）相（卿相）饷向飏恙样漾葬臓涨仗（养韵同）帐胀障嶂瘴壮状（65）

第三部　之微（821）

平声：四支五微八齐十灰（半）通用（334）

【四支】陂卑悲碑差（参差）蚩鸥笞嗤媸痴絺螭魑池驰迟持匙墀跜吹（动词）炊垂陲锤疵词祠茨瓷慈辞雌鹚儿而龟规麾饥（饑）机肌姬基畸箕羁鹭亏岿窥逵葵夔赢累狸离骊鹂漓蔾璃褵篱厘（鳌）眉嵋湄楣霉弥麋麝蘼醾弥尼帔丕披皮枇毗疲琵脾罴貔期欺岐芪其奇歧耆崎其骑（跨马）棋琪祺旗麒蕤筛尸师诗施狮时埘莳鲥衰谁丝司私思斯蛳飔澌虽绥随推（灰韵同）危为（施为）唯帷惟维荽熙嬉羲犠（牺）曦禧崖涯（佳、麻韵同）伊医猗欹漪噫仪夷宜怡饴姨贻痍移遗颐疑嶷徙彝之支卮芝枝知肢栀祇脂治（治国）追椎锥兹姿赀资缁滋粢辎髭（190）

【五微】飞妃非绯菲（芳菲）扉霏肥诽归挥晖辉（辉）徽讥饥（支韵同）机玑矶畿几（微也、如见几）圻祈旗颀威葳薇微薇巍韦围帏违闱希晞欷稀衣（衣服）依沂（43）

【八齐】篦低羝堤（隄）圭闺携鸡嵇跻稽赍齑镑（鎞）奎睽梨犁黎藜黧蠡迷泥倪猊霓（蜺）鲵批砒鼙妻（夫妻）凄悽萋栖（棲）蹊齐脐畦嘶撕梯啼提桋鹈题蹄

（踆）醒兮西奚犀溪谿（磎）酰灞携黊（60）

【十灰（半）】杯崔催摧堆瑰徊槐（佳韵同）灰诙恢回苺徊盔魁傀雷罍（贿韵同）偎枚玫莓梅媒煤徘胚醅陪培裴坏推（支韵同）隤（頹）偎限煨桅嵬追（41）

仄声：上声四纸五尾八荠十贿（半）去声四寘五未八霁九泰（半）十一队（半）通用（487）

【四纸】匕比彼秕鄙婢弛侈齿耻揣捶棰此沘尔耳迩否（否泰）轨诡癸晷跪毁燬几已麂纪妓技垒诔累李里裹逦理鲤履美靡弭弥（支韵同）你拟旎蚍痞跂企杞起绮蕊史矢豕使（使令）始驶士氏仕市视恃是水死已（辰巳）似咒祀俟耔髓委玺徙喜屣蟢圮迤已以矣苡舣蚁（螘）倚旖徵（角徵）止只旨址纸芷祉咝指枳趾豸崎峙雉仔觜子姊梓紫滓（118）

【五尾】菲（菲薄）匪悱斐榧篚鬼虺卉几（几多）虮岂伟尾苇炜玮娓娓（19）

【八荠】陛诋邸坻底抵柢砥弟娣递济（水名）蠡礼澧醴米眯睨睨启棨荠体悌涕洗（27）

【十贿（半）】琲璀悔汇贿块傀磊蕾傀每馁腿猥罪（15）

【四寘】备被鼻比（近也）庇毖避臂跛厕贲炽翅屁啻吹（名词）次刺赐悴萃粹翠地饵二贰柜恚积（积蓄）记忌芰季觊寄悸暨冀骥匮愧蒉篑馈泪类累（连累）莉吏利莅蒉媚寐魅泌秘腻辔譬骑（车骑，名词）企弃器瑞识（记也）莳使（使者）示事侍试嗜帅睡思（名词）四寺伺泗饲驷笥嗣肆崇遂隧燧穗为（因为）伪位屣戏遗（馈遗）义议异易（容易）谊意肆薏懿值至志帜治挚致鸷智

真稚置雉誌踬致坠嵩字自恣渍眦醉（130）

【五未】蜚诽翡沸费溉（队韵同）贵卉（尾韵同）讳彚（汇）既气纬未味畏胃尉谓渭蔚慰魏衣（动词）毅（25）

【八霁】闭毙敝币弊蔽婆薜掣脆毳逮髻弟帝娣递第谛棣睇缔蒂桂鳜彗惠慧蕙篲螆挤计际剂济（渡也）继祭蓟霁髻厉丽励例戾隶俪荔砺唳粝捩袂谜泥（拘泥）睨媲睥妻（以女妻人）契（契约）憩锲蚋锐睿世势贳逝筮誓噬悦税说（游说）岁屉剃悌涕（荠韵同）替薙嚏卫系係细繋壻曳艺呓诣羿裔瘵翳制猘毙滞制缀赘（105）

【九泰（半）】贝狈兑会绘荟桧侩脍醉沛斾霈蜕外最（16）

【十一队（半）】背悖焙琲辈倅淬焠队对碓敦（盘敦）吠废肺悔海晦祎喙块溃末妹昧内佩珮配碎退刈（32）

第四部　鱼虞（507）

平声：六鱼七虞通用（219）

【六鱼】车（麻韵同）初樗除滁锄耡蜍蜍（药韵同）储徂居狙苴疽琚裾沮据（拮据）醵鑢庐驴闾桐祛蛆渠蕖蕖如茹书纾梳疏（疎）舒蔬胥虚嘘（歔）墟徐淤予（我也）余好歟于（於）鱼馀渔畬舆旟龉誉（动词）诸猪潴（60）

【七虞】逋晡挐厨蒭雏蹰粗（麤）刍都夫肤枯趺麸敷凫孚扶芙俘郛蚨桴符姑孤沽鸪菰蛄觚辜酤呱乎呼滹弧狐胡壶湖猢葫瑚糊蝴醐觚瓠拘驹俱瞿刳枯骷卢芦垆泸炉轳鸬舻颅鲈炉谟摹模奴孥驽铺（铺盖）匍葡蒲酺区岖驱

躯趋岖氍氌衢儒孺濡襦繻枢姝殊毹输苏酥帑图徒荼途屠
涂酴菟乌污（污秽）呜巫洿诬无毋吴吾芜梧须需鬚纾迂
渝于盂臾俞禺竽娱谀萸隅嵎愉腴愚榆瑜**虞**窬踰（逾）吁
朱侏诛茱株珠硃铢蛛租（159）

　　仄声：上声六语七麌去声六御七遇通用（288）

　　【六语】杵础楮楚褚处（居住、处理）许咀沮举巨讵
拒苣炬钜距吕侣旅女去（除也）茹（食也）汝抒暑黍鼠
墅所许醑序叙绪溆予（赐予）与（给予）屿**语**（语言）
圄圉御（御韵同）渚煮伫（竚）纻苎杼贮诅阻俎（53）

　　【七麌】补部簿堵赌觌杜肚缶否（是否）抚甫府拊斧
俯（俛）釜脯辅腑腐父估酤古诂股牯罟羖蛊鼓瞽雇虎琥
户沪怙祜扈贾（商贾）矩椇踽窭聚苦姥偻篓卤虏鲁橹艣
缕褛莽（养韵同）某母亩牡弩努弩怒（遇韵同）圃浦普
谱取乳树（动词）竖数（动词）土吐五午仵伍坞妩庑武
侮鹉舞诩栩煦宇羽雨禹庾麌愈主拄麈柱组祖（105）

　　【六御】处（处所）狙（鱼韵同）倨锯踞遽据虑去觑
疏（书疏）署薯曙恕庶絮淤与（参与）语（告也）驭预
御蓣誉（名词）豫助著（显著）箸薯（30）

　　【七遇】铺哺捕布佈步怖醋措妒度（制度）渡镀蠹恶
（憎恶）讣付妇负附皁驸赴副傅富（宥韵同）赋赙酤固
故顾雇锢互护冱瓠句具惧飓库绔（袴）露赂路辂璐鹭履
募墓慕暮怒（麌韵同）仆（偃仆）铺（店铺）醋谱娶趣
孺戍树（树木）数（数量）诉素塑愫溯愬吐（虞韵同）
兔污（动词）迕务误悟晤婺雾窹鹜煦芋妪谕喻寓裕**遇**住
注驻炷蛀註铸祚（100）

第五部　佳灰（180）

平声：九佳（半）十灰（半）通用（62）

【九佳（半）】挨差（差使）钗侪柴豺乖骸怀淮槐（灰韵同）佳阶皆街秸揩楷埋霾俳排牌齐偕谐鞋（鞵）崖涯（支麻韵同）睚崽（31）

【十灰（半）】哀唉埃挨皑猜才材财裁纔犲（采）该垓孩开咳来俫莱腮（顋）柏骀胎台抬苔臺灾哉栽（31）

仄声：上声九蟹十贿（半）去声九泰（半）
　　　　十卦（半）十一队（半）通用（118）

【九蟹】矮摆罢拐骇解楷（佳韵同）买奶洒骏蟹（12）

【十贿（半）】倍蓓采彩採綵迨待怠殆改海醢亥凯恺铠闿乃宰载（岁也）在（22）

【九泰（半）】蔼霭艾蔡大（个韵同）带丐盖害赖濑癞籁奈柰太汰泰外（19）

【十卦（半）】隘败拜稗恝怪坏介戒芥届玠界疥诫蒯块快喟蒉篑聩迈卖派湃晒械廨懈薤邂瀣债寨瘵（36）

【十一队（半）】嗳爱暧碍（碍）菜代岱玳贷埭袋逮戴黛溉概慨忾欬（咳）费睐耐鼐塞（边塞）赛态载（载运）再在（所在）（29）

第六部　真文（335）

平声：十一真十二文十三元（半）通用（176）

【十一真】宾彬滨缤槟濒豳（邠）瞋嗔尘臣辰陈宸

晨春椿纯唇蓴（莼）淳鹑醇皴巾津均钧菌筠邻嶙磷辚鳞
驎麟抡伦沦纶轮民岷珉泯（轸韵同）闽贫嫔频嚬颦苹
（蘋）亲秦困逡人仁纫申伸身呻绅娠神辛新薪巡旬驯询
峋恂荀循湮因姻茵氤垠寅银匀珍**真**甄榛臻肫谆遵（94）

【十二文】贲分（分离）纷芬氛坟汾焚荤斤筋军君
芹勤裙群**文**纹闻蚊雯汶昕欣勋熏薰曛醺殷云雲纭芸耘氲
（37）

【十三元（半）】奔村存敦墩蹲囤（囤积）炖恩根跟
痕昏婚阍浑馄魂坤昆崑髡裈鲲仑论（动词）门扪喷盆孙
狲荪飧吞噋屯饨豚臀温辒瘟缊尊（樽）（45）

　　仄声：上声十一轸十二吻十三阮（半）

　　　　去声十二震十三问十四愿（半）通用（159）

【十一轸】膑蠢盾（阮韵同）紧尽侭窘菌（真韵同）
黾闵泯悯敏牝忍哂肾蜃吮楯隼笋（笋）尹引蚓允陨殒诊
轸疹缜赈准（凖）（35）

【十二吻】粉忿愤蚉谨槿瑾近刎**吻**抆搵隐恽韫蕴
（16）

【十三阮（半）】本畚笨忖囷沌遁衮滚鲧棍很混垦恳
焜悃捆阃梱损稳龈（23）

【十二震】摈殡鬓疢龀趁衬（襯）仅廑馑晋烬赆进缙
觐俊峻骏寯浚（濬）吝蔺躏刃认仞韧闰润慎顺舜瞬信衅
（釁）讯汛迅殉印阵振赈镇**震**谆（47）

【十三问】分（名分）奋忿（吻韵同）粪近（动词）
靳郡捃拼闻（名誉）扠紊问训运郓晕愠韵酝（20）

【十四愿（半）】寸钝顿遁（阮韵同）茛恨诨溷困论
（名词）闷嫩喷（元韵同）濮褪搵逊巽（18）

第七部　寒删（645）

平声：十三元（半）十四寒十五删一先通用（306）

【十三元（半）】番幡（旛）翻藩烦樊蕃燔璠繁翻矾（礬）骞圈蜿掀轩谖喧萱暄言冤鸳鹓元园沅垣爰原袁援湲鼋源猿辕媛（39）

【十四寒】安鞍般瘢磻餐残丹单郸殚瘅箪弹端崀干乾（干湿）杆玕肝竿观（观看）官冠（衣冠）倌棺鼾邗邯寒韩汗（可汗）翰（翰韵同）欢獾桓刊看（翰韵同）宽兰拦栏阑谰澜峦鸾銮圞馒瞒鳗谩漫（大水貌）难（艰难）潘盘槃磐蹒蟠拚（问韵同）胖（翰韵同）姗珊跚狻酸痠摊滩坛檀叹（翰韵同）湍团抟溥团剜丸纨完岏攒钻（85）

【十五删】班般颁斑斒孱僝潺关纶（纶巾）鳏还环寰镮阛鬟患（谏韵同）擐间（中间）艰奸（姦）菅菅闲斓蛮鬘攀悭山删潸（潸韵同）讪疝弯湾顽闲娴鹇斕颜殷（赤黑色）圜（45）

【一先】边编蝙鞭扁（扁舟）便（安也）婵禅缠蝉廛躔川穿传船椽单（单于）滇颠巅癫佃钿（霰韵同）坚肩笺犍煎鞯溅（溅溅）娟捐涓鹃镌蠲卷（曲也）狷连怜涟莲联琏挛眠绵棉年偏篇翩骈胼骿千阡芊迁牵铅愆骞搴褰辚前虔钱乾（乾坤）悛全权诠泉荃拳痊筌鬈颧然燃膻（羶）扇拴天田畋填圜仙先籼（籼）趼鲜（新鲜）弦贤涎絃舷蚿宣儇嬛翾悬旋（旋转）璇（璿）咽烟焉湮嫣嘕臕（胭）延妍沿研（研究）筵蜒燕（地名）鸢渊员圆缘

毡旃邅鳣鹯专砖颛（137）

　　仄声：上声十三阮（半）十四旱十五潸十六铣

　　　　　去声十四愿（半）十五翰十六谏十七霰通用

　　　　（339）

　　【十三阮（半）】反返饭（动词）蹇绻阮婉宛挽晚婉菀琬畹踠幰咺偃巘堰沅远（远近）苑（23）

　　【十四旱】伴拌但诞短断（断绝）缎馆（翰韵同）管琯盥（翰韵同）罕旱瀚（浣）缓侃款懒卵（寄韵同）满懑暖散（散布）伞（伞）算（动词）坦袒盌（碗）莞纂（31）

　　【十五潸】阪板版产划铲屃拣柬简赧潸（删韵同）汕绾皖限眼琖（盏）醆栈撰馔（23）

　　【十六铣】扁匾变辨辩辫阐颤舛喘典茧翦（剪）蹇（阮韵同）件饯（霰韵同）践键卷捲隽裔免勉娩冕缅辇捻（撚）浅遣（遣送）缱犬畎软（輭）善（善恶）膳鳝珍脿铣鲜（少也）显蚬跣藓燹岘选癣泫兖衍演遭展辗转（霰韵同）篆（59）

　　【十四愿（半）】饭（名词）贩畈建健键侃曼蔓圈（猪圈）劝券挽万宪献（獻）远（动词）怨媛瑗愿（21）

　　【十五翰】岸按案半伴绊灿粲璨窜爨疸旦但弹（名词）惮段断（决断）缎锻旰干（干）斡观（楼观）冠（冠军）馆贯盥灌鹳罐汉扞（捍）汗悍翰（寒韵同）瀚唤换涣焕逭侃看（寒韵同）谰烂乱幔漫（寒韵同。又副词，独用）缦难（灾难）判叛畔胖（寒韵同）散（解散）蒜算（名词）叹（寒韵同）炭玩（翫）婉惋腕赞讚钻（66）

【十六谏】办扮瓣铲串篡卝惯幻宦患豢间（间隔）裥涧谏孪谩慢盼讪（删韵同）绾苋晏雁栈（潸韵同）绽（27）

【十七霰】卞弁忭汴便（便利）变徧（遍）禅（封禅）颤传（传记）钏单电佃甸钿（先韵同）念淀奠殿淀靛煎见饯荐贱溅箭卷（书卷）倦狷绢眷冒睊练炼恋楝链眄面麪片谴倩蒨（茜）煽扇善（动词）缮擅膳瑱县现羡线（线）霰旋（旋风）漩选炫绚眩衒碹咽研（磨研）彦砚唁宴谚燕咽（嚥）讌援缘（衣饰）院媛掾战绽转（以力转动）啭撰馔（89）

第八部　萧肴（443）

平声：二萧三肴四豪通用（221）

【二萧】标飚镳超朝潮刁凋貂雕鹩调（调和）娇浇骄椒焦礁蕉燋鹪侥谯辽聊僚寥嘹寮撩獠缭鹩瞭猫么（幺）苗描剽漂（漂浮）飘瓢嫖骁蹻乔侨桥谯樵顦（憔）翘锹饶桡娆烧（焚烧）苕韶佻挑祧条峣迢韶蛸髫铫枭哓枵骁宵消绡逍鸮萧硝鞘销潇箫霄魈嚣蟭夭（夭夭）妖喓腰邀尧姚峣轺窑谣徭摇遥瑶飘要（要求）鹞钊招昭（108）

【三肴】凹坳包苞胞刨（铇）抄钞巢嘲交郊姣茭胶蛟鲛鸡教（使也）牦茅螯铙抛咆庖炮（炮制）匏跑泡敲鞘捎梢艄崤淆哮爻肴殽咬抓（43）

【四豪】敖嗷獒遨熬翱螯鳌鏖褒操（操持）曹嘈漕槽刀叨忉舠羔高皋膏篙糕蒿毫嗥豪壕濠号（号呼）尻捞劳牢唠痨醪涝牦（氂）毛旄髦芼挠（巧韵同）猱袍搔骚

缲臊艘弢涛绦掏滔韬饕咷（嚎啕）洮逃桃陶淘萄绹遭糟
（70）

仄声：上声十七筱十八巧十九皓

去声十八啸十九效二十号通用（222）

【十七筱】表晁掉（啸韵同）侥皎矫剿缴曒缭蓼了瞭
（萧韵同）秒眇杪淼渺缈藐鸟茑袅（褭）嫋缥殍悄硗扰
搅娆绕邈少（多少）绍挑（挑拨）窈小晓筱夭（夭折）
杳窈宨沼兆赵旐肇（49）

【十八巧】拗饱鲍吵炒姣佼狡绞搅獠卯茆昴挠（豪韵
同）巧咬爪（18）

【十九皓】祅媪懊宝保鸨堡葆褓抱草岛倒（跌到）祷
（号韵同）捣（搞）道稻呆缟槁稿镐好（好丑）昊浩皓
考拷栲老涝芼恼脑瑙扫（号韵同）嫂讨套燠早枣蚤澡藻
皂造（造作）燥（48）

【十八啸】骠吊钓调（音调）掉（筱韵同）剿（勦）
徼叫峤轿噭醮爝潦疗廖嘹燎（筱韵同）镣鹩料妙庙尿漂
票勡（剽）悄俏诮峭窍鞘少（老少）邵哨眺铫（萧韵
同）跳祟肖笑啸要（重要）鹞曜耀（燿）召诏照（50）

【十九效】拗豹鲍（刨，肴韵同）爆钞较教（教训）
窖觉（寤也）貌闹淖炮（枪炮）泡（肴韵同）敲（肴韵
同）稍孝効效校罩棹（櫂）（22）

【二十号】傲奥懊报暴（强暴）操（操行）糙导倒
（颠倒）蹈到悼盗纛（沃韵同）告（告诉）诰好（爱
好）号（号令）耗犒靠劳（慰劳）潦冒耄帽瑁套隩燠
（皓韵同）造（造就）噪燥躁灶（竈）（35）

227

第九部　歌波（151）

平声：五歌（独用）（79）

【五歌】阿陂波瘥搓瑳蹉嵯多讹俄娥峨鹅蛾戈哥**歌**緺锅过（经过）诃呵禾何和（和平）河荷（荷花）迦苛柯珂科轲疴痾窠蝌髁罗啰萝逻锣箩骡螺么摩磨（琢磨）魔那哪挪哦坡颇（偏颇）婆鄱皤瘸挼莎唆娑梭蓑撄拖驮佗（他）陀沱驼跎酡鼍倭涡窝鞾（靴）（79）

仄声：上声二十哿去声二十一个通用（72）

【二十哿】跛簸爹（麻韵同）哆朵垜亸堕舵惰峨（歌韵同）婀**哿**舸果裹荷（负荷）火伙祸坷颗可卵逻裸么（歌韵同）那娜颇（稍也）叵琐锁拖（扡）妥我硪椏左坐（坐立）（40）

【二十一个】播簸磋挫锉大（泰韵同）剁饿缚**个**（個）个过（歌韵同。又过失，独用）和（唱和）贺货轲（轗轲）课（歌韵同）课磨（磨盘）懦糯破挼驮唾涴卧些（楚些）佐作座做（32）

第十部　佳麻（181）

平声：九佳（半）六麻通用（88）

【九佳（半）】佳哇娃娲蛙蜗涯（支麻韵同）（7）

【六麻】巴芭疤笆叉查茶槎差（差错）车（鱼韵同）爹瓜呱花华骅哗（譁）划加迦枷珈家痂笳袈葭跏嘉嗟夸誇胯**麻**蟆挐（拿）葩杷爬耙琶茄沙纱砂裟鲨奢赊畲蛇洼挝虾遐瑕蕸椵霞些（少也）邪斜丫呀鸦桠牙芽枒琊涯

（支佳韵同）衙哑椰耶揶渣楂咤遮抓（81）

仄声：上声二十一马去声十卦（半）二十二祃通用（93）

【二十一马】把打嘏剐寡贾（姓贾）斝瘕假（真假）姐马玛那喏且惹洒舍捨社耍瓦下（上下）夏（华夏）厦写炒泻雅也冶野鲊者赭（35）

【十卦（半）】卦挂（罣）罜画（图画）（4）

【二十二祃】嘎靶坝罢霸灞衩佨咤华（姓华）化话桦藉（凭藉）价驾架假（休假）嫁稼借胯（遇韵同）跨骂祃帕怕舍（庐舍）射赦麝贳暇下（降也）吓夏（春夏）罅卸谢榭哑亚讶迓娅稏夜乍诈咤柘蔗鹧炙（名词）（54）

第十一部　庚青（405）

平声：八庚九青十蒸通用（255）

【八庚】浜绷兵并（交并）伧柽蛏琤赪撑瞠成盛（盛受）呈诚城程醒橙瞪更（更改）庚耕赓羹鲠亨横（纵横）衡蘅轰宏闳泓黉京茎秔（粳）荆惊旌菁晶睛精鲸坑铿令（使令）盲氓萌盟甍名明鸣宁狞怦砰烹彭棚澎膨平评坪苹枰轻倾卿清鲭情晴擎綮黥牼琼荣嵘生声牲笙甥饧行（行走）兄英莺婴嘤撄缨罃樱璎鹦迎茎盈莹营萦楹赢嬴瀛贞侦争征峥狰钲铮筝正（正月）（123）

【九青】丁仃叮疔钉泾经扃垌伶灵囹泠苓玲瓴铃棂羚翎聆舲蛉轮零龄鸰醽冥铭溟暝瞑蓂宁咛娉俜屏瓶萍軿青蜻荥厅听（径韵同）町廷亭庭停婷蜓霆馨星惺猩腥刑邢形陉型硎醒（醉醒）荧萤（69）

【十蒸】崩冰层嶒称（称赞）丞承乘（驾乘，动词）惩塍澄（澂）灯（镫）登簦冯肱姮恒薨矜兢棱楞凌陵崚凌绫菱（蓤）罾能凝（径韵同）朋鹏凭凭仍僧升昇胜（胜任）绳腾誊滕籘藤兴（兴起）应（应当）膺鹰蝇鹰曾增憎缯矰罾征（征求）烝蒸症（63）

ᴗ声：上声二十三梗二十四迥去声二十四敬二十五径
通用（150）

【二十三梗】丙秉炳饼併逞骋打哽绠耿**梗**鲠犷井阱颈景儆憬警婧靓靖境静冏矿冷岭领猛艋蜢皿顷请省睂悻杏幸荇倖悻郢颖颖影瘿永狰（庚韵同）整（53）

【二十四迥】并等酊顶鼎刭迥炯肯茗溟酩謦挺梃艇醒（青韵同）拯（18）

【二十四敬】进柄炳并併（合并）病摒更（更加）横（蛮横）劲阱净竞竟**敬**靓獍镜令（命令）孟命聘綮庆圣盛（茂盛）行（学行）姓性迎映硬泳咏（詠）正（正直）证净郑政（39）

【二十五径】蹭称（相称）乘（名词）秤蹬邓凳隥瞪磴镫（鞍镫）钉（动词）订饤定锭亘（亘古）泾径迳胫暝（夜也）宁佞泞凭（蒸韵同）罄磬馨胜（胜败）剩（賸）听兴（兴趣）应（答应）莹（庚韵同）滢孕甄赠证（40）

第十二部　尤求（289）

平声：十一尤（独用）（125）

【十一尤】彪不（与有韵"否"通）瓿抽瘳仇俦帱惆

绸畴愁稠筹酬踌雠兜浮桴勾沟钩篝鞲侯喉猴篌揫纠鸠阄
啾樛抠刘浏流留琉硫旒骝榴瘤偻楼蝼髅搂矛缪（绸缪）
牟侔眸谋鍪牛讴欧瓯鸥沤（水泡，名词）抔掊妻丘邱秋
蚯楸鞦鹙囚求泅虬（蚪）酋球遒裘璆柔揉蹂收搜（蒐）
飕偷头投骰休修（脩）咻庥羞貅优忧攸呦幽悠尤由邮油
疣游犹遊猷蝣喌州舟诌周洲辀邹驺陬（125）

　　仄声：上声二十五有去声二十六宥通用（164）

　　【二十五有】瓿丑醜斗抖陡蚪缶否（麌韵
同）妇（麌韵同）负（麌韵同）阜（麌韵同）狗苟耈垢吼后厚後纠
赳九久玖韭酒臼咎舅口叩扣柳绺蒌篓某母（麌韵同）亩
（麌韵同）牡（麌韵同）姆拇扭纽钮殴呕偶耦藕剖掊糗
取（麌韵同）揉（尤韵同）蹂（尤韵同）手守首寿受授
绶溲叟擞薮朽友有酉莠牖黝右诱肘帚（箒）纣走（81）

　　【二十六宥】臭凑斗豆逗饾窦读（句读）副（遇韵
同）富（遇韵同）复（又也）覆构诟购彀构遘逅候堠究
灸旧疚厩救就僦鹫扣寇蔻溜霤陋漏镂茂贸袤懋谬沤（动
词）仆寿（有韵同）狩兽售（尤韵同）瘦漱嗽宿（星
宿）透戊秀岫绣袖（褎）锈嗅柚又右幼佑（祐）侑囿宥
鼬咒宙绉咮昼胄皱酎甃僽骤箒奏（83）

第十三部　侵寻（94）

　　平声：十二侵（独用）（53）

　　【十二侵】参（参差）岑涔掺郴琛忱沈（沉）今金
襟（衿）禁（胜任）林临淋琳霖黔侵钦衾駸嶔（鉴）
芩琴禽擒檎壬任（负荷）妊森深参（人参）椹心歆寻浔

阴音喑愔瘖吟淫蟫簪（覃韵同）针（鍼）砧（碪）斟篸
（53）

仄声：上声二十六寝

去声二十七沁通用（41）

【二十六寝】禀锦噤凛懔懍品寝荏稔饪恁衽（袵）
葚沈审谂婶甚（沁韵同）覃饮（饮食）怎枕（枕衾）朕
（24）

【二十七沁】谶浸禁（禁令）噤赁沁任（信任）妊甚
（寝韵同）渗窨荫暗饮（使饮）潜枕（动词）鸩（17）

第十四部　覃盐（231）

平声：十三覃十四盐十五咸通用（116）

【十三覃】庵（菴）谙参（参考）骖蚕惭担眈耽聃酖
甘泔柑蚶酣憨含邯函（包函）涵颔龛堪戡岚婪蓝褴篮男
南楠三毵鬖贪坛昙谈覃痰谭潭探蟫（侵韵同）簪（侵韵
同）（47）

【十四盐】砭觇幨襜蟾尖奸兼缣蒹鹣渐奁帘帘帘廉镰鬑
拈黏佥谦签钤钳箝潜黔籤（签）髯添恬甜纤嫌俺淹阉腌
严炎盐阎檐（簷）詹噡沾（霑）瞻占（占卜）（49）

【十五咸】掺搀谗馋巉镵帆（颿）凡函（书函）监
（监察）缄喃嵌杉芟衫咸衔（唧）咸岩（嵒）（20）

仄声：上声二十七感二十八琰二十九豏

去声二十八勘二十九艳三十陷通用（115）

【二十七感】惨胆（膽）菼噉憸淡澹（勘韵同）敢感
橄喊菡颔（覃韵同）撼坎轗览榄罱嵌（咸韵同）椮糁

毯湛（25）

【二十八琰】贬谄点簟俭捡检渐（盐韵同）敛（艳韵同）脸芡埝歉冉苒染闪陕睒剡忝（艳韵同）险崄崦弇俨弆掩琰罨焰（艳韵同）飐嵃玷（34）

【二十九豏】黯巉（咸韵同）瀺犯范範减槛舰嗛斩湛（12）

【二十八勘】暗（闇）担啖（啗）淡澹（感韵同）绀憨憾勘瞰缆滥三（再三）暂（14）

【二十九艳】俺砭坫店垫剑僭敛（聚敛）潋念欠堑赡厌验焰（琰韵同）滟酽艳（艳）占（占据）（20）

【三十陷】忏泛（汜）梵鉴嵌陷馅站蘸赚（10）

第十五部　屋沃（146）

入声：一屋二沃通用

【一屋】卜蠹蔟簇蹙蹴读（读书）渎椟牍犊黩髑独伏服莍匐菔袄幅福辐蝠鵩複（复杂）復（恢复）覆（覆盖）副腹馥觳谷穀国（职韵同）斛槲縠掬跼鞠菊局哭六陆鹿禄碌漉戮辘簏麓木目沐牧苜睦穆仆扑（撲）瀑曝（暴）曲肉叔倏淑菽孰塾熟嗾夙肃速宿（住宿）骕谡蔌缩秃屋畜蓄蓿育郁（忧郁）鸹煜鹆粥轴竹竺逐舳祝筑筑族镞（104）

【二沃】北（职韵同）触促纛督毒笃鹄梏局酷录渌菉酶绿曲辱溽缛褥赎蜀束俗粟沃旭续勖（勗）玉狱浴欲慾礴烛躅属嘱瞩足（42）

第十六部　觉药（148）

入声：三觉十药通用

【三觉】雹剥驳觳角觉（知觉）桷壳乐（音乐）荦邈搦璞朴确榷数（频数）朔槊喔幄握渥龌学岳（嶽）卓捉浊啄琢擢斲（斫）濯镯（35）

【十药】杓泊博搏箔膊薄簿蹡绰酢错度（测度）铎踱垩恶（善恶）谔鄂崿萼锷颚噩鳄腭缚阁格各郭椁郝涸貉鹤壑获（收获）濩霍镬藿脚缴醵属嚯爵嚼鐣攫扩廓烙酪乐（哀乐）轹掠略洛络骆珞落摸膜陌（陌韵同）莫寞漠幕疟虐诺粕魄却雀鹊若弱箬箨勺芍烁铄索讬托（拓）饦橐拓柝籰削谑药藥约钥跃瀹钥籥（龠）凿着灼酌着昨作怍柞（113）

第十七部　质陌（374）

入声：四质十一陌十二锡十三职十四缉通用

【四质】笔必毕苾荜弼筚趼觱叱出怵黜垤耋唧吉姞疾嫉蒺诘桔栗慄溧篥律率崒泌密谧蔤蜜昵匹七漆日瑟失虱实室秫术術述帅（动词）瑟悉膝蟋戌恤（卹）猺一壹乙佚轶逸溢聿鹬侄（姪）帙栉秩窒眣苤卒（终也）崒捽（77）

【十一陌】白百柏辟闢碧璧襞伯帛舶擘檗册策筴拆坼尺斥赤刺额厄（戹）阨扼革格鬲隔槅骼蝈帼虢核翮核赫划画（动词）获（猎获）劐（騞）迹屐积（积聚）瘠鹡踖籍（典籍）脊戟嵴藉剧喀客麦脉陌蓦貊逆癖僻迫珀魄

碛射（音亦）石适释螫硕索迹（跡）夕汐昔歹惜席舄隙吓哑（笑声）掖液腋亦役译崿易（变易）绎驿奕帟弈疫益蜴择泽责啧帻舴簀栅蚱摘宅窄谪磔跖（蹠）摭鹢踯只炙（动词）掷（122）

【十二锡】壁吃（喫）的滴镝狄籴迪敌涤荻笛觌嫡药击绩勣激寂历沥枥栎轹砾雳历壢汨（汨罗江）觅幂蜺溺劈霹甓戚阒剔踢倜逖惕裼析淅晰皙锡蜥檄阋鹝翟擿（56）

【十三职】北逼侧恻测敕（勑）得德畐（屋韵同）幅国劾黑或惑唧（质韵同）即极亟棘殛稷鲫克刻克勒肋力墨默匿塞（闭塞）色啬穑识（知识）蚀食（饮食）式饰拭轼弑特慝息熄洫亿弋忆抑翊薏翼臆域蜮则仄昃贼织直值职植殖陟（70）

【十四缉】给圾芨缉及岌汲级急笈（叶韵同）戢集楫（叶韵同）辑湒立笠粒廿泣茸入靸涩湿十什拾吸翕歙习袭隰册揖邑唈悒挹浥裛熠煜（屋韵同）蛰褶汁执絷（49）

第十八部　物月（289）

入声：五物六月七曷八黠九屑十六叶通用

【五物】不吃（口吃）沸佛弗怫拂绂绋茀被髴黻倔崛掘（月韵同）厥乞讫迄契屈尉蔚勿物屹鬱（郁）（馥郁）飙熨（未韵同）（30）

【六月】悖（队韵同）饽脖孛勃渤鹁猝咄（曷韵同）發（发）伐罚阀筏髮鹘（黠韵同）骨鳜核忽惚笏揭（屑韵同）碣竭羯掘（物韵同）厥（物韵同）蕨橛蹶矻窟没殁讷（呐）阙凸突襪（袜）兀歇蝎喝曰月钺粤越樾卒

（士卒）捽（质韵同）（52）

【七曷】拔（挺拔）跋拨钵铍撮达怛夺掇（屑韵同）遏割葛鸹聒喝曷褐豁活磕渴括阔瘌剌捋抹末沫秣蘖泼獭（黠韵同）挞囮脱袜（音末）斡（39）

【八黠】八叭捌拔（拔擢）察鹊刮滑猾戛捺帕萨杀刹铩刷瞎辖黠揠扎札轧苗（25）

【九屑】鳖别蹩彻撤澈啜惙辍跌迭垤鬒褐（曷韵同）揭孑节拮洁结桀杰（傑）颉截碣（月韵同）桔决诀抉玦绝觖谲蕝鴂列劣冽烈裂灭篾蜺（蜺，齐、锡韵同）捏涅啮孽批（齐韵同）撇瞥切窃挈锲缺阕热蒺舌设说铁餮楔撷缬泄绁屑亵薛穴雪血映咽（呜咽）噎页轶悦阅折哲辙浙拽（曳）缀拙（88）

【十六叶】谍喋堞叠牒碟蝶（蜨）蹀鲽氎筴（缉韵同）楫（檝，缉韵同）浃荚铗颊接婕捷睫猎躐鬣捻聂嗫镊蹑妾惬箧蓳霎涉慑摄贴帖侠协挟屦燮躞厌**叶**葉晔魇撅馌裛（缉韵同）雪辄折（55）

第十九部　合洽（66）

入声：十五合十七洽通用

【十五合】搭褡沓答鸽合蛤阁盍盒阖榼磕溘拉邋腊蜡纳衲卅飒趿塌塔搨（拓）沓遝榻踏蹋匝咂杂（34）

【十七洽】插锸剳乏法夹蛱袷（袷）甲胛劫掐恰洽怯蓳歃霎（叶韵同）呷匣狎峡狭硖胁压押鸭业邺闸眨（32）

第五编　宽韵（诗词通用）

概　说

一、《宽韵》是如何提出的

广大诗词爱好者中，有很大一部分作者，在诗词创作中使用旧声韵时，突破了《平水韵》的限制，基本上按照比《词林正韵》还稍宽的韵部作诗和填词。从《中华诗词》杂志收到的诗稿可以看出，这在全国诗坛已经成为较普遍的现象。《中华诗词》杂志在审诗、选诗、诗词大赛评奖等活动中，在用韵问题上也是基本上按照比《词林正韵》还稍宽的韵部来掌握的。自从《平水韵》问世以来，古人除了科举考试中严格遵守《平水韵》，不敢越雷池一步外，真正的诗词创作中大量地存在着"以词韵入诗"等摆脱束缚、拓宽韵部的现象。

既然事实如此，我们就应该承认它存在的合理性。循其实而责其名，实既至而名应归，这是自然合理的。

也就是说，我们应该顺应潮流，堂堂正正、理直气壮地对旧韵韵部作出适当的合理的调整，正式向诗坛宣布它的合法身份，使其名正言顺地为韵书所承认、作者所采用、读者所接受。

二、《宽韵》提出的道理是什么

我们这样做，有什么道理呢？

第一个道理就是，承认事实、顺应潮流。前面已经谈到了古人、今人在诗词创作中对旧韵的突破和拓宽，我们只是把古人、今人的创作实践归纳总结，正式给以肯定，给以合法的身份和地位。

第二个道理就是，旧韵在划分韵部时，由于历史的原因，存在着某些不合理性。这也是古人今人对它进行突破和拓宽的根本原因。对于旧韵的这些不合理性，我们现在有可能也有必要作出适当的调整。

旧韵特别是平水韵，在韵部划分上的不合理性，表现在以下几个方面：

1. 强硬划分。由于历史的原因，旧韵韵部存在着"强硬划分"的现象。如"一东"和"二冬"，古人也认为没有任何差别，却硬划为两个韵部。虽然注明可以通押，但这样划分，连古人也认为没有充足的道理，故《词林正韵》把两部合并。再如"十三元"，清人都说其"该死"，可见其不合理性连古人都不可容忍。

2. 划分混淆。由于古代没有注音系统，用"反切"、"读如"注音，很难找到统一的划韵标准，因此，旧韵韵部存在着"划分混淆"的现象。如"九佳"、"十灰"、"十三元"、"十贿"、"十三阮"、"九泰"、"十卦"、"十一队"、"十四愿"等，到了《词林正韵》，便被一分为二，分别划到了不同的韵部。这是不是因为语音变迁所致呢？不是，至少不完全是。因为《词林正韵》虽然成书于清季，但它所反映的并不是清时的语音，而是以宋词为主体的音韵状况，这与《平水韵》基本是同一年代。因此，它所反映的应该是宋词用韵对平水韵的突破和拓展。这从侧面反映出《平水韵》韵部划分的某种不合理性。

3.诗词分韵。诗词不同韵，无论从理论的角度还是从实践的角度来看，都是不很合理、不太必要的。千百年来，看不出它在诗词发展史上起过什么积极的作用。《词林正韵》的韵部，以《平水韵》为基准，进行了一些合并、拆分，拓宽了韵部，纠正了《平水韵》的某些不合理性，这是积极的，虽然并不彻底；但是只是解决了词韵，并没有触动诗韵，没有把诗韵和词韵统一起来。这是历史，是无法改变的，在当时也可能是有原因的。古人今人在创作时大量地"以词韵入诗"，只是在行动上进行突破的尝试，并没有在理论上明确提出来。现在我们正式统一诗韵词韵，应该是有必要和有可能的。

三、《宽韵》对《平水韵》、《词林正韵》有哪些拓宽

对于旧韵作出适当的调整，主要是以《词林正韵》为基础，参照"同身同韵"的原则，适当合并韵部，暂名为《宽韵》。具体调整如下：

1.第一部"东冬"与第十一部"庚青"合并为"东庚"部，可以通押。但仍保留原词韵的"东冬"与"庚青"两个子部；

2.第六部"真文"与第十三部"侵独用"合并；

3.第七部"寒删"与第十四部"覃盐"合并；

4.第十五、十六、十七、十八、十九部，即所有的入声部合并，全部通押。但仍保留原词韵的"屋沃"、"觉药"、"质陌"、"物月"、"合恰"五个子部。

5.诗词通用，不再诗词分韵。

关于入声部合并，上海古籍出版社的《诗韵新编》早就认为，入声可以通押。其"出版说明"中说："1.分类通押……。2.全部通押：唐代大诗人杜甫《自京赴奉先县咏怀五百字》和《北征》两首古诗的入声韵脚，都跨遍了我们今天的八个入声韵部，为我们今天入声全部通押开了先河。"在"凡例"中又注明"A：分类通押……。B：凡属入声字，本书中的八个入声韵部一律通押"。

《宽韵》诗词通用。这样，就完全脱离了"诗遵平水，词守词林"的不必要的界限，对于繁荣诗词创作应是有益的。

四、《宽韵》的现实意义

比较"《宽韵》与《平水韵》、《词林正韵》韵部对应表"可以看出：《宽韵》只是沿着《词林正韵》的路子，继续对《平水韵》韵部划分的不合理性进行调整，彻底地解决了这个历史遗留下来的问题。我们还可以看出，《宽韵》所贯彻的划韵尺度，原则上是参照"同身同韵"。鉴于部分作者的使用习惯，在目前的过渡阶段，第一韵部（东庚）保留了两个子韵部，第十二韵部（入声通押）保留了五个子韵部。作者既可以使用较宽的韵部，也可以使用较严的子韵部。

诗词通用的《宽韵》，还算不算旧韵呢？当然算，它和《平水韵》、《词林正韵》属于一个声韵体系，即中古音系。我们知道，《词林正韵》对《平水韵》做了一些分割和合并，《宽韵》只是对《词林正韵》的韵部做了少量的合并，并没有打破原来的韵部。它仍然是基于《平水韵》《词林正韵》时代的读音来划分的，仍然属于旧韵的声韵体系。因此，它是地地道道、名副其实的旧声韵。

在使用新韵和旧韵的问题上，我们的方针是"双轨并行"。在使用旧韵中的《宽韵》和《平水韵》《词林正韵》的问题上，也应该是"双轨并行"，即是说，既可以使用《宽韵》写诗填词，又可以"诗遵平水、词守词林"。《中华诗词》杂志明确宣布，在审诗、选诗、诗词大赛评奖等项活动中，在用韵问题上按照《宽韵》和《平水韵》《词林正韵》"双轨并行"的原则来掌握。以上观点，读者可参考《中华诗词》杂志2006年第3期赵京战《宽韵说略》一文。

本书只列出《宽韵》的韵部，并与《平水韵》《词林正韵》的韵部对照列出，不再列出字表。读者查询具

体字时，可在《平水韵》《词林正韵》的字表中参考查
阅。

【附】《宽韵》与《平水韵》《词林正韵》韵部对应表
（以该韵部平声为例）

宽　韵 （诗词通用）		平　水　韵 （诗韵）	词林正韵 （词韵）
第一部 东庚	（东冬）	一东 二冬	第一部　东冬
	（庚青）	八庚 九青 十蒸	第十一部　庚青
第二部　江阳		三江 七阳	第二部　江阳
第三部　支微		四支 五微 八齐 十灰（半）	第三部　支微
第四部　鱼虞		六鱼 七虞	第四部　鱼虞
第五部　佳灰		九佳（半） 十灰（半）	第五部　佳灰
第六部　真文		十一真 十二文 十三元（半） 十二侵	第六部　真文 第十三部　侵独用
第七部　寒删		十三元（半） 十四寒 十五删 一先 十三覃 十四盐 十五咸	第七部　寒删 第十四部　覃盐

		二萧 三肴 四豪	第八部　萧肴
第八部　萧肴			
第九部　歌波		五歌	第九部　歌独用
第十部　佳麻		九佳（半） 六麻	第十部　佳麻
第十一部　尤求		十一尤	第十二部　尤求
第十二部 入声通押	（屋沃）	一屋 二沃	第十五部　屋沃
	（觉药）	三觉 十药	第十六部　觉药
	（质陌）	四质 十一陌 十二锡 十三职 十四缉	第十七部　质陌
	（物月）	五物 六月 七曷 八黠 九屑 十六叶	第十八部　物月
	（合洽）	十五合 十七洽	第十九部　合洽

第六编 中华新韵（十四韵）

（诗词曲通用）

概　说

1. 《中华新韵（十四韵）》2004年5月问世，发表在《中华诗词》第5、6两期，赵京战执笔，署名"中华诗词编辑部"。收入本书时重新进行了校对和修订。

2. 韵部中的字，按音序即汉语拼音字母先后次序排列。共收字8040字，其中阴平2042字，阳平2070字，上声1329字，去声2599字。

3. 十三支的韵母（-i）只是音节书写形式的要求，并不声母相拼，因而是不参与发音的，故称"零韵母"。

4. 关于"变音、轻声、儿化音"问题。

"变音、轻声、儿化音"都属于口语中的语音现象，是临时的、随机的发音，是不稳定、不规范的，因此，诗词创作中不采纳这种发音现象。目前流行的韵书中均不采纳。

　　"不"、"一"二字在实际语言交流中是使用频率最高的两个字，它们的平仄变音，也是使用频率最高的。所以，这两个字可以特殊对待，按其变音，平仄两用，本韵表将"不"、"一"二字作为特例。在目前阶段试用，以后再作定论。与"一"同义的"壹"字不在此列。

韵部表
（8040字）

一　佳（佳麻马祃）（454）

二　歌（歌格哿个）（641）

三　皆（皆杰解介）（300）

四　开（开来凯泰）（268）

五　微（微围尾未）（408）

六　萧（萧肴筱啸）（620）

七　优（优尤有宥）（374）

八　删（删寒铣翰）（1085）

九　真（真文轸震）（609）

十　江（江阳养漾）（517）

十一庚（庚衡梗敬）（791）

十二期（期齐起霁）（1019）

十三支（支直纸寘）（310）

十四姑（姑胡古故）（644）

中华新韵（十四韵）

一佳（佳麻马祃）（454）

韵母：a、ia、ua

【佳（阴平）】阿（佳歌）啊锕腌（麻删）八巴扒（佳麻）叭芭吧疤捌笆粑鲃拆（麻开）擦嚓叉（佳麻马祃）杈（佳祸）差（佳祸开支）插喳馇碴（佳麻）锸艖嚓敠（佳期）耷搭嗒（佳祸）答（佳麻）褡发（佳祸）馤（佳歌）夹（佳麻）旮伽（佳杰）呷咖胳（佳歌格）嘎瓜呱（佳姑）刮括（佳个）胍栝（佳个）鸹哈（佳马祃）铪化（佳祸）花耷（佳期）哗加夹（佳麻）伽（佳杰）茄（佳杰）佳迦珈挟（佳杰）枷浃痂家笳袈葭跏嘉镓咔咖喀夸垃拉（佳麻马祃）啦喇（佳麻马）邋妈抹（佳奇个）蚂（佳马祃）麻（佳麻）摩（佳格）那（佳祸）南（佳寒）趴派（佳泰）啪葩掐袷葵仨挲（佳歌）撒（佳马）杀杉（佳删）沙（佳祸）纱刹（佳祸）砂莎（佳歌）铩挲（佳歌）痧煞（佳祸）裟鲨刷（佳祸）他它她跶铊（佳格）塌遢溻踏（佳祸）凹（佳萧）挖哇洼娲蛙呷虾瞎丫压（佳祸）呀押垭鸦哑（佳马）鸭扎（佳麻）匝哑拶（佳铣）臜扎（佳麻）吒（佳祸）咋（佳马格）查（佳麻）喳揸喳渣楂（佳麻）抓挝（佳歌）（155）

【麻（阳平）】啊拔菝跋魃叉（佳麻马祃）垞茬茶

查（佳麻）搽嵖猹楂（佳麻）槎碴（佳麻）察檫打（麻马）达沓（麻祃）怛妲达炟笪答（佳麻）靼瘩鞑阘（祃麻）乏伐罚垡阀筏轧（麻祃）钆朵嘎（麻马）噶蛤（麻格）划（麻祃）华（麻祃）哗骅铧猾滑豁（麻歌）夹（佳麻）郏荚恝戛铗颊蛱衸拉（佳麻马祃）碴喇（佳麻马）吗麻（佳麻）蟆拿铧扒（佳麻）杷爬钯耙（麻马）琶笆拃按（麻格）啥娃匣侠狎柙峡狭硖遐瑕暇辖霞黠牙伢芽岈玡蚜崖涯睚衙杂咱（麻寒）砸扎（佳麻）札轧（麻祃）闸炸（麻祃）铡喋（麻杰）　（112）

【马（上声）】把（马祃）钯（麻马）靶礤叉（佳麻马祃）衩（马祃）踏镲打（麻马）嗲法砝尔嘎（麻马）呱剐寡哈（佳马祃）甲岬胛贾（马古）钾假（马祃）斝嘏（马古）榎瘕卡佧咔咯（马歌个）胯侉垮拉（佳麻马祃）喇（佳麻马）俩（养马）马吗犸玛码蚂（佳马祃）哪（马格）卡洒靸撒（佳马）潵傻耍塔獭鲷瓦（马祃）佤哑（佳马）雅咋（佳马格）拃眨砟鲊爪（马筱）　（65）

【祃（去声）】　坝把（马祃）爸耙（麻祃）罢鲅鲌（祃格）霸灞叉（佳麻马祃）汊杈（佳祃）岔刹（佳祃）衩（马祃）诧差（佳祃开支）姹大（祃泰）发（佳祃）砝珐尬卦讶挂褂哈（佳马祃）化（佳祃）划（麻祃）华（麻祃）画话桦婳价（祃借）驾架假（马祃）嫁稼挎胯跨拉（佳麻马祃）剌落（祃啸个）腊（祃期）蜡瘌辣癞（祃泰）镴杩祃蚂（佳马祃）骂那（佳祃）呐（祃个）纳肭钠衲娜（祃格）捺帕怕洽恰髂卅飒胯萨沙（佳祃）唼厦嗄歃煞（佳祃）霎刷（佳祃）拓（祃个）沓（麻祃）挞闼嗒（祃佳）阘（祃麻）榻漯（祃个）踏

（佳祸）蹋瓦（马祸）袜腽下吓（祸个）夏虓（祸古）厦蠼轧（麻祸）亚压（佳祸）讶迓砑娅氩揠乍诈柞（祸个）栅（祸删）奓咤炸（祸麻）痄蚱迣榨蜡（122）

二歌（歌格哿个）（641）
韵母：o、e、uo

【歌（阴平）】拨波玻趵（歌啸）钵般（歌删寒）饽剥（歌萧）菠播蕃（歌删寒）嶓车（歌期）䃚踔戳搓磋撮（歌哿）蹉的啰多咄哆剟掇裰阿（佳歌）屙婀戈仡（歌霁）圪屹（歌霁）纥（歌格）疙咯（马歌个）格（歌格）哥胳（佳歌格）鸽袼搁（歌格）割歌过（歌个）锅埚郭涡聒锅蝈诃呵喝（歌个）嗬秾锪劐嚯豁（麻歌）攉坷（歌哿）苛珂柯轲（歌哿）科疴疴稞颏（歌格）嗑（歌个）稞窠颗磕瞌蝌髁肋（歌未）嘞捋（歌起）啰摸噢朴（歌肴个古）钋陂（歌微齐）坡泊（歌格）泺（歌个）泼钹颇酦（佳歌）奢赊猞畬说（歌介未）莎（佳歌）唆娑挲梭挲（佳歌）朘蓑嗦唢羧缩（歌故）托拖脱挩（佳歌）莴倭涡喔窝蜗踒育（歌霁）哟唷折（歌格）蜇（歌格）遮拙捉桌倬棁涿焯（歌萧）作（歌个）喝（歌泰）（142）

【格（阳平）】荸（格未）伯（格凯）驳帛泊（歌格）柏（格个凯）勃钹铂亳浡舶袯脖博鹁渤搏鲌（祸格）㦎箔魄（格个）膊踣镈薄（格肴个）礴嵯矬痤瘥（格泰）齹得（格尾）锝德夺度（格故）铎踱讹俄莪哦（格个）峨娥饿鹅蛾（格起）额佛（格古）革（格齐）

阁**格**（歌格）鬲（格霁）胳（佳歌格）搁（歌格）葛（格哿）蛤（麻格）颌隔塥嗝搿膈（格个）骼镉国掴（格开）帼腘虢馘禾合（格哿）纥（歌格）何和（格个胡）郃劾河曷饸阂盍荷（格个胡）核（格胡）盉菏（格个）龁盒涸颌（歌格）貉（格肴）阖翮和（格个胡）活壳（格啸）咳（格开）颏（歌格）罗萝啰逻脶猡椤锣箩骡螺无（格胡）谟馍嫫摹模（格胡）膜麽摩（佳格）磨（格个）嬷蘑魔哪（马格）挪娜（祃格）傩哦婆鄱繁（格寒）皤挼（麻格）舌折（歌格）佘蛇（格齐）阇（格姑）揲（格杰）驮（格个）佗陀坨沱驼柁（格个）砣铊（佳格）鸵柁（格个）酡跎橐鼍则责择（格来）咋（佳马格）迮泽啧帻笮舴箦赜折（歌格）哲辄蛰蜇（歌格）谪摺磔辙灼茁卓斫浊酌浞诼著（格故）啄着（格萧肴）琢禚缴（格筱）斮斱擢濯镯昨笮（格萧）琢（197）

【**哿**（上声）】跛簸（哿个）尺（哿纸）扯脞朵垛（哿个）躲亸恶（哿个姑故）个（哿个）合（格哿）各格（歌哿）**哿**舸盖（哿泰）葛（格哿）果馃椁蜾裹火伙钬漷夥可（哿个）坷（歌哿）岢轲（歌哿）渴倮裸瘰羸抹（佳哿个）叵钷笸若（哿个）喏（哿个）惹舍（哿个）所索唢琐锁妥庹椭我者锗赭褶左佐撮（歌哿）（61）

【**个**（去声）】柏（格个凯）薄（格肴个）檗擘（个开）簸（哿个）册厕侧（个开）测恻策彻坼掣撤澈辵啜（个泰）婥娖惙绰（个萧）辍龊挫厝措锉错驮（格个）剁垛（哿个）舵柁（格个）堕（微个）惰跺厄扼苊呃轭垩恶（哿个姑故）饿鄂阏（个删）谔萼遏愕腭鹗锷颚噩鳄**个**（哿个）各虼硌铬膈（格个）过（歌个）吓（祃

个）和（格个胡）贺荷（格个）喝（歌个）赫褐鹤嚣壑或和（格个胡）货获祸惑霍嚄豁镬藿矆蠖可（哿个）克刻恪客课氪骒绋嗑（歌个）锞溘扩括（佳个）适（个寘）栝（佳个）蛞阔廓仂乐（个介）泐勒（个微）鱓饹泺（歌个）荦洛骆络（个啸）珞烙（个啸）硌咯（马歌个）落（祸啸个）跞（个霁）摞雒漯（祸个）万（个翰）末没（个圉）抹（佳哿个）茉殁沫妺陌冒（个啸）脉（个泰）莫秣蓦貊漠寞靺嘿（个微）墨镆瘼默磨（格个）貘礳糖讷呐（祸个）诺喏（哿个）搦锘懦糯哦（格个）朴（歌肴个古）迫（个凯）珀破粕魄（格个）热若（哿个）都偌弱箬色（个凯）涩啬铯瑟塞（个开泰）穑厍设社舍（哿个）拾（个直）射涉赦摄渉慑歙（个期）麝妁烁铄朔硕搠蒴数（个古故）槊茋忒（个微）特铽慝拓（祸个）柝唾箨魄（格个）肟沃卧握硪幄渥斡龌仄昃这柘浙蔗嗻鹧作（歌个）坐阼怍柞（祸个）胙祚唑座做酢（个故）（241）

三皆（皆杰解介）（300）

韵母：ie、üe

【皆（阴平）】瘥（皆解）憋鳖孑蹩节（皆杰）阶疖皆结（皆杰）节（皆杰）接秸揭喈嗟街湝楷（皆凯）撅咧（皆解）乜咩捏气撇（皆解）瞥切（皆介）炔（皆未）缺阙（皆介）帖（皆解介）贴萜些揳楔歇蝎削（皆萧）靴薛耶（皆杰）偕掖（皆介）椰噎曰约（皆萧）（49）

【杰（阳平）】别（杰介）蹩迭垤瓞谍堞揲（格杰）鲞喋（麻杰）牒叠碟蝶蹀鲽子节（皆杰）讦劫杰诘（杰

齐）拮洁结（皆杰）节（皆杰）桔（杰齐）桀捷偈（杰霁）婕颉睫截碣鲒竭羯了决诀抉角（杰筱）珏珏觖觉（杰啸）绝倔（杰介）掘桷崛脚（杰筱）觖厥劂谲蕨獗橛噱镢爵蹶（杰解）矍嚼（肴啸杰）爝攫钁伽（佳杰）茄（佳杰）瘸叶（杰介）协邪（杰介）胁挟（佳杰）偕斜谐絜颉携鲑（杰微）撷鞋飔缬禊穴茓学趄噱邪爷耶（皆杰）揶铘（99）

【解（上声）】瘥（皆解）姐解（解介）蹶（杰解）唰（皆解）裂（解介）苤撇（皆解）且（解期）帖（皆解介）铁写（解介）血（解介）雪鳕也冶野哆（解未）（19）

【介（去声）】别（皆介）介价（祃借）戒芥（介泰）玠届界疥诫蚧借骱解（解介）藉（介齐）倔（杰介）列劣冽洌埒烈捩猎裂（解介）趔躐躐掠略铩灭蔑篾蠛陧聂臬涅啮嗫镊镍颞蹑孽蘖蕞疟（介啸）虐切（皆介）郄妾怯砌（介霁）窃挈惬趄（介期）慊（介翰）锲箧却愒雀（介萧筱）确阕鹊阙（皆介）榷帖（皆解介）餮写（解介）泄泻继契（介霁）卸屑械亵渫谢榭解（解介）榭楔薤獬邂廨瀣懈燮蟹灺躞血（解介）谑业叶（杰介）页曳拽（介开泰）邪夜咽（介删翰）晔烨掖（皆介）液谒腋饁魇月乐（个介）刖轫玥岳栎（个霁）钥（介啸）说（歌介未）钺阅悦跃越粤樾龠瀹（133）

四开（开来凯泰）（268）

韵母：ai、uai

【开（阴平）】哎哀埃挨（开来）唉嗳锿掰偲（开

支）猜拆（麻开）钗差（佳祸开支）揣（开凯泰）搋呆
呔待（开泰）该陔垓赅乖掴（格开）咳（格开）嗨开揩
锎拍思（开支）腮塞（个开泰）噻鳃筛衰（开微）摔台
（开来）苔（开来）胎歪喎灾甾哉栽侧（个开）斋摘搋
（介开泰）（51）

【来（阳平）】挨（开来）皑癌白才材财裁侪柴豺还
（来寒）孩骸怀徊（囗来）淮槐踹穰**来**莱崃徕（来泰）
涞棶铼埋（来寒）霾俳排（来凯）徘牌台（开来）邰抬
苔（开来）骀（来泰）炱跆鲐臺薹宅择（格来）翟（齐
来）（46）

【凯（上声）】 欸嗳矮蔼霭百伯（格凯）佰柏（格
个凯）掰摆采（凯泰）彩睬踩茝揣（开凯泰）夃逮（凯
泰）傣改胲拐胲海醢剀**凯**垲闿恺铠慨茝楷（皆凯）锴蒯
买荬乃芿奶氖廼哪迫（个凯）排（来凯）色（个凯）甩
崴（凯微）仔（凯支纸）载（凯泰）宰崽窄转（凯铣
翰）（56）

【泰（去声）】艾（泰霁）唉爱隘碍嗳嗌（泰霁）嫒
瑷暧呗败拜稗采（凯泰）菜蔡蛋瘥（格泰）啜（个泰）
揣（开凯泰）嘬（歌泰）踹膪大（祸泰）代軑弐岱迨绐
骀（来泰）玳带殆贷待（开泰）怠埭袋逮（凯泰）戴黛
丐芥（介泰）钙盖（哿泰）溉概夬怪亥骇氦害坏忾欬会
（泰未）块快侩郐哙狯浍（未泰）脍筷鲙徕（来泰）赉
睐赖濑癞（祸泰）籁劢迈麦卖脉（个泰）唛奈柰佴（泰
霁）耐萘蒳哌派（佳泰）湃湃塞（个开泰）赛晒帅率
（泰霁）蜯太汰态肽钛**泰**酞外再在载（凯泰）债砦祭
（泰霁）寨瘵拽（介开泰）（115）

五微（微围尾未）（408）

韵母：ei、ui

【微（阴平）】陂（歌微齐）杯卑背（微未）椑（微齐）悲碑鹎吹炊衰（开微）崔催摧榱嘚堆飞妃非菲（微尾）啡绯扉蜚（微尾）霏鲱归圭龟（微优真）妫规邽皈闺硅瑰鲑鬶黑嘿（个微）灰诙挥虺（微尾）咴恢袆珲（微文）晖堕（微个）辉翚麾徽隳剋亏岿悝（微起）盔窥勒（个微）呸胚醅尿（微啸）虽荽眭睢濉忒（个微）忑（个微）推危委（微尾）威逶偎隈揻葳崴（微凯）微煨溦薇鳂巍隹追骓椎（微围）锥（95）

【围（阳平）】垂陲捶棰椎（微围）槌锤肥淝腓回茴徊（围来）洄蛔奎逵馗隗（围尾）揆葵喹骙暌魁睽蝰夔累（围尾未）雷嫘缧擂（围未）檑礌镭羸没（个围）玫枚眉莓梅郿嵋猸湄媒楣煤酶镅鹛霉糜（围齐）陪培赔锫裴蕤谁谁绥隋随遂（围未）颓韦为（围未）圩（围期）违围帏闱沩桅涠唯（围尾）帷惟维嵬潍贼（85）

【尾（上声）】北璀匪诽菲（微尾）悱斐榧蜚（微尾）翡篚给（尾起）宄轨庋匦诡鬼姽癸晷簋虺（微尾）悔毁傀跬耒诔垒累（围尾未）磊蕾儡每美浼镁馁蕊水髓腿伟伪苇尾（尾起）纬玮委（微尾）炜洧诿娓萎唯（围尾）隗（围尾）猥韪艉痿鲔咀（尾起）嘴（64）

【未（去声）】贝孛（格未）邶狈备背（微未）钡倍悖被辈惫焙蓓碚鞁褙鞴鐾脆萃啐淬悴毳瘁粹翠队对兑怼敦（未真）碓憝镦（未真）芾（未胡）吠肺狒废沸费

荆痱镄柜（未起）炅（未梗）刿刽炔（皆未）贵桂桧跪鳜卉汇会（泰未）讳荟哕（解未）浍（未泰）诲绘恚桧贿烩彗晦秽惠喙翙溃缋慧蕙螅匮蒉喟馈溃愦愧禬聩篑肋（歌未）泪类累（围尾未）酹擂（围未）纇沫妹昧袂谜（未齐）寐媚魅内沛帔佩配旆辔霈芮汭枘蚋锐瑞睿说（歌介未）税睡岁谇祟遂（围未）碎隧燧穗邃退蜕煺褪（未震）卫为（围未）未位味畏胃谓尉（未霁）遗（未齐）喂猬渭蔚（未霁）慰魏鳚坠缀惴缒赘最晬罪槜蕞醉（164）

六萧（萧肴筱啸）（620）

韵母：ao、iao

【萧（阴平）】凹（佳萧）熬（萧肴）包苞孢胞炮剥（歌萧）龅煲褒杓标飑彪摽（萧啸）骠（萧啸）膘飙飚镖瘭瀌镳操糙抄吵（萧筱）怊钞绰（个萧）超焯（歌萧）剿（萧筱）刀叨忉氘鱽刁叼（萧肴）汈凋貂碉雕鲷皋高羔槔睾膏（萧啸）篙糕蒿薅嚆艽交郊茭峧浇娇姣骄胶教（萧啸）椒蛟焦跤僬鲛蕉（萧肴）礁鹪尻捞撩（萧肴）蹽猫（萧肴）喵孬抛泡（萧啸）脬剽漂（萧筱啸）缥（萧筱）飘螵悄（萧筱）硗雀（介萧筱）跷锹劁敲撬缲搔骚缫缫臊（萧啸）捎（萧啸）烧梢（萧啸）稍（萧啸）蛸筲艄鞘（萧啸）叨（萧肴）涛绦焘（萧啸）掏滔韬饕佻挑（萧筱）祧肖（萧啸）枭枵削（皆萧）哓骁逍鸮消宵绡萧硝销翛蛸箫潇霄魈嚣幺夭吆约（皆萧）妖要（萧啸）腰邀遭糟钊招昭啁（萧优）着（格萧肴）朝（萧肴）嘲（萧肴）（164）

【肴（阳平）】敖遨嗷廒璈獒熬（萧肴）聱螯翱鳌
鏖鳌薄（格肴个）曹嘈漕槽蝤艚鼌巢朝（萧肴）嘲（萧
肴）潮呶（萧肴）捯号（肴啸）蚝毫嗥貉（格肴）豪壕
嚎濠矫（肴筱）嚼（肴啸杰）劳牢唠（肴啸）崂铹痨醪
辽疗聊僚寥撩（萧肴）嘹獠潦（肴筱）寮缭燎（肴筱）
鹩毛矛茆茅牦旄猫（萧肴）锚髦蝥蟊苗描鹋瞄呶挠硇铙
蛲猱刨（肴啸）咆狍庖炮（肴啸）袍匏跑（肴筱）朴
（歌肴个古）嫖瓢藨乔侨荞峤（肴啸）桥硚翘（肴啸）
谯（肴啸）蕉（萧肴）憔樵瞧荛饶娆（肴筱）桡勺芍苕
韶逃洮桃陶萄梼啕淘绹鬏条苕迢调（肴啸）笤龆蜩髫鲦
洮峤湘爻尧侥（肴筱）肴韶峣姚挑陶桃（肴啸）窑谣摇
徭遥瑶飖（肴尤宥）鳐凿着（格萧肴）（153）

【筱（上声）】拗（肴啸）袄媪饱宝保鸨葆堡（筱
古故）褓表娓裱草吵（萧筱）炒导岛捣倒（筱啸）祷蹈
鸟呆搞缟槁镐（筱啸）稿藁好（筱啸）郝角（杰筱）佼
（肴筱）侥挢狡饺绞铰矫（肴筱）皎脚（杰筱）搅湫
（筱优）敫剿（萧筱）徼（筱啸）缴（格筱）考拷栲烤
老佬姥（筱古）栳铑潦（肴筱）了（筱啸）钌（筱啸）
蓼（筱故）燎（肴筱）卯峁泖昂铆杪眇秒淼渺缈藐邈垴
恼脑瑙鸟茑袅嬲跑（肴筱）荸（筱胡）殍漂（萧筱啸）
缥（萧筱）瞟巧悄（萧筱）雀（介萧筱）愀扰娆（肴
筱）扫（筱啸）嫂少（筱啸）讨挑（萧筱）朓窕斛小晓
筱杳咬舀宵窈早枣蚤澡璪藻爪（马筱）找沼（121）

【啸（去声）】呇坳拗（肴啸）傲奥骜墺澳懊整报
刨（肴啸）抱趵（歌啸）豹鲍暴（筱故）瀑（筱故）曝
（筱故）爆俵摽（萧啸）鳔眇到帱（啸尤）倒（筱啸）

焘（萧啸）盗悼道稻纛吊钓调（肴啸）掉锦铫（肴啸）
告郜诰锆膏（萧啸）号（肴啸）好（筱啸）昊耗浩淏皓
镐（筱啸）颢灏叫峤（肴啸）觉（杰啸）校轿较教（萧
啸）窖滘酵噍徼（筱啸）藠醮嚼（肴啸杰）铐犒靠络
（个啸）唠（肴啸）烙（个啸）涝落（祸啸个）耢酪嫽
了（筱啸）尥钌（筱啸）料撂廖瞭镣茑茂眊冒（个啸）
贸袤鄮袤鄚帽瑁貌督懋妙庙缪（啸尤宥）闹淖臑尿（微
啸）脉溺（啸霁）泡（萧啸）炮（肴啸）疱票僄嘌漂
（萧筱啸）骉（萧啸）壳（格啸）俏诮峭窍翘（肴啸）
憔（肴啸）撬鞘（萧啸）绕扫（筱啸）埽梢（萧啸）瘙
臊（萧啸）少（筱啸）召邵劭绍捎（萧啸）哨稍（萧
啸）潲套眺祟跳孝肖（萧啸）校哮笑效啸疟（介啸）药
要（萧啸）钥（个啸）嶤勒鹞葽曜耀皂灶唣造慥噪簉燥
躁召兆诏赵笊棹照罩肇（182）

七优（优尤有宥）（374）
韵母：ou、iu

【优（阴平）】抽绌瘳犨丢铥都（优姑）兜蔸篼勾
（优霁）句（优霁）佝沟枸（优有起）钩缑篝鞲鸺纠鸠
究纠阄揪啾鬏抠扷眍溜（优宥）熘蹓搂（优
有）哞妞区（优期）讴沤（优宥）瓯欧殴鸥剖丘邱龟
（微优真）秋蚯萩湫（筱优）楸鳅鞧收搜嗖馊廋溲飕锼
螋艘偷休咻修麻羞貅馐鎀优攸忧呦幽悠鄾耰舟州讻周洲
辀赒（萧优）鹠粥（优霁）鳌邹驺诹陬鄹鲰（98）
【尤（阳平）】仇俦帱（啸尤）惆绸畴酬稠愁筹踌雠

侯（尤宥）喉猴瘊篌糇刘浏留流琉硫遛（尤宥）馏（尤宥）旒骝榴飗镏（尤宥）鹠瘤镠鎏娄偻（尤起）蒌喽溇楼耧蝼髅牟（尤故）佯眸谋蛑缪（啸尤宥）鍪牛抔掊（尤有）哀仇囚犰求虬洇俅犰酋述球赇遒觓裘璆蝤鼽柔揉糅蹂鞣鞣（尤胡）头投骰**尤尤**邮犹油柚（尤宥）疣莜莜铀蚰鱿游猷蝣蝤鹨（肴尤宥）妯轴（尤宥）碡（102）

【**有**（上声）】丑瞅斗（有宥）抖陡蚪缶否（有起）苟岣狗枸（优有起）笱吼九久玖灸韭酒口柳绺锍搂（优有）嵝篓某扭狃忸纽杻钮呕偶耦藕掊（尤有）糗手守首艏叟溲嗾擞（有宥）薮朽宿（有宥故）澝友**有**（有宥）酉卣羑莠锈牖黝肘帚走（63）

【**宥**（去声）】臭凑辏腠斗（有宥）豆逗读（宥胡）痘窦勾构购诟垢够遘觏媾觏后郈厚侯（尤宥）逅候鲎旧臼咎疚抠柏救厩就舅骤叩扣寇筘蔻六陆（宥故）碌（宥故）遛（尤宥）馏（尤宥）溜（优宥）镏（尤宥）鹨蹓（优宥）陋镂瘘漏露（宥故）谬缪（啸尤宥）拗耨沤（优宥）怄肉寿受狩授售兽绶瘦嗽擞（有宥）透秀岫臭袖绣琇宿（有宥故）锈嗅溴又右幼（有宥）囿宥诱蚴釉鼬纣咒宙荮轴（尤宥）胄昼酎皱鹨（肴尤宥）骤籀奏揍（111）

八删（删寒铣翰）（1095）

韵母：an、ian、uan、üan

【**删**（阴平）】厂（删养）广（删养）安桉氨庵谙鹌鞍盦扳班般（歌删寒）颁斑搬瘢癍边砭笾编煸蝙鳊鞭

参（删真）骖餐觇掺（删铣翰）搀川氚穿氽掸镩蹿丹担
（删翰）单（删寒翰）眈耽郸聃殚瘅（删翰）箪儋掂滇
颠巅癫端帆番蕃（歌删寒）幡藩翻干（删翰）甘玕杆
（删铣）肝坩苷矸泔柑竿酐疳尴关观（删翰）纶（删
文）官冠（删翰）矜（删真文）莞（删铣）倌棺鳏顸蚶
酣憨鼾欢獾戈尖奸歼坚间（删翰）浅（删铣）肩艰监
（删翰）兼菅笺渐（删翰）犍（删寒）湔缄搛兼煎缣鲣
鹣鞯捐涓娟圈（删翰）朘鹃镌蠲刊看（删翰）勘龛堪戡
宽髋嫚（删翰）颟囡拈蔫扳番潘攀片（删翰）扁（删
铣）偏犏篇翩千仟阡扦芊迁岍佥汧钤牵铅（删寒）悭谦
签愆鸧骞搴寒褰悛圈（删翰）棬三叁毵山芟杉（佳删）删
苫（删翰）钐（删翰）衫姗珊埏栅（祃删）舢扇（删
翰）跚煽潸膻闩拴栓狻酸坍贪啴（删铣）摊滩瘫天添黇
湍弯剜塆湾蜿豌仙先纤（删翰）氙祆籼苤掀酰跹锨锬
（删寒）鲜（删铣）暹轩宣烜（删铣）谖揎萱喧瑄暄煊
儇褃咽（介删翰）恹殷（删真轸）胭烟（删真）焉崦阉
阏（个删）淹腌（麻删）湮鄢嫣燕（删翰）鸢智鸳冤渊
涴蜎箢糨簪占（删翰）沾毡旃粘（删寒）詹谵瞻专砖颛
钻（删翰）躜（276）

【寒（阳平）】残蚕惭单（删寒翰）谗婵馋禅（寒
翰）孱（寒翰）缠蝉廛潺澶镡（寒文）瀍蟾巉躔镵传
（寒翰）肛船遄椽攒（寒铣）凡矾钒烦墦蕃（歌删寒）
樊璠燔繁（格寒）蹯蘩邗汗（寒翰）邯含函晗焓涵韩寒
还（来寒）环郇洹桓萑锾圜澴寰缳鹮鬟兰岚拦栏婪阑蓝
谰澜襕篮斓镧襕衾连怜帘莲涟联裢廉鲢濂臁镰蠊峦孪娈
栾挛鸾孬滦鋬埋（来寒）蛮谩（寒翰）蔓（寒翰）馒瞒

鞔鳗眠绵棉男南（佳寒）难（寒翰）喃楠年粘（删寒）鲇黏爿胖（寒漾）般（歌删寒）盘槃磐蹒蟠便（寒翰）骈胼缏（寒翰）蹁荨（寒文）镡（寒文）钤前虔钱钳掮乾犍（删寒）潜黔权全诠荃泉辁拳铨痊筌蜷醛鳈鬈颧蚺然髯燃坛昙倓郯谈弹（寒翰）覃（寒文）锬（删寒）痰谭潭澹（寒翰）檀镡（寒文）田佃（寒翰）畋恬钿（寒翰）甜湉填阗团抟丸纨完玩顽烷闲贤弦挦咸涎娴衔舷痫鹇嫌玄痃悬旋（寒翰）漩璇延闫芫严言妍岩炎沿研（寒翰）盐铅（删寒）阎蜒筵颜檐元芫园员（寒文）沅垣爰袁原圆鼋援湲媛（寒翰）缘塬猿源嫄辕橼螈圜咱（麻寒）（252）

【铣（上声）】俺埯铵揞阪坂板版钣舨蝂贬扁（删铣）匾碥褊惨黪产浐谄啴（删铣）铲阐蒇骣辗舛喘胆疸掸（铣翰）赕亶（铣翰）典点碘踮短反返杆（删铣）秆赶敢感橄擀鳡莞（删铣）馆琯管鳤罕喊阚（铣翰）缓囝拣枧茧柬俭捡笕检趼减剪硷睑锏（铣翰）裥简谫戬碱翦蹇謇卷（铣翰）锩坎侃砍莰槛（铣翰）款览揽缆榄罱溇懒琏敛脸裣蔹卵满螨丏免沔黾（铣轸）眄（铣翰）勉娩冕渑（铣衡）湎缅腼赧腩蝻捻辇辗撵碾暖谝肷浅（删铣）遣谴缱犬畎绻冉苒染阮软朊伞散（铣翰）糁（铣真）馓闪陕掺（删铣翰）忐坦钽袒菼毯忝殄觍腆靦舔疃宛挽莞（删铣）菀（铣霁）晚脘惋婉绾琬皖碗畹猃冼显洗（铣起）险蚬狝筅铣（铣起）跣鲜（删铣）藓燹选晅烜（删铣）癣奄兖俨衍弇剡（铣翰）厣掩郾眼偃琰扊罨演魇巘黡鼹远拶（佳铣）昝攒（寒铣）趱斩飐盏展崭搌辗转（凯铣翰）缵纂（224）

【翰（去声）】犴岸按胺案暗黯办半扮伴拌绊柈瓣卞弁抃苄汴忭变便（寒翰）遍缏（寒翰）辨辩辫灿掺（删铣翰）孱（寒翰）粲璨忏颤屦鞔串钏窜篡爨石（翰直）旦但担（删翰）诞疍萏啖淡惮弹（寒翰）蛋氮亶（铣翰）瘅（删翰）澹（寒翰）电佃（铣翰）甸阽坫店玷垫钿（寒翰）淀惦奠殿靛簟癜段断缎椴煅锻籪犯饭泛范贩畈梵干（删翰）旰绀淦赣观（删翰）贯冠（删翰）掼涫惯裸盥灌瓘鹳罐汉汗（寒翰）旱捍悍菡焊颔撖撼翰憾瀚幻奂宦换唤涣浣患焕逭痪豢漶皖擐轘见件间（删翰）饯建荐贱剑监（删翰）涧健舰渐（删翰）谏楗践锏（铣翰）键腱溅鉴键槛（铣翰）僭踺箭卷（铣翰）隽倦狷粏绢鄄圈（删翰）眷看（删翰）崁墈阚（铣翰）瞰烂滥练炼恋殓链楝潋乱曼谩（寒翰）墁蔓（寒翰）幔漫慢嫚（删翰）缦熳馒面眄（铣翰）难（寒翰）廿念埝判拚泮盼叛畔袢襻片（删翰）骗欠纤（删翰）茜茜（翰期）倩堑椠嵌慊（介翰）歉劝券散（铣翰）讪汕苫（删翰）钐（删翰）疝单（删寒翰）剡（铣翰）扇（删翰）掸（寒翰）善禅（寒翰）骟鄯缮擅膳嬗赡蟮鳝涮蒜算叹炭探碳掭象万（个翰）腕蔓（寒翰）见觅县岘现限线宪陷馅羡献腺霰券泫炫绚眩铉旋（寒翰）渲楦碹厌砚咽（介删翰）彦艳晏唁宴验谚堰雁焰焱滟酽餍谳燕（删翰）赝苑怨院垸掾媛（寒翰）瑗愿暂錾赞酂瓒占（删翰）栈战站绽湛颤蘸传（寒翰）沌（翰震）转（凯铣翰）啭瑑赚撰篆馔钻（删翰）赚㩴（333）

九真（真文轸震）（609）

韵母：en、in、un、ün

【真（阴平）】奔（真震）贲（真霁）栟（真庚）锛邠玢宾彬傧斌滨缤槟（真庚）镔濒豳参（删真）抻郴琛嗔春椿蝽村皴吨惇敦（未真）墩礅镦（未真）蹾蹲（真文）恩蒽分（真震）芬吩纷玢氛菜酚根跟昏荤阍惛婚巾斤今金津袊矜（删真文）筋禁（真震）襟军均龟（微优真）君钧莙菌（真震）鞍筠（真文）鲲麇（真文）鋆（真文）坤昆裈琨焜髡锟醌鲲拎抡（真文）闷（真震）喷（真震）拼妍钦侵亲（真敬）衾骎嵚困逡森申伸身呻诜参（删真）绅莘砷娠深糁（铣真）鲹燊孙荪猻飧吞暾温辒瘟蕰鳁心芯（真震）辛忻昕欣莘锌新歆薪馨鑫荤勋埙熏（真震）窨（真震）薰獯曛醺因阴茵荫（真震）音洇姻氤殷（删真轸）烟（删真）铟堙暗愔晕（真震）缊氲赟贞针侦珍帧胗浈真桢砧祯蓁斟甄溱榛禛箴臻迧肫宒谆尊遵樽鳟（189）

【文（阳平）】岑涔臣尘辰沉忱陈宸晨谌纯莼唇淳鹑醇存蹲（真文）坟汾棼焚濆豮哏痕浑珲（微文）馄混（文震）魂邻林临啉淋（文震）琳粼嶙遴潾璘霖辚磷瞵鳞麟仑伦论（文震）抡（真文）囵沦纶（删文）轮门们扪钔璊民芪旻岷玟缗忟（文震）您盆溢贫频嫔蘋颦芹芩矜（删真文）秦琴覃（寒文）禽勤嗪溱擒噙蠄裙群麇（真文）人壬仁任（文震）什（文直）神屯囤（文震）饨豚鲀臀文纹（文震）炆闻蚊阌雯旬寻巡郇询荀荨（寒文）峋洵浔恂珣栒循鲟圻（文齐）吟垠狺崟银淫寅鄞龈

氲罿霕云匀芸员（寒文）沄纭昀郧耘涢筠（真文）篔鋆（152）

【轸（上声）】本苯畚碜蠢忖盹冟粉艮（轸震）衮绲辊滚磙鲧很狠仅（轸震）尽（轸震）卺紧堇锦谨馑瑾槿肯垦恳啃捆阃悃凛廪檩皿闵抿黾（铣轸）泯闽悯敏愍鳖品榀锓寝忍荏稔沈审哂矧谂婶吮楯（轸震）损笋隼榫汆刎吻紊稳尹引吲饮（轸震）蚓殷（删真轸）隐瘾允狁陨殒怎诊枕轸畛疹袗缜准撙（94）

【震（去声）】夯（震江）坌奔（真震）笨摈殡膑髌鬓衬疢龀称（震庚敬）趁榇谶寸囤（文震）沌（翰震）炖砘钝盾顿（震胡）遁楯（轸震）揾分（真震）份奋忿偾粪愤鲼瀵亘艮（轸震）茛棍恨诨混（文震）溷仅（轸震）尽（轸震）进近妗劲（震敬）荩浕晋赆烬浸琎祲靳禁（真震）缙觐殣噤俊郡捃峻浚骏珺菌（真震）焌（震期）晙竣掯裉困吝赁淋（文震）蔺膦躏论（文震）闷（真震）焖懑恁（文震）嫩喷（真震）牝聘吣沁揿刃认仞任（文震）纫韧轫饪妊纴衽葚闰润肾甚胂渗葚椹蜃瘆慎顺舜瞬褪（未震）问汶纹（文震）揾衅囟芯（真震）信衅训讯汛迅驯徇逊殉浚巽熏（真震）蕈噀印饮（轸震）茚荫（真震）胤窨（真震）慭孕运员郓恽晕（真震）酝愠韫韵蕴熨（震霁）谮圳阵鸩振朕赈瑱震镇（174）

十江（江阳养漾）（517）

韵母：ang、iang、uang

【江（阴平）】肮邦帮梆浜仓伧苍沧舱伥昌倡（江

漾）菖猖阊娟鲳创（江漾）疮窗当（江庚）裆筜方邡坊（江阳）芳枋钫冈扛（江养）刚杠（江漾）岗（江养漾）肛纲钢（江漾）缸罡光咣桄（江漾）胱夯（震江）育荒塃慌江茳将（江漾）姜豇浆（江漾）僵缰䲁礓疆闶（江漾）康慷糠匡诓哐筐啷牤囊（江阳）曩乒滂膀（江阳养漾）抢（江养）呛（江漾）羌枪戗（江漾）戕将（江漾）腔蜣锖锵镪（江养）蠰（江养）丧（江漾）桑伤汤殇商觞墒熵双泷（江衡）霜媚汤钖糦嚏赵（江漾）羰镗（江阳）蹚汪乡芗相（江漾）香厢湘缃箱襄骧镶央泱殃鸯秧鞅（江漾）赃脏（江漾）牂臧张章鄣獐彰漳嫜璋樟蟑妆庄桩装（147）

【阳（阳平）】 昂藏（阳漾）长（阳养）场（阳养）苌肠尝倘（阳养）常偿徜裳嫦床幢（阳漾）防坊（江阳）妨肪房鲂行（阳漾衡）吭（阳庚）杭绗航颃皇黄凰隍喤遑徨湟惶煌锽潢璜蝗篁磺癀蟥簧鳇扛（江阳）狂诳郎（阳漾）狼阆（阳漾）琅廊椰锒稂螂良茛（阳漾）凉（阳漾）梁椋辌量（阳漾）粮粱樑踉（阳漾）邙芒忙杧盲氓（阳衡）茫磞囊（江阳）馕（阳养）娘彷（阳养）庞逄旁蒡（阳漾）膀（江阳养漾）磅（阳漾）螃鳑强（阳养漾）墙蔷嫱樯襄瀼（阳漾）穰穰瓤禳饧（阳衡）唐堂棠廊塘搪溏瑭樘膛螗镗（江阳）糖螳亡王（阳漾）详降（阳漾）庠祥翔扬羊阳场（阳漾）杨旸飏炀佯疡垟徉洋烊（阳漾）蛘（138）

【养（上声）】 绑榜膀（江阳养漾）厂（删养）场（阳养）昶惝敞氅闯挡（养漾）党谠仿访彷（阳养）纺舫岗（江养漾）港广（删养）犷恍晃（养漾）谎幌讲

奖桨蒋耩膙夼朗烺滰两俩（养马）魍莽漭蟒曩攘儴（阳养）嗙牓抢（江养）羟强（阳养漾）锵（江养）禳壤攘嚷（江养）搡嗓磉颡上（养漾）坰晌赏爽帑倘（阳养）淌傥锐躺网枉罔往惘辋魍享响饷飨想鲞仰**养**氧痒歰长（阳养）伉涨（养漾）掌奘（养漾）（94）

【**漾**（去声）】盎蚌（漾敬）棒傍谤搒蒡（阳漾）膀（江阳养漾）磅（阳漾）镑场（阳漾）怅畅倡（江漾）邨唱创（江漾）怆当（江漾）凼砀宕挡挡（养漾）荡档砀放杠（江漾）岗（江养漾）钢（江漾）箪戆桄（江漾）逛行（阳漾衡）沆巷晃（养漾）滉榥匠降（阳漾）虹（漾衡）将（江漾）泽绛浆（江漾）强（阳养漾）酱犟糨亢伉抗阆（江漾）炕钪邝圹纩旷况矿贶框眶郎（阳漾）茛（阳漾）阆（阳漾）浪莨亮悢（漾敬）凉（阳漾）悢谅辆靓（漾敬）量（阳漾）晾唡踉（阳漾）馕酿胖（寒漾）呛（江漾）戗（江漾）炝跄蹡让瀼（阳漾）丧（江漾）上（养漾）尚绱烫趟（江漾）王（阳漾）妄忘旺望向项巷相（江漾）象像橡快样恙烊（阳漾）鞅（江漾）漾脏（江漾）奘（养漾）葬藏（阳漾）丈仗杖帐账胀涨（养漾）障幛嶂瘴壮状僮（漾衡）撞幢（阳漾）戆（138）

十一庚（庚衡梗敬）（791）
韵母：eng、ing、ong、iong

【**庚**（阴平）】崩绷（庚梗）嘣冰并（庚敬）兵屏（庚衡梗）枰（真庚）槟（真庚）噌柽琤称（震庚敬）

蛏铛（江庚）赪撑噌瞠冲（庚敬）充忡芜涌（庚梗）舂
憧艟匆苁凵枞葱璁璁聪熜灯登嶝镫（庚敬）簦蹬（庚
敬）丁仃叮玎町町（庚梗）钉（庚敬）疔耵酊（庚梗）
东冬咚崇氢鸫鞧丰风沣沨枫封砜疯峰烽葑锋蜂鄷更（庚
敬）**庚**耕赓羹工弓公功红（庚衡）攻供（庚敬）肱宫恭
蚣躬龚觥亨哼轰哄（庚梗敬）訇烘薨茎京泾经（庚敬）
荆菁猄旌惊晶睛睛粳兢精鲸鶄扃坑吭（阳庚）硁铿空
（庚敬）倥（庚梗）崆箜棱（庚衡）隆（庚衡）蒙（庚
衡梗）抨怦砰烹嘭澎（庚衡）乒俜娉青轻氢倾卿圊清蜻
鲭扔僧升生声牲胜（庚敬）笙甥松松娀淞菘凇嵩熥厅汀
听烃桯恫（庚敬）通（庚敬）嗵翁嗡滃（庚梗）鹟兴
（庚敬）星骍猩惺腥凶兄芎匈汹胸应（庚敬）英莺婴瑛
撄嘤罂缨璎樱鹦膺鹰佣（庚梗敬）拥痈邕庸鄘雍墉慵鏞
壅臃鳙饔曾（庚衡）增憎缯（庚敬）罾丁正（庚敬）争
征怔（庚敬）挣（庚敬）峥狰钲症（庚敬）烝睁铮（庚
敬）筝蒸鲭中（庚敬）忪忠终盅钟衷螽枞宗综（庚敬）
棕腙踪鬃（250）

　　【**衡**（阳平）】甬层曾（庚衡）成丞呈枨诚承城宬
埕晟（衡敬）乘（衡敬）盛（衡敬）铖程惩裎（衡梗）
塍醒澄（衡敬）橙虫种（衡梗敬）重（衡敬）崇从丛淙
琮冯逢缝（衡敬）恒姮珩桁鸻横（衡敬）**衡**蘅弘红（庚
衡）闳宏泓荭虹（漾敬）竑洪鸿箕蕻（衡敬）黉塄棱
（庚衡）楞○令（衡梗敬）伶灵苓图泠玲柃瓴铃鸰凌
陵聆菱棂蛉翎羚绫棱（庚衡）褛零龄鲮鄜龙茏咙泷（江
衡）珑栊昽胧砻眬聋笼（衡梗）隆（庚衡）癃窿旻（阳
衡）虻萌蒙（庚衡梗）盟甍暓幪濛檬朦鹲礞矇艨名明鸣

茗洺冥铭蓂溟暝螟螟能宁（衡敬）拧（衡梗）咛狞柠聍凝农侬哝浓脓秾朋堋彭棚搒蓬硼鹏澎（庚衡）篷膨蟛平冯评坪苹凭枰帡洴屏（庚衡梗）瓶萍帲鲆劢情晴氰檠擎黥邛穷茕穹筇琼蛩蹬鋈仍戎肜茸荣绒容嵘蓉溶瑢榕熔蝾镕融渑（铣衡）绳疼腾誊滕螣藤廷莛亭庭停葶蜓渟婷霆仝同（衡敬）佟彤岭侗（漾衡）茼峒（衡敬）桐砼铜童酮潼橦瞳瞳刑邢行（阳漾衡）饧（阳衡）形陉型荥钘硎雄熊迎茔荧荧盈莹萤营萦鎣楹滢蝇潆嬴赢瀛喁（衡齐）颙（264）

【梗（上声）】绷（庚梗）琫丙邴秉柄饼炳屏（庚衡梗）禀逞骋裎（衡梗）宠等戥顶酊（庚梗）鼎董懂讽唪埂耿哽绠**梗**颈鲠巩汞拱珙栱哄（庚梗敬）井阱到肼颈景儆憬璟警囧炅（未梗）迥炯窘孔恐倥（庚梗）冷令（衡梗敬）岭领陇拢垄笼（衡梗）勐猛蒙（庚衡梗）锰蜢艋懵蠓酩拧（衡梗）捧茼顷请顾警冗省眚怂耸悚竦町（庚梗）挺珽梃（梗敬）铤（梗敬）颋艇侗（梗敬）统捅桶筒蓊滃（庚梗）省醒撑郢颍颖影瘿永甬咏泳俑（庚梗敬）勇涌（庚梗）恿蛹踊拯整肿种（衡梗敬）冢踵总傯（125）

【敬（去声）】泵迸蚌（漾敬）绷鬅镚蹦并（庚敬）病摒蹭秤（震庚敬）冲（庚敬）铳邓凳嶝澄（衡敬）磴瞪镫（庚敬）蹬（庚敬）订钉（庚敬）定啶锭（梗敬）腚碇锭动冻侗（梗敬）峒栋峒（衡敬）陈泂恫（庚敬）胴硐凤奉俸缝（衡敬）更（庚敬）暅共贡供（庚敬）横（衡敬）讧哄（庚梗敬）濆蕻（衡敬）劲（震敬）径净弪经（庚敬）胫倞（漾敬）痉竞竟婧靓

（漾敬）敬靖静境獍镜空（庚敬）控愣另令（衡梗敬）
吟弄孟梦命宁（衡敬）佞拧泞弄碰庆亲（真敬）箐繁
（敬起）磬馨圣胜（庚敬）晟（庚敬）乘（庚敬）盛
（庚敬）剩嵊讼宋送诵颂梃同（衡敬）恸通（庚敬）痛
瓮蕹兴（庚敬）杏幸性姓荇悻婞诇敻应（庚敬）映硬媵
用佣（庚梗敬）综（庚敬）铿缯（庚敬）赠甑正（庚
敬）证郑怔（庚敬）诤政挣（庚敬）症（庚敬）铮（庚
敬）中（庚敬）仲众种（衡梗敬）重（衡敬）纵疭粽
（152）

十二期（期齐起霁）（1019）

　　韵母：i、er、ü

　　【期（阴平）】逼鲾氏（期起）低羝堤提（期齐）嘀
（期齐）滴镝（期齐）几（期起）讥击叽饥玑圾芨机乩
肌矶鸡其（期齐）奇（期齐）咭刉唧积笄展姬基期赍犄
稘缉畸跻箕稽（期起）赍畿激羁车（歌期）且（解期）
拘苴狙泃居驹俱（期霁）疽掬据（期霁）琚趄（介期）
椐锯腒雎锯（期霁）裾鞠鞫咪眯（期齐）妮丕批邳伾纰
坯披狉砒铍（期齐）辟（期霁）劈（期起）噼霹七沏妻
（期霁）柒栖桤凄萋戚期欺敧欹缉喊漆蹊区（优期）曲
（期起）岖诎驱屈祛蛆躯焌（震期）趋蛆觑（期霁）黢
剔梯锑踢夕兮西吸汐希昔析矽歺茜（翰期）郗（期支）
恓栖饩唏牺息奚浠菥硒晞歙悉烯淅惜晰稀舾翕腊（祃
期）栖犀晳锡溪裼（期霁）熙豨螅僖熄嘻膝嬉熹樨蟢歖
（个期）羲窸蹊蟋醯曦鼷圩（围期）戌吁（期霁）盱耇

（佳期）须胥项虚欻（佳期）墟需嘘（期支）魕［一］
（期起霁）伊衣（期霁）医依祎咿铱猗揖壹漪噫繄黟迂
吁纡於（期齐姑）淤（212）

【齐（阳平）】 荸鼻狄迪的（齐霁）籴荻敌涤笛
觌嘀（期齐）嫡翟（齐卦）镝（期齐）蹢儿而鸸鲕及伋
吉岌汲级极即佶诘（杰齐）亟（齐霁）革（格齐）笈急
姑疾棘殛戢集蒺楫辑崪嫉蕺瘠鹡藉（介齐）踖籍局侷桔
（皆齐）菊焗锔溴踘橘嫠黎鲡罹篱藜絷蠡（齐起）驴间
桐弥迷祢眯（期齐）猕谜（未齐）醚縻（围齐）縻麋靡
（齐起）蘼醾尼坭呢泥（齐霁）伲铌倪猊霓蚬鲵皮陂
（歌微齐）枇毗蚍铋（期齐）郫疲陴埤（齐霁）啤琵椑
（微齐）脾鲏裨（齐霁）蜱黑貔鼙丌齐（齐霁）祁圻
（文齐）芪岐其（期齐）奇（期齐）歧祈荠（齐霁）俟
耆颀脐旂埼萁畦崎淇骐骑琪琦棋蜞祺锜綦蜞旗蕲鲯鳍麒
劲朐鸲渠藁磜璩瞿駧蘧氍癯衢蠼黄绔（齐霁）提（期
齐）啼遆鹈缇题醍蹄鳀习席觋袭媳隰檄徐匜仪圯夷沂诒
迤（齐起）饴怡宜荑咦贻姨眙胰蛇（格齐）庱移痍遗
（未齐）颐疑嶷簃彝于於（期齐姑）与（齐起霁）予
（齐起）邘仔玙㪚余妤盂臾鱼禺竿昇俞狳馀谀娱萸雩渔
隅揄喁（衡齐）嵎崳逾腴渝愉瑜榆虞愚觎舆窬蝓（251）

【起（上声）】 匕比吡沘妣彼秕笔俾鄙氏（期起）
邸诋坻（起直）抵底柢砥骶尔耳迩饵洱珥铒几（期起）
己纪（起霁）虮挤济（起霁）给（尾起）脊掎掎戟麂柜
（未起）咀（尾起）沮（起霁）莒枸（优有起）矩举茧
榉龃踽礼李里俚逦哩悝（微起）娌理锂鲤澧醴鳢蠡（齐
起）吕侣捋（歌起）旅铝稆偻（由起）屡缕膂褛履米洣

芈弭脒敉靡（齐起）拟你旎女钕匹庀圮仳否（有起）吡痞劈（期起）擗癖乞芑屺屺企杞启起绮稽（期起）綮（敬起）曲（期起）苣（起霁）取娶齲体洗（铣起）玺铣（铣起）徙喜蒽葸屣禧许诩浒（起古）栩湑（起霁）稰醑［一］（期起霁）乙已以钇苡尾（尾起）矣迤（齐起）蚁蛾（格起）舣酏倚椅旖与（齐起霁）予（齐起）屿伛宇羽雨（起霁）俣禹语（起霁）圉敔圄鄅庚铻瑀瘐齬瘐（167）

【霁（去声）】币必毕闭庇诐畀泌贲（真霁）荜毖哔陛毙铋秘狴荜库敝婢赑筚愎弼蓖跸痹滗裨（齐霁）辟（期霁）碧蔽算弊薜鼊篦壁避婢髀濞臂壁襞地弟的（齐霁）帝递娣苐第谛蒂棣睇缔碲踶二佴（泰霁）贰计记伎齐（齐霁）纪（起霁）技芰系忌际妓季剂垍荠（齐霁）唶迹洎济（起霁）既觊继偈（杰霁）徛祭（泰霁）悸寄寂绩塈蓟霁蹃鲚暨稷劓鲫髻冀穄罽齌槷骥巨勾（优霁）句（优霁）讵拒苣（起霁）具炬沮（起霁）钜秬俱（期霁）倨剧据（期霁）距惧锯飓锯（期霁）聚窭踞屦遽醵醵力历厉立吏坜苈丽励呖利沥枥例疠戾隶荔栎（个霁）郦轹俪俐疠莉苈鬲（格霁）栗砺砾猁蛎唳笠粝粒雳躒（个霁）詈傈溧痢溧篥律虑率（泰霁）绿（霁故）氯滤泪觅泌宓秘密幂谧嘧蜜伲泥（齐霁）昵逆匿睨腻溺（啸霁）恶衄屁坒（齐霁）淠睥僻（期霁）媲僻澼甓譬气讫迄弃汽妻（期霁）泣呕（齐霁）契（介霁）砌（介霁）葺碛碶槭器憩去阒趣觑（期霁）屈刜倜逖涕悌绨（齐霁）惕替裼（期霁）嚏册戏（霁姑）饩系屃细绤阋舄隙禊潟旭序叙洫恤畜（霁故）酗勖绪续溆湑（起霁）絮婿

蓄煦［一］（期起霁）乂弋亿义艺刈忆艾（泰霁）仡（歌霁）议屹亦衣（期霁）异抑呓邑佚役译易峄佾怿诣驿绎轶食（霁直）弈奕疫羿挹益浥悒谊埸勚逸翊翌嗌（泰霁）肆裔意溢缢蜴廙瘗鹝镒毅熠薏殪螠劓臲翼镱癔懿与（齐起霁）玉驭芋吁（期霁）聿谷（霁古）饫妪雨（起霁）郁育（歌霁）昱狱语（起霁）彧峪钰浴预域堉菀（铣霁）欲阈谕尉（未霁）遇喻御鹆寓裕粥（优霁）蓣愈煜濒誉蔚（未霁）螆毓熨（震霁）豫燠燏鹬鬻（389）

十三支（支直纸实）（310）
韵母：（-i）（零韵母）

【支（阴平）】吃郗（期支）哧鸥蚩眵答瓻摛嗤痴媸螭魑剌（支实）呲差（佳祸开支）疵粲跐（支纸）尸失师诗鸤虱狮施狮湿蓍醨嘘（期支）飔司丝私呬思（开支）鸶偲（开支）斯蛳缌飕厮锶撕嘶渐之支氏（支实）只（支纸）卮汁芝吱枝知肢泜织栀胝衹脂稙楂蜘仔（凯支纸）吱孜咨姿兹（支直）赀资淄缁辎嗞嵫粢孳滋趑觜呰（支纸）锱龇镃鼒髭鲻（95）

【直（阳平）】池弛驰迟坻（起直）荶持匙墀踟篪词庛茨兹（支直）祠瓷辞慈磁雌鹚糍十什（文直）石（翰直）时识实拾（个直）食（霁直实）蚀炻埘莳（直实）湜鲥鳀执直侄值埴职絷植殖跖摭踯蹢（齐直）（51）

【纸（上声）】尺（哿纸）齿侈耻豉袳此泚跐（支

纸）史矢豕使始驶屎死止只（支纸）旨址抵芷沚**纸**祉指
枳轵咫趾菂酯徵子仔（凯支纸）姊籽秭籽第梓紫訾（支
纸）滓（45）

【寘（去声）】彳叱斥赤饬炽翅敕啻傺瘈次伺刺（支
寘）赐日士氏（支寘）示世仕市式似势事侍饰试视拭贳
柿是峙适（个寘）恃室逝莳（直寘）轼铈舐弑释谥嗜笫
誓奭噬螫巳四寺似汜觊伺祀姒饲泗驷俟（齐寘）食（霁
直寘）涘耜笥肆嗣至志豸忮识（直寘）屋郅帜帙制质炙
治柜峙庤陟贽挚桎轾致秩鸷掷栉铚痔窒蛭智痣滞骘觶硕
置锧雉稚滍踬鯶自字恣眦渍（119）

十四姑（姑胡古故）（653）

韵母：u

【姑（阴平）】［不（姑古故）］逋晡出初榾粗觚都
（优姑）阇（格姑）督嘟夫（姑胡）呋肤麸趺跗稃郭孵
敷估（姑故）咕呱（佳姑）沽孤**姑**轱骨（姑古）鸪菰菇
蛄（姑古）菁辜酤觚毂（姑古）箍乎戏（霁姑）呼忽軤
烀唿惚滹糊（姑胡故）矻刳枯哭堀窟骷撸噜仆（姑胡）
扑铺（姑故）噗潽殳书抒纾枢叔姝殊倏菽梳淑舒疏摅输
毹蔬苏酥稣窣凸秃突葵兀（姑故）乌（姑故）圬邬污巫
呜於（期齐姑）钨诬屋恶（寄个姑故）朱邾侏诛茱洙珠
株诸铢猪蛛楮潴橥租菹（119）

【胡（阳平）】醵刍除厨锄滁蜍雏橱蹰蹰徂殂毒独
顿（震胡）读（宥胡）渎椟犊牍黩髑夫（姑胡）弗伏凫
扶芙苻（未胡）佛（格古）孚刜拂符茀怫服（姑故）怫

绂绋韨茯罘氟俘郛洑（姑故）祓莩（筱胡）砩蚨浮菔桴符匐涪袱艴幅辐蜉福蝠幞黻囫和（格个胡）狐弧**胡**壶核（格胡）斛葫鹄（胡古）猢湖瑚煳鹕鹘槲蝴糊（姑胡故）醐縠卢芦（胡古）庐垆炉泸栌轳胪鸬颅舻鲈毪模（格胡）奴孥驽仆（姑胡）匍莆菩脯（胡古）葡蒲璞镤濮如茹铷儒薷嚅濡孺襦颥蠕秫孰赎塾熟（由胡）俗图荼徒途涂菟（胡故）屠酴无（格胡）毋芜吾吴郚捂（胡古）唔浯梧鹀铻（起胡）蜈鼯术（胡故）竹竺逐烛舳瘃蠋躅足卒（胡故）族镞（168）

【**古**（上声）】［不（姑古故）］卜叶补捕哺堡（筱古故）处（古故）杵础楮储楚褚肚（古故）笃堵赌睹父（古故）抚甫拊斧府俯釜辅脯（胡古）腑滏腐簠黼**古**谷（霁古）汩诂股骨（姑古）牯贾（马古）罟钴蛄（姑古）蛊鹄（胡古）馉鼓瞽（姑古）縠嘏（马古）臌瞽虎浒（起古）唬（祃古）琥苦芦（胡古）卤虏掳鲁橹镥母牡亩坶拇姆姥（筱古）努弩砮胬朴（歌肴个古）埔（古故）圃浦普溥谱氆镨蹼汝乳辱暑黍属署蜀鼠数（个古故）薯曙土吐（古故）钍五午伍仵迕庑怃忤妩武侮捂（胡古）牾鹉舞主拄渚煮属褚嘱麈瞩诅阻组俎祖（131）

【**故**（去声）】不［（姑古故）］布步怖钚埔（古故）部埠瓿簿亍处（古故）怵绌俶畜（霁故）搐触憷黜矗卒（胡故）促猝蔟醋酢（格故）簇蹙蹴芏杜肚（古故）妒度（格故）渡镀蠹父（古故）讣付负妇附咐阜服（姑故）驸赴复洑（姑故）副蝮赋傅富腹鲋缚赙蝮鳆覆馥估（姑故）固**故**顾堌梏崮牿雇锢痼鲴互户冱护沪岵怙戽祜笏瓠扈鄠糊（姑胡故）鹱库绔喾裤酷用陆（宥故）

录辂赂鹿渌逯绿（霁故）禄碌（宥故）路僇蓼（筱故）篆漉辘戮潞璐簏鹭麓露（宥故）木目么牟（优故）沐苜牧钼募墓幕睦慕暮穆怒铺（姑故）堡（筱古故）暴（筱故）瀑（筱故）曝（筱故）入泅蓐溽缛褥术（胡故）戍束述沭树竖恕庶腧数（个古故）墅漱澍夙诉肃素速涑宿（有宥故）粟谡嗉塑溯愫蔌僳觫缩（歌故）簌蹜吐（古故）兔堍菟（胡故）兀（姑故）勿乌（姑故）戊务阢坞芴杌物误恶（哿个姑故）悟晤焐靰痦婺鹜雾痼鹜鋈仵苎助住纻杼贮注驻柱炷祝疰著（格故）蛀铸筑翥箸（226）

　　*本韵表转引自《中华诗词》杂志2004年第6期《中华新韵（十四韵）》，收入本书时重新进行了校对和修订。

中华新韵歌诀

第一韵，叫做"佳"，他家抓把撒茶花。
"抗倭驱蒋献春花，壮烈英魂城有家。"

（张孟欣《烈士陵园》）

第二韵，叫做"波"，车过漠河歌婆娑。
"街心饭店布星罗，入夜霓虹流彩波"。

（吴彦《城市印象》）

第三韵，叫做"皆"，雪夜跌街嗟月斜。
"草迷山径露湿鞋，紫蔺黄花点绿蕨"。

（韩宇《野游》）

第四韵，叫做"开"，赛台彩带甩开怀。
"水上黄花次第开，泛红映绿丽人腮。"

（谷中维《衡水湖游记》）

第五韵，叫做"微"，雷摧梅蕊谁泪垂。
"云卷云舒任是非，卸辕老马不知悲。"

（李文佑《述志》）

第六韵，叫做"萧"，天桃飘缈俏娇娆。
"远望如梯步步高，身临谷底进岩槽。"

（溪翁《过三峡五级船闸》）

第七韵，叫做"优"，鸥柳旧友又周游。
"朔风得意弄风流，地冻天寒兴未休。"

（高凤池《雪景》）

第八韵，叫做"删"，帆船婉转见寒山。
"西部开发战鼓喧，金城关下建龙园。"

（霍松林《兰州龙园落成喜赋》）

第九韵，叫做"真"，昆仑林隐问纯真。
"十川百淀滤轻尘，绮丽湖天雨后新。"

（乔树宗《游白洋淀放歌》）

第十韵，叫做"江"，长江霜降望苍茫。
"萦曲玉带绕仙庄，花柳亭桥掩画廊。"

（张君恋《游牧马溪》）

十一韵，叫做"庚"，青松经冻更葱茏。
"闻道高原新路成，神龙昂首走西东。"

（韩秀松《贺青藏铁路建成通车》）

十二韵，叫做"期"，儿女骑驴去弈棋。
"如篦东风梳麦畦，连天绿海起涟漪。"

（徐淙泉《春日》）

十三韵，叫做"支"，稚子知迟日思诗。
"冬旱韩原雨雪迟，京华鸿雁寄春枝"。

（张申《贺岁诗》）

十四韵，叫做"姑"，孤竹如鹜舞芦湖。
"明灭如烟细若无，青枝鸟语柳眉舒。"

（王玉德《老屯》）

（溪翁原著 赵京战改编 杨贵全择句）

新韵平声中的原入声字

（522字）

八叭捌拔跋魃白雹逼憋鳖别蹩拨剥剥钵脖伯驳帛泊勃铋舶博渤搏箔膊薄礴（不）擦插锸察拆焯焯吃出踔戳逴搭嗒褡达怛答答瘩得德的滴镝镝狄狄籴迪敌涤荻笛觌嫡跌迭垤瓞谍喋堞耋叠牒碟蝶蹀督毒读渎椟牍犊黩髑独度咄裰夺铎掇踱额发乏伐罚阀筏佛佛弗伏怫拂服绂绋茀袚袯茯匐菔袱幅福辐蝠嘎嘎纥纥疙胳鸽割搁阁革格鬲葛蛤隔骼鹖鹘刮鸹郭聒蝈国帼虢喝合曷核盍涸盒龁颌貉阖翮黑忽惚斛槲觳觳滑猾豁活击圾芨唧屐积缉激及吉岌汲级即极亟佶急笈疾戟棘殛集嫉楫蒺辑瘠蕺踖籍嵴夹夹浃袷荚铗蛱颊角脚缴疖接揭孑节节劫杰诘拮洁结结桀婕捷颉颉睫截碣竭羯藉掬锔鞠鞫局桔桔菊橘撅孓决诀抉玦珏绝觉倔崛掘桷厥谲獗蕨赽噱噱橛爵蹶嚼矍钁爝攫镢（镢）瞌磕壳砢哭窟括垃拉邋捋摸膜霓捏拍批劈霹撇瞥泼仆仆扑璞濮七沏柒戚漆掐切曲诎屈缺阙撒塞杀刹煞勺芍舌失虱湿十什石识实拾蚀食叔倏淑菽秫孰赎塾熟刷捽说俗缩塌遢踏剔踢怗贴帖凸秃突托脱橐挖喔屋夕汐吸昔析矽息悉惜淅晰翕皙锡熄蜥膝歙螅蟋习席袭媳隰檄呷瞎匣侠狎峡柙狭硖辖黠削削楔歇蝎协胁挟勰撷缬戌薛穴学压押鸭噎一壹揖曰约匝咂拶杂砸凿则择泽责啧帻箦贼扎

扎札轧闸铡摘宅翟翟蜇蜇折折折哲辄蛰谪摺辙汁织执侄直值职植殖絷躑只粥妯轴竹竺烛逐舳躅著卓拙倬捉桌涿灼茁斫浊浞诼酌啄棁着着（著）琢琢擢濯镯鸷足卒族镞昨

　　（据《中华诗词》2004年第5、6期，《中华新韵（十四韵）》辑录，收入本书时重新进行了校对和修订）

平水韵检字表

（按《新华字典》"附录·汉语拼音方案·字母表"顺序排列）

A

阿 平歌
嗄 去祃
哀 平灰
唉 平灰
埃 平灰
挨 平佳
欸 平灰

皑 平灰
毐 上贿
嗳 去队
矮 上蟹
蔼 去泰
霭 去泰
艾 去泰
爱 去队
隘 去卦
嗌 入陌

嫒 去队
礙 去队
靉 去队
暧 去队
瑷 去队
薆 去队
餲 去卦
安 平寒
氨 平寒
庵 平覃

諳 平覃

鵪 平覃

鞌 平寒

鞍 平寒

盦 平覃

闇 平覃

闇 去勘

俺 去豔

晻 上感

玕 平删

岸 去翰

按 去翰

案 去翰

暗 去勘

黯 上赚

肮 平陽

骯 上養

昂 平陽

柳 平陽

盎 上養去漾

醠 去漾

坳 平肴

敖 平豪

厫 平豪

嗷 平豪

嶅 平豪

獒 平豪

廒 平豪

獒 平豪

遨 平豪

熬 平豪

璈 平豪

翱 平豪

聱 平肴

鰲 平豪

謷 平肴平豪

鼇 平豪

鏖 平豪

拗 上巧去效

襖 上皓

媼 上皓

傲 去號

奥 去號

鷔 平豪去號

墺 去號

澳 去號

懊 去號

鏊 去號

B

八 入黠

巴 平麻

扒 入黠

芭 平麻

疤 平麻

捌 入黠

笆 平麻

豝 平麻

拔 入曷入黠

茇 入曷

胈 入曷

跋 入曷

魃 入曷

把 上馬

鈀 平麻

靶 去禡

壩 去禡

罷 去禡

鲅 入曷

霸 去禡入陌

灞 去禡

掰 平灰

白 入陌

百 入陌

佰 入陌

柏 入陌

捭 上蟹

擺　上蟹	瓣　去諫	堡　上皓
唄　去卦	邦　平江	葆　上皓
敗　去卦	幫　平陽	褓　上皓
拜　去卦	梆　平江	緥　上皓
稗　去卦	浜　平庚	寶　上皓
鞁　去寘	綁　上養	報　去號
韛　去卦	榜　上養	抱　上皓
扳　平刪	膀　平陽	豹　去效
班　平刪	蚌　上講	趵　去效
般　平寒平刪	傍　平陽去漾	鮑　上巧
頒　平刪	棒　上講	暴　去號入屋
斑　平刪	謗　去漾	虣　去號
搬　平寒	蒡　上養	爆　去效入覺
瘢　平寒	磅　平陽	陂　平支去寘
阪　上阮	鎊　平陽	卑　平支
版　上潸	勺　平肴	杯　平灰
鈑　上潸	包　平肴	悲　平支
蝂　上潸	苞　平肴	碑　平支
辦　去諫	胞　平肴	鵯　平支
半　去翰	鮑　平蕭	北　入沃入職
伴　上旱	褒　平豪	貝　去泰
扮　去諫	襃　平豪	狽　去泰
姅　去翰	雹　入覺	邶　去隊
拌　平寒	飽　上巧	備　去寘
絆　去翰	保　上皓	背　去隊
靽　去翰	鴇　上皓	鋇　去泰

倍	上賄	泵	去敬	畀	去寘
悖	去隊入月	迸	去敬	苾	入質
被	上紙去寘	皀	入緝	嗶	入質
憊	去卦	偪	入職	毖	去寘
焙	去隊	逼	入職	邲	入質
琲	上賄	鎞	平齊	韠	入質
輩	去隊	柲	去寘	陛	上薺
蓓	上賄	鼻	去寘	斃	去霽
褙	去隊	匕	上紙	狴	平齊
誖	去隊入月	比	上紙去寘	狴	上薺
骳	上紙	吡	上紙	鉍	入質
奔	平元	妣	上紙	婢	上紙
賁	平文平元	沘	上紙	庳	平支
犇	平元	彼	上紙	庳	上紙
本	上阮	秕	上紙	敝	去霽
苯	上阮	俾	上紙	椑	平齊
畚	上阮	筆	入質	椑	上薺
坌	去願	粃	上紙	萆	入陌
笨	上阮	鄙	上紙	堛	入職
伻	平庚	幣	去霽	弻	入質
祊	平庚	必	入質	愎	入職
崩	平蒸	畢	入質	皕	入職
繃	平庚	閉	去霽入屑	篳	入質
絣	平庚	庇	去寘	贔	去寘
埲	上董	詖	去寘	滭	入質
琫	上董	邲	入質	煏	入職

痹	去寘	璧	入陌	抃	去霰
腷	入職	饆	入質	汴	去霰
蓖	平齊	襞	入陌	拚	去問去霰
裨	平支	躃	入陌	便	平先去霰
蹕	入質	躄	入陌	變	去霰
辟	入陌	鷩	去霽	昇	平寒
擗	入陌	鷩	入屑	徧	去霰
闢	去寘	邊	平先	纏	平先
弊	去霽	砭	平鹽去豔	遍	去霰
碧	入陌	籩	平先	艑	上銑
箅	去霽	編	平先	辨	上銑
蔽	去霽	煸	平删	辯	上銑
蔽	入屑	篎	平先	辮	上銑
祕	入質	蝙	平先	杓	平蕭入藥
祕	入屑	鯿	平先	彪	平尤
馝	入質	鞭	平先	標	平蕭
壁	入錫	貶	上琰	颮	平肴入覺
嬖	去霽	扁	平先上銑	髟	平蕭平尤
篦	平齊	窆	上琰	猋	平蕭
薜	去霽	匾	上銑	滮	平尤
觱	入質	碥	上銑	驃	去嘯
避	去寘	稨	平先	熛	平蕭
濞	去霽	褊	上銑	膘	平蕭
臂	去寘	卞	去霰	麃	平肴
鞞	平齊	弁	平寒去霰	瘭	平蕭
髀	上紙	忭	去霰	鑣	平蕭

飙	平萧	镔 平真	拨	入曷
瀌	平萧平尤	濒 平真	波	平歌
藨	平萧	豳 平真	玻	平歌
臕	平萧	蠙 平真	剥	入觉
穮	平萧	摈 去震	盋	入曷
鑣	平萧	殡 去震	襏	入曷
表	上筱	膑 上轸	钵	入曷
婊	上筱	髌 上轸	饽	入月
裱	去啸	鬓 去震	啵	平歌
褾	上筱	冰 平蒸	脖	入月
俵	去啸	兵 平庚	菠	平歌
摽	平萧	栟 平庚	嶓	平歌
摽	上筱	丙 上梗	播	去个
鳔	上筱	邴 去敬	磻	平歌
憋	入屑	秉 上梗	鱍	入曷
鳖	入屑	昞 上梗	伯	入陌
别	入屑	昺 上梗	孛	去队入月
蹩	入屑	柄 去敬	駮	入觉
邠	平真	炳 上梗去敬	帛	入陌
宾	平真	饼 上梗	泊	入药
彬	平真	蛃 上梗	胹	入觉
傧	平真去震	禀 上寝	勃	入月
斌	平真	並 平庚上迥去敬	亳	入药
滨	平真	併 上梗	浡	入月
缤	平真	病 去敬	鈸	入曷
槟	平真	摒 去敬	铂	入药

桲 入月	晡 平虞	寀 上贿
舶 入陌	餔 平虞	彩 上贿
博 入药	醭 入屋	彩 上贿
渤 入月	補 上虞	睬 上贿
荸 入月	哺 去遇	菜 去队
鹁 入月	捕 去遇	蔡 去泰
愽 平寒	不 平尤入物	綵 去队
搏 入药	布 去遇	參 平侵平覃
餺 入药	步 去遇	驂 平覃
鮊 入陌	怖 去遇	滄 平寒
㷱 入职	部 上虞	餐 平寒
箔 入药	埠 去遇	殘 平寒
膊 入药	瓿 平虞上有	蠶 平覃
踣 入职	蔀 上有	慚 平覃
鎛 入药	簿 入药	慘 上感
薄 入药		憯 上感
馞 入月	**C**	黪 上感
髆 入药		燦 去翰
襮 入沃入药	偲 平支平灰	粲 去翰
礴 入药	猜 平灰	璨 去翰
跛 上哿	才 平灰	謲 去勘
簸 上哿去箇	材 平灰	倉 平陽
擘 入陌	財 平灰	傖 平庚
檗 入陌	裁 平灰	滄 平陽
庯 平虞	纔 平灰	蒼 平陽
逋 平虞	采 上贿	鶬 平陽

艙 平陽	噌 平庚	差 平支平佳平麻
滄 平陽	層 平蒸	去禡
藏 平陽去漾	嶒 平蒸	拆 入陌
操 平豪	蹭 去徑	釵 平佳
操 去號	叉 平麻	柴 平佳
糙 去號	扠 平麻	豺 平佳
曹 平豪	扱 入洽	蠆 去卦
嘈 平豪	杈 平麻	勑 去隊
漕 平豪去號	臿 入洽	瘥 平歌平麻去卦
槽 平豪	嗏 平麻	覘 平鹽
艚 平豪	插 入洽	摻 平鹹上嗛
螬 平豪	鍤 入洽	攙 平鹹
草 上皓	艖 平麻	幨 平鹽
懆 上皓	垞 平麻	幨 去豔
騲 上皓	查 平麻	襜 平鹽
冊 入陌	茬 平麻	嬋 平先
側 入職	茶 平麻	讒 平鹹
厠 去寘	搽 平麻	孱 平刪平先
惻 入職	槎 平麻	禪 平先去霰
測 入職	瞥 入屑	饞 平鹹
策 入陌	察 入黠	纏 平先去霰
筴 入洽	奼 上馬	僝 上潸
岑 平侵	汊 去禡	蟬 平先
梣 平侵	侘 去禡	廛 平先
涔 平侵	詫 去禡	潺 平刪平先
笒 平侵	姹 去禡	鐔 平侵平覃

286

蟾　平鹽

巉　平鹹上豏

巉　上豏

躔　平先

鑱　平鹹

產　上潸

剗　上潸

滻　上潸

詗　上琰

鏟　上潸

鏟　去諫

闡　上銑

燀　上銑

幝　上銑

繟　上銑

懺　去陷

顫　去霰

孱　上潸

倀　平陽

昌　平陽

娼　平陽

猖　平陽

菖　平陽

閶　平陽

鯧　平陽

長　平陽上養

腸　平陽

萇　平陽

嘗　平陽

嚐　平陽

償　平陽

常　平陽

徜　平陽

嫦　平陽

鱨　平陽

廠　上養

場　平陽

昶　上養

惝　上養

敞　上養

氅　上養

鋹　上養

悵　去漾

瑒　上養

暢　去漾

倡　平陽

鬯　去漾

唱　去漾

抄　平肴

弨　平蕭

怊　平蕭

鈔　平肴去效

焯　入藥

超　平蕭

晁　平蕭

巢　平肴

朝　平蕭

鼂　平蕭

嘲　平肴

潮　平蕭

謿　平肴

吵　上巧

炒　上巧

麨　上筱

秒　去效

車　平魚平麻

硨　平麻

扯　上馬

徹　入屑

坼　入陌

掣　去霽

撤　入屑

澈　入屑

抻　平真

郴　平侵

琛　平侵

嗔　平真

綝　平侵

瞋 平真
塵 平真
臣 平真
忱 平侵
沉 平侵
辰 平真
陳 平真
宸 平真
晨 平真
諶 平侵
跉 上寑
磣 上寑
躇 上寑
襯 去震
稱 平蒸
稱 去徑
齔 上吻去震
趁 去震
趂 去震
櫬 去震
儭 去震
嚫 去震
讖 去沁
樫 平庚
偁 平蒸
蟶 平庚

鎗 平陽
掙 平庚
琤 平庚
槍 平庚
撐 平庚
瞠 平庚
頳 平庚
丞 平蒸
成 平庚
呈 平庚
承 平蒸
根 平庚
誠 平庚
城 平庚
宬 平庚
乘 平蒸去徑
胜 平庚
塍 平蒸
懲 平蒸
程 平庚
裎 平庚
塍 平蒸
酲 平庚
澄 平蒸
橙 平庚
逞 上梗

騁 上梗
秤 平蒸去徑
吃 入物入錫
哧 入陌
蚩 平支
鴟 平支
瓻 平支
胝 平支
笞 平支
嗤 平支
媸 平支
癡 平支
絺 平支
螭 平支
魑 平支
弛 上紙
池 平支
馳 平支
遲 平支
泜 平支
泜 上紙
茌 平支
持 平支
笡 平支
匙 平支
墀 平支

藜	平支	伅	平東	愁	平尤
踟	平支	芫	平東	稠	平尤
篪	平支	翀	平東	籌	平尤
尺	入陌	舂	平冬	裯	平尤
侈	上紙	惷	平冬	酬	平尤
齒	上紙	憃	平江	躊	平尤
恥	上紙	惷	去宋去絳	懤	去宥
豉	去寘	憧	平冬	儔	平尤
袳	平支	罿	平東	醜	上有
袲	上紙	幢	平東	臭	去宥
彳	入陌	蟲	平東	出	入質
叱	入質	崇	平東	初	平魚
斥	入陌	寵	上腫	挦	平魚
赤	入陌	銃	去送	樗	平魚
飭	入職	抽	平尤	芻	平虞
抶	入質	紬	平尤	除	平魚
勅	入職	搊	平尤	廚	平虞
熾	去寘	瘳	平尤	滁	平魚
翅	去寘	篘	平尤	鋤	平魚
敕	入職	犨	平尤	蜍	平魚
啻	去寘	仇	平尤	雛	平虞
傺	去霽	儔	平尤	櫥	平虞
瘈	入屑	幬	平尤	躇	平魚入藥
鶒	入職	惆	平尤	蹰	平虞
充	平東	綢	平尤	鶵	平虞
沖	平東平冬	疇	平尤	杵	上語

礎 上語
儲 平魚
楮 上語
楚 上語去禦
褚 上語
齭 上語
亍 入沃
處 上語去禦
怵 入質
絀 入質
俶 入屋
搐 入屋
滀 入屋
觸 入沃
黜 入質
蓫 入屋
揣 上紙上哿
啜 入屑
嘬 去卦
川 平先
穿 平先
傳 平先去霰
舡 平江
船 平先
圌 平先
遄 平先

橼 平先
篅 平先
輲 平先
舛 上銑
荈 上銑
喘 上銑
串 去諫
釧 去霰
囪 平東
瘡 平陽
窗 平江
摐 平冬平江
床 平陽
創 平陽去漾
愴 去漾
吹 平支去寘
炊 平支
垂 平支
陲 平支
捶 上紙
菙 上紙
棰 平支
槌 去寘
錘 平支平灰
春 平真
椿 平真

輴 平真
純 平真
脣 平真
蓴 平真
淳 平真
鶉 平真
漘 平真
醇 平真
錞 平真
惷 上軫
踳 上軫
蠢 上軫
踔 入覺
戳 入覺
辵 入藥
娖 入覺
綽 入藥
逴 入覺
逴 入藥
輟 入屑
齪 入覺
疵 平支
胔 平支
詞 平支
祠 平支
呲 平支

茨	平支	璁	平東	醋	去遇
瓷	平支	聰	平東	簇	入屋
慈	平支	瞛	平冬	蹙	入屋
甆	平支	螐	平東	蹴	入屋
辭	平支	鏦	平冬平江	頵	入屋
磁	平支	叢	平東	攛	去翰
雌	平支	悰	平冬	竄	去翰
鶿	平支	淙	平冬平江	篡	去諫
餈	平支	琮	平冬	纂	上旱
此	上紙	潨	平東	爨	去翰
佌	上紙	賨	平冬	崔	平灰
泚	上紙上薺	憁	上董	催	平灰
跐	上紙	湊	去宥	縗	平灰
次	去寘	楱	去宥	摧	平灰
伙	入藥	腠	去宥	槯	平支
刺	去寘	輳	去宥	漼	上賄
賜	去寘	粗	平虞	璀	上賄
從	平冬去宋	麤	平虞	倅	去隊
匆	平東	徂	平虞	脆	去霽
蓯	平冬	殂	平虞	啐	去隊
樅	平冬	促	入沃	悴	去寘
怱	平東	猝	入月	淬	去隊
恩	平東	酢	入藥	萃	去寘
蔥	平東	蔟	平尤	毳	去霽
驄	平東	簇	入屋	焠	去隊
璁	平冬平江	踧	入屋	瘁	去寘

粹 去寘
綷 去隊
翠 去寘
顇 去寘
邨 平元
村 平元
皴 平真
墫 平真
存 平元
忖 上阮
寸 去願
搓 平歌
瑳 平歌上哿
磋 平歌去個
撮 入曷
蹉 平歌
髊 去寘
嵯 平支平歌
瘥 平歌
矬 平歌
鹺 平歌
脞 上哿
剉 去個
厝 去遇入藥入陌
挫 去個
措 去遇
銼 去個
錯 去遇入藥

D

噠 入曷
奞 入曷
搭 入合
嗒 入合
褡 入合
鎝 入合
妲 入曷
怛 入曷
遝 入合
逻 入合
荅 入合
薘 入曷
劄 入洽
笪 入曷
達 入曷
答 入合
韃 入曷
打 上梗
大 去泰去個
呆 平灰
呔 去隊
歹 入曷
代 去隊
汏 去泰
軑 去霽去泰
岱 去隊
紿 上賄
迨 上賄
帶 去泰
待 上賄
怠 上賄
殆 上賄
玳 去隊
貸 去隊
逮 去隊
袋 去隊
逮 去霽去隊
瑇 去隊
隸 去隊
戴 去隊
黛 去隊
襶 去隊
丹 平寒
單 平寒平先上銑
擔 平覃去勘
眈 平覃
耼 平覃

耽　平覃

鄲　平寒

聃　平覃

躭　平覃

酖　平覃

殫　平寒

癉　平寒去翰去箇

簞　平寒

儋　平覃

膽　上感

揮　平寒

亶　上旱

旦　去翰

但　上旱

誕　上旱

訑　平支

啗　去勘

彈　平寒去翰

憚　去翰

淡　去勘

菪　上感

蛋　上旱

氮　去勘

噉　上感

髧　上感

憺　上感

澹　平覃上感去勘

禫　上感

餤　去勘

賧　去勘

當　平陽去漾

璫　平陽

襠　平陽

簹　平陽

擋　去漾

黨　上養

讜　上養

宕　去漾

碭　平陽

蕩　上養去漾

檔　上養

刀　平豪

叨　平豪

忉　平豪

魛　平豪

導　去號

島　上皓

倒　上皓去號

搗　上皓上皓

禱　去號

蹈　去號

到　去號

悼　去號

燾　去號

盜　去號

道　上皓

稻　上皓

纛　去號入沃

得　入職

惪　入職

德　入職

的　入錫

燈　平蒸

登　平蒸

簦　平蒸

蹬　去徑

等　上迥

鄧　去徑

僜　去徑

凳　去徑

隥　去徑

嶝　去徑

瞪　平庚

磴　去徑

鐙　平庚去徑

低　平齊

羝　平齊

堤　平齊

滴	入錫	娣	上薺去霽	佃	去霰
鏑	入錫	遞	上薺去霽	甸	去霰
鞮	平齊	商	入錫	阽	平鹽
狄	入錫	第	去霽	坫	去豔
糴	入錫	菂	入錫	店	去豔
迪	入錫	諦	去霽	墊	去豔
敵	入錫	欽	去霽去泰	玷	上琰
滌	入錫	棣	去霽	鈿	平先去霰
荻	入錫	睇	去霽	惦	去豔
笛	入錫	締	去霽	澱	去霰
覿	入錫	蒂	去霽	奠	去霰
髢	去霽	禘	去霽	殿	去霰
嫡	入錫	蜇	入屑	靛	去霰
氐	上薺	踶	去霽	癜	去霰
詆	平齊上薺	螮	去霽	簟	上琰去豔
邸	上薺	掂	平鹽	刁	平蕭
坻	上薺	滇	平先	叼	平豪
底	上薺	顛	平先	凋	平蕭
抵	上薺	蹎	平先	蛁	平蕭
柢	上薺	巔	平先	琱	平蕭
砥	上紙	癲	平先	貂	平蕭
地	去寘	典	上銑	碉	平蕭
弟	上薺	點	上琰	雕	平蕭
杕	去霽	碘	上銑	鯛	平蕭
玓	入錫	電	去霰	鵰	平蕭
帝	去霽	佃	平先	吊	去嘯

釣　去嘯

調　平蕭去嘯

掉　上筱去嘯

爹　平麻上哿

跌　入屑

迭　入屑

垤　入屑

絰　入屑

臷　入屑

啑　入洽

諜　入葉

喋　入葉

堞　入葉

揲　入屑

耋　入屑

牒　入葉

碟　入葉

蹀　入葉

艓　入葉

蝶　入葉

昳　入屑

丁　平庚平青

仃　平青

叮　平青

玎　平青

疔　平青

叮　平庚

釘　平青去徑

耵　上迥

酊　平青

酊　上迥

靪　平青

頂　上迥

鼎　上迥

訂　去徑

飣　去徑

矴　去徑

定　去徑

碇　去徑

錠　去徑

丢　平尤

東　平東

冬　平冬

咚　平冬

鶇　平東

蝀　平東

董　上董

懂　上董

動　上董

凍　去送

倲　平東

崠　平東

恫　平東去送

挏　平東

棟　去送

洞　平東上董去送

胴　去送

硐　平東

涷　去送

都　平虞

兜　平尤

兠　平尤

篼　平尤

斗　上有

鬥　去宥

抖　上有

枓　上有

陡　上有

蚪　上有

豆　去宥

逗　去宥

餖　去宥

脰　去宥

痘　去宥

閗　去宥

竇　去宥

闍　平虞平麻

嘟　平虞

督 入沃	斷 上旱去翰	遁 上阮去願
毒 入沃	緞 上旱	遯 上阮去願
讀 去宥入屋	椴 去翰	憞 去隊
瀆 入屋	碫 去翰	多 平歌
櫝 入屋	鍛 去翰	咄 入月入曷
牘 入屋	堆 平灰	哆 平麻上哿
犢 入屋	隊 去隊	剟 入曷
黷 入屋	對 去隊	裰 入曷
髑 入屋	兌 去泰	奪 入曷
獨 入屋	憞 去寘	鐸 入藥
篤 入沃	碓 去隊	掇 入曷
堵 上麌	憝 去隊	踱 入藥
賭 上麌	惇 平庚	朵 上哿
覩 上麌	敦 平元平寒去隊	垛 上哿
芏 上麌	去願	躲 上哿
妒 去遇	墩 平元	嚲 上哿
杜 上麌	磓 平元	髻 平支
肚 上麌	蹲 平元	髻 上哿
妬 去遇	驐 平元	剁 去個
度 去遇入藥	坉 去震	沲 平歌
渡 去遇	囤 平元上阮	柮 入月
鍍 去遇	沌 上阮	墮 上哿
蠹 去遇	燉 平元	舵 上哿
端 平寒	盾 上軫上阮	惰 去個
短 上旱	鈍 去願	跥 上哿
段 去翰	頓 去願	

E

屙 平歌

訑 平歌

吡 平歌

俄 平歌

娥 平歌

峨 平歌

峩 平歌

浅 平歌

莪 平歌

睋 平歌

鵝 平歌

蛾 平歌

額 入陌

婀 上哿

厄 入陌

阨 入陌

呃 入陌

扼 入陌

呝 入陌

軶 入陌

堊 入藥

惡 去遇入藥

餓 去箇

諤 入藥

鄂 入藥

閼 平先月入曷

崿 入藥

愕 入藥

蕚 入藥

遏 入曷

搤 入陌

鰐 入藥

鍔 入藥

鶚 入藥

顎 入藥

齶 入藥

鱷 入藥

恩 平元

兒 平支平齊

而 平支

洏 平支

聏 平支

栭 平支

胹 平支

鴯 平支

輌 平支

鮞 平支

爾 上紙

耳 上紙

邇 上紙

餌 上紙去寘

珥 去寘

鉺 去寘

駬 上紙

二 去寘

佴 去寘

貳 去寘

衈 去寘

樲 去寘

F

發 入月

乏 入洽

伐 入月

垡 入月

罰 入月

閥 入月

栰 入月

筏 入月

法 入洽

帆 平鹹

番 平元

墦 平元

幡 平元

旛 平元

297

翻 平元	坊 平陽	霏 平微
藩 平元	芳 平陽	騑 平微
飜 平元	枋 平陽	肥 平微
凡 平鹹	牥 平陽	淝 平微
礬 平元	鈁 平陽	腓 平微
攀 平鹹	防 平陽去漾	蜚 平微
釩 上嫌	妨 平陽去漾	朏 上尾去隊
煩 平元	房 平陽	匪 上尾
樊 平元	肪 平陽	誹 平微上尾去未
蕃 平元	魴 平陽	悱 上尾
燔 平元	仿 上養	斐 上尾
璠 平元	訪 去漾	棐 上尾
繁 平元	彷 平陽	榧 上尾
蹯 平元	紡 上養	翡 去未
蘩 平元	昉 上養	篚 上尾
反 上阮	舫 去漾	吠 去隊
返 上阮	髣 上養	廢 去隊
犯 上嫌	放 上養去漾	柿 入物
泛 去陷	飛 平微	沸 去未入物
汎 去陷	妃 平微	狒 去未
飯 上阮去願	非 平微	肺 去隊
範 上嫌	緋 平微	費 去未
販 去願	菲 平微上尾	痱 去未
梵 去陷	扉 平微	疿 平微
方 平陽	裶 平微	痱 去未
邡 平陽	蜚 上尾去未	分 平文去問

吩 平文	潰 去問	佛 入物
紛 平文	豐 平東	缶 上有
芬 平文	丰 平冬	否 上紙上有
昐 平文	風 平東	瓴 上有
氛 平文	灃 平東	鴀 上麌
玢 平真平文	渢 平東	夫 平虞
棻 平文	楓 平東	玞 平虞
雰 平文	封 平冬	膚 平虞
墳 平文上吻	瘋 平東	柎 平虞
汾 平文	峰 平冬	袝 平虞
枌 平文	烽 平冬	趺 平虞
蚡 上吻	葑 平冬去宋	麩 平虞
棼 平文	鋒 平冬	稃 平虞
焚 平文	犎 平冬	跗 平虞
蕡 平文	蜂 平冬	鈇 平虞
獖 平文	鄷 平東	郙 平虞
魵 平文	馮 平東平蒸	孵 平虞
轒 平文	逢 平東平冬	敷 平虞
齏 去未	逄 平江	市 入物
粉 上吻	縫 平冬去宋	弗 入物
坋 上吻去問	諷 平東去送	伏 去宥入屋
忿 上吻去問	覂 上腫	鳧 平虞
僨 去問	唪 上董	孚 平虞
憤 上吻	鳳 去送	扶 平虞
糞 去問	奉 上腫	芙 平虞
	俸 去宋	芾 去未

佛	入物	符	平虞	釜	上麌
佛	去未	艴	入物	脯	上麌
佛	去队	蕨	入屋入职	輔	上麌
佛	入物	袄	入屋	腑	上麌
拂	入物	幅	入屋	滏	上麌
服	入屋	幅	入职	腐	上麌
洲	平虞	罦	平虞平尤	簠	上麌
绂	入物	福	入屋	黼	上麌
绯	入物	秄	平尤	父	上麌
茀	入物	蜉	平尤	訃	去遇
俘	平虞	辐	入屋	付	去遇
枹	平虞平肴平尤	榑	平虞	妇	上有
洑	入屋	箙	入屋	負	上有
畐	入屋	襆	入沃	附	去遇
袚	入物	蝠	入屋	咐	去遇
罘	平尤	鞻	去未入物	坿	去遇
茯	入屋	黻	入物	阜	上有
郛	平虞	鵩	入屋	駙	去遇
戫	入物	嘸	平虞	複	去宥入屋
凫	平虞	撫	上麌	袝	去遇
浮	平尤	甫	上麌	赴	去遇
荸	平虞	府	上麌	副	去宥入屋入职
蚨	平虞	拊	上麌	蚹	去遇
匐	入屋入职	斧	上麌	傅	去遇
桴	平虞	俯	上麌	富	去宥
涪	平尤	俯	去啸	赋	去遇

縛　入藥
腹　入屋
鮒　去遇
賻　去遇
蝜　上有
蝮　入屋
輹　入屋
鰒　入屋
覆　去宥入屋
馥　入屋

G

伽　平歌
嘎　入黠
尬　去卦
該　平灰
陔　平灰
垓　平灰
荄　平灰
賅　平灰
改　上賄
丐　去泰
鈣　去泰
蓋　去泰
摡　去隊

溉　去未去隊
概　去隊
干　平寒
乾　平先
幹　去翰
甘　平覃
忓　平寒
杆　平寒
玗　平寒
肝　平寒
坩　平覃
泔　平覃
柑　平覃
竿　平寒
疳　平覃
酐　上養
尲　平鹹
澉　平寒
秆　上旱
趕　上旱
敢　上感
筻　上哿
感　上感
澉　上感
橄　上感
鱤　上感

旰　去翰
矸　去翰
紺　去勘
淦　平覃去勘
骭　去翰去諫
贛　去送去勘
灨　去勘
岡　平陽
剛　平陽
崗　平陽
綱　平陽
肛　平江
疘　平東
矼　平江
缸　平江
鋼　平陽
罡　平陽
掆　平陽
釭　平東平江
棡　平陽
港　上講
杠　平江
皋　平豪
羔　平豪
高　平豪
槔　平豪

301

睪 平豪

膏 平豪

槔 平豪

篙 平豪

糕 平豪

餻 平豪

杲 上皓

搞 上皓

縞 上皓去號

槁 上皓

稾 上皓

稿 上皓

鎬 上皓

告 去號

誥 去號

郜 去號

暠 上皓

戈 平歌

紇 入月

哥 平歌

胳 入陌

袼 入藥

鴿 入合

割 入曷

擱 入藥

歌 平歌

挌 入陌

茖 入陌

閣 入藥

革 入陌

格 入藥入陌

鬲 入陌

鬲 入錫

葛 入曷

蛤 入合

隔 入陌

膈 入陌

塥 入陌

滆 入陌

槅 入陌

膈 入陌

骼 入陌

哿 上哿

舸 上哿

個 去個

各 入藥

鉻 入藥

給 入緝

根 平元

跟 平元

亙 去徑

艮 去願

莨 去願

更 平庚去敬

庚 平庚

耕 平庚

賡 平庚

鶊 平庚

絚 平蒸

羹 平庚

哽 上梗

綆 上梗

耿 上梗

梗 上梗

鯁 上梗

工 平東

弓 平東

公 平東

功 平東

攻 平東

供 平冬去宋

肱 平蒸

宮 平東

恭 平冬

蚣 平冬

躬 平東

龔 平冬

觥 平庚

鞏 上腫　　　夠 去宥　　　詁 上麌

汞 上董　　　媾 去宥　　　穀 入屋

拱 上腫　　　彀 去宥　　　股 上麌

栱 上腫　　　遘 去宥　　　牯 上麌

珙 上腫　　　覯 去宥　　　骨 入月

共 平东去宋　　估 上麌　　　罟 上麌

貢 去送　　　咕 平虞　　　羖 上麌

勾 平尤　　　姑 平虞　　　鈷 上麌

佝 去宥　　　孤 平虞　　　蠱 上麌

溝 平尤　　　沽 平虞　　　鶻 入沃

鉤 平尤　　　罛 平虞　　　榾 入月

緱 平尤　　　鴣 平虞　　　鼓 上麌

篝 平尤　　　菇 平虞　　　鈛 上馬

韝 平尤　　　菰 平虞　　　盬 上麌

岣 上有　　　蛄 平虞　　　瞽 上麌

狗 上有　　　骨 入月　　　固 去遇

苟 上有　　　觚 平虞　　　故 去遇

枸 平虞上麌上有　軱 平虞　　　顧 去遇

耇 上有　　　辜 平虞　　　崮 去遇

笱 上有　　　酤 平虞上麌去遇　梏 入沃

構 去宥　　　穀 入屋　　　牿 入沃

詬 上有　　　箍 平虞　　　雇 上麌

購 去宥　　　鶻 入月入黠　雇 去遇

垢 上有　　　古 上麌　　　痼 去遇

姤 去宥　　　挖 入物入月　錮 去遇

菁 去宥　　　汩 入月　　　鯝 去遇

瓜 平麻

刮 入黠

苽 平虞

胍 平虞

鸹 入曷入黠

綢 平歌

綢 平麻

呱 平虞

剐 上馬

寡 上馬

卦 去卦

诖 去卦

掛 去卦

罣 去卦

絓 去卦

罫 上蟹

乖 平佳

拐 上蟹

夬 去卦

怪 去卦

關 平刪

觀 平寒去翰

官 平寒

冠 平寒去翰

倌 平寒

棺 平寒

棺 去翰

瘝 平刪

鰥 平刪

館 上旱去翰

痯 上旱

筦 上旱

管 上旱

輨 上旱

貫 去翰

慣 去諫

摜 去諫

涫 去翰

裸 去翰

盥 上旱去翰

灌 去翰

瓘 去翰

鸛 去翰

罐 去翰

光 平陽

洸 平陽

胱 平陽

廣 上養

獷 上養上梗

逛 上養

歸 平微

圭 平齊

媯 平支

龜 平支平真平尤

規 平支

邽 平齊

皈 平齊

閨 平齊

珪 平齊

袿 平齊

瑰 平灰

鮭 平齊

巂 平支

瓖 平灰

宄 上紙

氿 上紙

軌 上紙

庋 上紙

佹 上紙

匭 上紙

詭 上紙

癸 上紙

鬼 上尾

晷 上紙

簋 上紙

劊 去泰

劌 去霽

櫃 去寘

貴 去未	果 上哿	含 平覃
桂 去霽	菓 上哿	邯 平寒平覃
跪 上紙	槨 入藥	函 平覃平鹹
襘 去泰	蜾 上哿	哈 平覃去勘
鱖 去霽入月	裹 上哿	浛 平覃去勘
袞 上阮	過 平歌去箇	晗 平覃
緄 上阮		涵 平覃
輥 上阮	**H**	寒 平寒
滾 上阮		韓 平寒
鯀 上阮	哈 入合	罕 上旱
棍 去願	哈 平灰	喊 上感上豏
咼 平佳	孩 平灰	蔊 上旱
堝 平歌	骸 平佳	漢 去翰
郭 入藥	海 上賄	扞 去翰
崞 入藥	胲 平灰	汗 平寒去翰
聒 入曷	醢 上賄	閈 去翰
鍋 平歌	亥 上賄	旱 上旱
渦 平歌	駭 上蟹	悍 去翰
蟈 入陌	害 去泰	捍 去翰
國 入屋入職	害 入曷	焊 上旱去翰
幗 入陌	頇 平寒	琀 去勘
摑 入陌	蚶 平覃	菡 上感
膕 入陌	酣 平覃	睅 上潸
馘 入陌	憨 平覃去勘	頷 平覃上感
虢 入陌	魽 平寒	暵 上旱去翰
蟈 入陌入錫	邗 平寒	熯 上旱去翰

憾　去勘
撼　上感
翰　平寒去翰
瀚　去翰
夯　平陽
迒　平陽
杭　平陽
絎　去敬
航　平陽
頏　平陽去漾
沆　平陽上養
蒿　平豪
嚆　平肴
薅　平豪
蠔　平豪
毫　平豪
嗥　平豪
豪　平豪
嚎　平豪
壕　平豪
濠　平豪
好　上皓去號
郝　入藥
號　平豪去號
昊　上皓
浩　上皓

耗　平豪去號
晧　上皓
淏　上皓
皓　上皓
滈　上皓
暠　上皓
皞　上皓
顥　上皓
灝　上皓
訶　平歌
呵　平歌
欱　入合入洽
喝　入曷
蓋　入藥
禾　平歌
合　入合
何　平歌
劾　去隊
劾　入職
和　平歌去個
河　平歌
曷　入曷
盍　入合
閡　入職
核　入月入陌
盉　平歌

盇　入曷入合
荷　平歌上哿
涸　入藥
盒　入合
菏　平歌
齕　入月入屑
頜　入合
貉　入藥
閤　入合
鶡　入曷
翮　入陌
鞨　入曷
賀　去個
熇　入沃入藥
褐　入曷屑
赫　入陌
鶴　入藥
壑　入藥
黑　入職
嘿　入職
痕　平元
很　上阮
狠　上阮
恨　去願
亨　平庚
哼　平庚

姮 平蒸

恒 平蒸

桁 平陽平庚

珩 平庚

横 平庚去敬

衡 平庚

蘅 平庚

轟 平庚

哄 去送去绛

訇 平庚

烘 平東

淘 平庚

薨 平蒸

翃 平庚

弘 平蒸

紅 平東

吰 平庚

宏 平庚

紘 平庚

閎 平庚

泓 平庚

洪 平東

竑 平庚

葒 平東

虹 平東去絳

翃 平庚

鴻 平東

潢 平東

銨 平東

舡 平東

鬨 去送

黌 平庚

訌 平東

閧 去送

澒 上董

鵁 平尤

侯 平尤

喉 平尤

猴 平尤

瘊 平尤

篌 平尤

餱 平尤

吼 上有

吽 去宥

後 上有去宥

厚 上有去宥

逅 去宥

候 去宥

堠 去宥

鱟 去宥

乎 平虞

呼 平虞

忽 入月

吻 入物入月

惚 入月

虖 平虞

嘑 平虞

滹 平虞

幠 平虞

謼 去遇

囫 入月

弧 平虞

狐 平虞

胡 平虞

壺 平虞

斛 入屋

搰 入月

湖 平虞

猢 平虞

葫 平虞

瑚 平虞

鶘 平虞

槲 入屋

糊 平虞

蝴 平虞

縠 入屋

醐 平虞

觳 入屋入覺

觎 平虞	化 去禡	貆 平元平寒
虎 上虞	劃 平麻入陌	鍰 平刪
浒 上語上虞	畫 去卦入陌	闤 平刪
唬 入陌	話 去卦	寰 平刪
琥 上虞	樺 平麻去禡	澴 平刪
箎 平支	嬅 入陌	鐶 平刪
互 去遇	徊 平灰	轘 平刪
戶 上虞	淮 平佳	鬟 平刪
冱 去遇	槐 平佳平灰	瓛 平寒
護 去遇	踝 上馬	睆 上潸
滬 上虞	懷 平佳	緩 上旱
岵 上虞	壞 去卦	幻 去諫
怙 上虞	咶 去卦	奐 去翰
戽 上虞去遇	歡 平寒	宦 去諫
祜 上虞	懁 平先	喚 去翰
笏 入月	獾 平寒	換 去翰
扈 上虞	驩 平寒	浣 上旱
瓠 平虞	還 平刪	渙 去翰
花 平麻	環 平刪	患 平刪去諫
蘤 平庚	郇 平真	煥 去翰
華 平麻去禡	峘 平寒	逭 去翰
嘩 平麻	洹 平元	瘓 上旱
驊 平麻	洹 平寒	豢 去諫
鏵 平麻	萱 平寒	漶 去翰
滑 入月入黠	桓 平寒	鲩 上潸
猾 入黠	崔 平支平寒	摄 平刪

瀚	上旱	怳	上養	恛	平灰
鯶	上阮	恍	上養	洄	平灰
肓	平陽	晃	上養	茴	平灰
荒	平陽	詤	上養	蛔	平灰
慌	平陽上養	幌	上養	蛕	平灰
皇	平陽	滉	上養	鮰	平灰
徨	平陽	榥	上養	悔	上賄去隊
凰	平陽	皝	上養	卉	上尾去未
隍	平陽	灰	平灰	匯	上賄
黃	平陽	詼	平灰	會	去泰
喤	平陽平庚	噅	平灰	諱	去未
徨	平陽	恢	平灰	噦	去泰
湟	平陽	揮	平微	澮	去泰
遑	平陽	烜	平灰	繪	去泰
煌	平陽	烜	上尾	薈	去泰
潢	平陽去漾	褘	平微	誨	去隊
鍠	平陽	暉	平微	恚	去寘
璜	平陽	豗	平灰	檜	去泰
篁	平陽	翬	平微	賄	上賄
艎	平陽	輝	平微	彗	去寘去霽
蝗	平陽	輝	平微	晦	去隊
磺	平陽	麾	平支	穢	去隊
簧	平陽	徽	平微	喙	去隊
蟥	平陽	隳	平支	惠	去霽
餭	平陽	回	平灰	繢	去隊
鰉	平陽	佪	平灰	翽	去泰

阓 去隊

彙 去未

毀 上紙

蒮 去霽

慧 去霽

憓 去霽

槥 去霽

潓 去霽

蕙 去霽

篲 去霽

蟪 去霽

昏 平元

菫 平文

婚 平元

惛 平元

闇 平元

惽 平元

棔 平元

渾 平元

餛 平元

魂 平元

諢 去願

圂 去願

混 上阮

溷 平元去願

慁 去願

豁 入曷

攉 入藥

活 入曷

火 上哿

夥 上哿

溠 入藥入陌

或 入職

貨 去個

獲 去遇入藥

擭 入陌

劐 入陌

禍 上哿

惑 入職

蒦 入藥入陌

濩 入藥

霍 入藥

鑊 入藥

藿 入藥

蠖 入藥

臛 入沃

鞹 入藥

J

譏 平微

擊 入錫

嘰 平微

饑 平支平微

乩 平齊

圾 入緝

機 平支平微

璣 平微

肌 平支

芨 入緝

磯 平微

雞 平齊

跡 入陌

唧 入質入職

姬 平支

屐 入陌

積 去寘入陌

笄 平齊

基 平支

績 入錫

稽 平齊

攲 平支

緝 入緝

齎 平齊

畸 平支

躋 平齊

箕 平支

畿 平微

稽 平齊	戢 入緝	紀 上紙
觭 平支	棘 入職	妓 上紙
齏 平齊	殛 入職	忌 去寘
墼 入錫	集 入緝	技 上紙
激 入錫	嫉 入質	芰 去寘
機 平微	楫 入緝入葉	際 去霽
錤 平支	蒺 入質	劑 平支去霽
譏 平微	輯 入緝	季 去寘
羈 平支	瘠 入陌	嚌 去霽
覉 平支	蕺 入緝	既 去未
及 入緝	踖 入陌	洎 去寘
伋 入緝	鶺 入陌	濟 上薺去霽
吉 入質	槭 入緝入葉	繼 去霽
岌 入緝	蹐 入陌	覬 去寘
忣 入緝	籍 入陌	偈 去霽入屑
汲 入緝	幾 平微上紙上尾	寂 入錫
級 入緝	己 上紙	寄 去寘
即 入職	蟣 上尾	徛 上紙
極 入職	擠 平齊去霽	悸 去寘
亟 入職	脊 入陌	祭 去霽
佶 入質	掎 上紙去寘	瘵 去寘
姞 入質	戟 入陌	薊 去霽
急 入緝	麂 上紙	暨 去寘去未
笈 入緝	計 去霽	濟 去霽
笈 入葉	記 去寘	概 上紙
疾 入質入陌	伎 上紙	跽 上紙

311

霽	去霽	顤	平麻	尖	平鹽
鱭	上薺	岬	入洽	堅	平先
稷	入職	郟	入洽	殲	平鹽
鯽	入陌入職	莢	入葉	間	平刪去諫
冀	去寘	恝	入黠	肩	平先
穄	去霽	戛	入黠	艱	平刪
襀	入陌	鋏	入葉	姦	平刪
髻	去霽	蛺	入葉入洽	兼	平鹽
罽	去霽	頰	入葉	監	平鹹
觜	平支	跲	入洽	箋	平先
驥	去寘	甲	入洽	菅	平刪
加	平麻	叚	上馬	豣	平先
夾	入洽	胛	入洽	湔	平先
佳	平佳	賈	上麌上馬	犍	平元平先
迦	平歌平麻	鉀	入洽	緘	平鹹
枷	平麻	斝	上馬	蕸	平刪
浹	入葉入洽	檟	上馬	軒	平元
珈	平麻	瘕	平麻上馬	煎	平先
家	平麻	價	去禡	煎	去霰
痂	平麻	駕	去禡	瑊	平鹹
筘	平麻	架	去禡	縑	平鹽
袈	平麻	假	上馬	蒹	平鹽
袷	入洽	嫁	去禡	鰹	平先
葭	平麻	稼	去禡	鶼	平鹽
跏	平麻	戔	平先	熸	平鹽
嘉	平麻	奸	平刪	鞬	平元上銑

轐	平先	鬋	平先上铣去霰	槛	上豏
鎌	平盐	蜃	上铣	箭	去霰
櫼	平咸	鐦	去谏	諓	平先上铣去霰
囝	上铣	鰜	上豏	磵	去谏
揀	上潸	見	去霰	江	平江
梘	上铣	件	上铣	薑	平阳
儉	上琰	建	去愿	將	平阳去漾
柬	上潸	餞	上铣去霰	茳	平江
繭	上铣	劍	去豔	漿	平阳
撿	上琰	薦	去霰	豇	平江
筧	上铣	賤	去霰	僵	平阳
減	上豏	健	去愿	韁	平阳
剪	上铣	澗	去谏	殭	平阳
檢	上琰	艦	上豏	鱂	平阳
揃	上铣	漸	平盐上琰	礓	平阳
瞼	上琰	諫	去谏	疆	平阳
襉	去谏	楗	上阮	講	上讲
鐧	去谏	键	去霰	奬	上养
簡	上潸	濺	平先去霰	槳	上养
縜	上铣	腱	去愿	蔣	上养
譾	上铣	踐	上铣	奖	上养
戩	上铣	鑒	去陷	耩	上讲
瑊	上豏	鑒	去陷	匠	去漾
翦	上铣	鑑	去陷	降	平江去绛
謇	上铣	鍵	平先上铣	絳	去绛
蹇	平元上铣	僭	去豔	弶	去漾

罿 平陽	狡 上巧	醮 去嘯
醬 去漾	絞 平蕭上巧	釂 去嘯
芁 平尤	餃 去效	嚼 入藥
交 平肴	皎 上筱	釄 去嘯
郊 平肴	矯 上筱	階 平佳
姣 平肴上巧	腳 入藥	癤 入屑
嬌 平蕭	鉸 上巧	皆 平佳
澆 平蕭	攪 上巧	接 入葉
茭 平肴上巧	湫 平尤	痎 平佳
驕 平蕭	筊 平肴上巧	秸 入黠
膠 平肴去效	剿 平肴上筱	菨 入葉
椒 平蕭	傲 平蕭	喈 平佳
焦 平蕭	徼 平蕭去嘯	嗟 平麻
蛟 平肴	繳 入藥	揭 去霽入屑
僬 平蕭	瞗 上筱	湝 平佳
鮫 平肴	譑 上筱	街 平佳
蕉 平蕭	叫 去嘯	孑 入屑
燋 平蕭入藥	嶠 平蕭去嘯	節 入屑
礁 平蕭	窌 去效	訐 入月
鷦 平肴	轎 去嘯	刼 入葉入洽
鷦 平蕭	較 去效	劫 入黠
蟂 平肴	教 平肴去效	傑 入屑
角 入覺	窖 去效	萐 入葉
佼 上巧	酵 去效	詰 入質
僥 平蕭上筱	噍 平蕭平尤去嘯	拮 入屑
撟 平蕭上筱	嘄 去嘯	潔 入屑

結　入屑　　　界　去卦　　　槿　上吻
倢　入葉　　　疥　去卦　　　瑾　去震
桀　入屑　　　砎　入黠　　　盡　上軫
婕　入葉　　　誡　去卦　　　勁　去敬
捷　入葉　　　借　去禡入陌　妗　去沁
袺　入屑　　　骱　入黠　　　近　上吻去問
頡　入黠　　　藉　去禡入陌　進　去震
頡　入屑　　　巾　平真　　　侭　上軫
楬　入月入黠　今　平侵　　　藎　去震
睫　入葉　　　斤　平文　　　晉　去震
蝍　入洽　　　金　平侵　　　浸　去沁
截　入屑　　　津　平真　　　燼　去震
樳　入屑　　　衿　平侵　　　贐　去震
碣　入月入屑　劤　平文　　　裮　平侵去沁
竭　入月入屑　璡　去震　　　縉　去震
鮚　入質　　　筋　平文　　　搢　去震
羯　入月　　　襟　平侵　　　禁　平侵去沁
姐　上馬　　　僅　去震　　　靳　去問
解　上蟹去卦　乑　上吻　　　墐　去震
橺　上蟹　　　緊　上軫　　　瑨　去震
介　去卦　　　堇　平文上吻　殣　去震
岕　去卦　　　謹　上吻　　　覲　去震
戒　去卦　　　錦　上寢　　　嗪　上寢去沁
芥　去卦　　　廑　平文　　　巠　平青
届　去卦　　　廑　去震　　　京　平庚
玠　去卦　　　饉　去震　　　涇　平青

經 平青去徑
莖 平庚
秔 平庚
荊 平庚
驚 平庚
旌 平庚
菁 平庚
晶 平庚
稉 平庚
睛 平庚
粳 平庚
兢 平蒸
精 平庚
鯨 平庚
鶄 平庚
鶄 平青麖 平庚
鼱 平庚
井 上梗
剄 上迥
頸 上梗
景 上梗
儆 去敬
憬 上梗
璟 上梗
警 上梗
淨 去敬

徑 去徑
俓 去徑
脛 上迥
脛 去徑
痙 上梗
競 去敬
竟 去敬
敬 去敬
靚 上梗
靚 去敬
靖 上梗
境 上梗
獍 去敬
踁 去徑
靜 上梗
鏡 去敬
扃 平青
絅 上迥
駉 平青
冏 上梗
泂 上迥
迥 上迥
炯 上迥
逈 上迥
窘 上軫
熲 上迥

褧 上迥
糾 上有
究 去宥
鳩 平尤
赳 上有
鬮 平尤
啾 平尤
揪 平尤
揫 平尤
摎 平尤
樛 平尤
九 上有
久 上有
灸 去宥
玖 上有
韭 上有
酒 上有
韮 上有
舊 去宥
臼 上有
咎 上有
疚 去宥
柩 去宥
桕 上有
廄 去宥
救 去宥

就　去宥

舅　上有

僦　去宥

鹫　去宥

居　平鱼

拘　平虞

狙　平鱼去御

苴　平鱼平麻上语

驹　平虞

挶　入沃

疽　平鱼

罝　平麻

姁　平虞

崌　平鱼

掬　入屋

桐　入沃

椐　平鱼去御

琚　平鱼

腒　平鱼

趄　平鱼

跔　平虞

锔　入沃

裾　平鱼

雎　平鱼

鞠　入屋

鮈　平虞

鞠　入屋

局　入屋

局　入沃

桔　入屑

淗　入质

菊　入屋

椈　入屋

菊　入沃

橘　入质

咀　平鱼上语

沮　平鱼上语

举　上语

矩　上麌

莒　上语

椇　上麌

榉　上语

椇　上麌

蒟　上麌

龃　上语

踽　上麌

句　平虞平尤

　　去遇去宥

巨　上语

讵　上语去御

岠　上语

拒　上语

苣　上语

具　去遇

炬　上语

秬　上语

俱　平虞

倨　去御

剧　入陌

粔　上语

懅　去遇

惧　去遇

据　去御

距　上语

钜　上语

飓　去遇

锯　去御

窭　上麌

聚　上麌

屦　去遇

踞　去御

遽　去御

瞿　平虞去遇

簴　上语

醵　平鱼去御入药

鐻　平鱼上语去御

娟　平先

捐　平先

涓 平先　　　　絕 入屑　　　　軍 平文
鵑 平先　　　　覺 去效入覺　君 平文
鋗 平先　　　　倔 入物　　　　均 平真
鐫 平先　　　　崛 入物　　　　鈞 平真
钄 平先　　　　掘 入物入月　　莙 上軫
卷 平先上銑　　桷 入覺　　　　皸 平文
萗 平先　　　　觖 入屑　　　　菌 上軫
倦 去霰　　　　催 入覺　　　　筠 平真
棬 平先　　　　厥 入物入月　　麋 平真平文
狷 平先　　　　譎 入屑　　　　麕 平真
狷 平先　　　　駃 入屑　　　　俊 去震
絹 去霰　　　　獗 入月　　　　郡 去問
雋 上銑　　　　蕝 入屑　　　　峻 去震
眷 去霰　　　　蕨 入月　　　　捃 去問
鄄 去霰　　　　觖 入屑　　　　浚 去震
睊 去霰　　　　噱 入藥　　　　餕 去震
罥 去霰　　　　橛 入月　　　　駿 去震
睊 去霰　　　　爵 入藥　　　　晙 去震
獧 去霰　　　　钁 入藥　　　　竣 平真
撅 入月　　　　蹶 去霽入月　　箘 平真上軫
孓 入月　　　　蹷 入月　　　　僬 去震
決 入屑　　　　嚼 入藥　　　　窘 去震
訣 入屑　　　　矍 入藥　　　　呞 去送
抉 入屑　　　　钁 入屑
玦 入屑　　　　爝 去嘯入藥
玨 入覺　　　　攫 入藥

K

喀　入陌
開　平灰
揩　平佳
鍇　平灰
凱　上賄
剴　上賄
塏　上賄
愷　上賄
闓　上賄
鎧　上賄
慨　去隊
楷　平佳上蟹
鍇　上蟹
愾　去未去隊
欬　去隊
刊　平寒
勘　去勘
龕　平覃
堪　平覃
戡　平覃
坎　上感
侃　上旱去翰
砍　上感
歁　上感

顑　上感
顑　入陌
看　平寒去翰
墈　去勘
闞　上豏去勘去陷
瞰　去勘
磡　去勘
忼　上養
康　平陽
慷　上養
穅　平陽
糠　平陽
扛　平江
亢　平陽去漾
伉　平陽去漾
抗　去漾
閌　去漾
炕　去漾
尻　平豪
考　上皓
栲　上皓
烤　上皓
犒　去號
靠　去號
坷　上哿
苛　平歌

柯　平歌
牁　平歌
珂　平歌
科　平歌
軻　平歌上哿去個
屙　平歌
痾　平歌
頦　平灰上賄
牁　平歌
稞　平歌
窠　平歌
榼　入合
顆　上哿
瞌　入合
磕　入曷入合
蝌　平歌
髁　平歌
髁　上馬
殼　入覺
咳　平灰去隊
殼　入覺
搕　入陌
可　上哿
岢　上哿
渴　入曷
克　入職

刻 入職	控 去送	姱 平麻
客 入陌	鞚 去送	侉 平麻
恪 入藥	摳 平尤	咵 平麻
課 去箇	芤 平尤	垮 上馬
緙 入陌	口 上有	挎 平虞
嗑 入合	叩 上有	胯 去遇去禡
愙 入藥	扣 上有去宥	跨 去禡
溘 入合	寇 去宥	蒯 去卦
錁 上哿	筘 去宥	塊 去卦
肯 上迥	蔻 去宥	塊 去隊
墾 上阮	刳 平虞	快 去卦
懇 上阮	矻 入月	儈 去泰
啃 上迥	枯 平虞	鄶 去泰
吭 平陽上養去漾	哭 入屋	噲 去卦
坑 平庚	堀 入物	獪 去泰去卦
硁 平庚	窟 入月	膾 去泰
牼 入沃	骷 平虞	鱠 去泰
鏗 平庚	苦 上麌	寬 平寒
空 平東去送	楛 上麌	髋 平寒
倥 平東	庫 去遇	款 上旱
崆 平東	絝 去遇	匡 平陽
悾 平東平江	袴 去遇	劻 平陽
硿 平東	嚳 入沃	誆 去漾
箜 平東	褲 去遇	哐 平陽
孔 上董	酷 入沃	恇 平陽
恐 上腫去宋	夸 平麻	洭 平陽

筐　平陽

狂　平陽

誆　去漾

壙　去漾

纊　去漾

況　去漾

曠　去漾

礦　上梗

貺　去漾

框　平陽

眶　平陽

虧　平支

刲　平齊

巋　上紙去寘

悝　平灰上紙

盔　平灰

窺　平支

奎　平齊

逵　平支

馗　平支

揆　上紙

葵　平支

夔　平支

睽　平齊

魁　平灰

蛵　平齊

夒　平支

傀　平灰

傀　上紙

傀　上賄

跬　上紙

瑰　上賄

匱　去寘

喟　去卦

媿　去寘

憒　去隊

愧　去寘

潰　去隊

賈　去寘去卦

饋　去寘

噴　去卦

簣　去寘

聵　去卦

坤　平元

昆　平元

堃　平元

褌　平元

琨　平元

髡　平元

錕　平元

鶤　平元

鯤　平元

悃　上阮

捆　上阮

閫　上阮

壼　平虞

稇　上阮

困　去願

擴　入藥

括　入曷

栝　入曷

筈　入曷

蛞　入曷

闊　入曷

廓　入藥

鞹　入藥

L

垃　入合

拉　入合

邋　入合

喇　入曷

剌　入曷入陌

臘　入陌入合

瘌　入曷

蠟　入合

粺　入曷

辣 入曷	籃 平覃	悢 去漾
蝲 入曷	襤 平寒	朗 上養
臘 入合	簠 平寒	閬 去漾
鑞 入合	轠 平寒	烺 上養
來 平灰	覽 上感	埌 去漾
崍 平灰	攬 上感	浪 平陽去漾
徠 平灰去隊	纜 去勘	蒗 去漾
淶 平灰	欖 上感	撈 平豪
萊 平灰	罱 上感	勞 平豪去號
賚 去隊	酟 上感	牢 平豪
睞 去隊	壈 上感	嶗 平豪
賴 去泰	懶 上旱	癆 平豪
瀨 去泰	爛 去翰	笯 平豪
癩 去泰	灆 上琰去勘	醪 平豪
籟 去泰	郎 平陽	老 上皓
蘭 平寒	狼 平陽	佬 上皓
嵐 平覃	茛 平陽	姥 上麌
攔 平寒	廊 平陽	栳 上皓
欄 平寒	桹 平陽	潦 上皓
婪 平覃	琅 平陽	澇 上皓去號
闌 平寒	榔 平陽上養	烙 入藥
藍 平覃	稂 平陽	酪 入藥
讕 平寒去翰	鋃 平陽	嫪 去號
瀾 平寒	蜋 平陽	仂 入職
襤 平覃	螂 平陽	樂 去效入覺入藥
斕 平刪	鎯 平陽	芳 入職

322

泐 入職	棱 平蒸	䣝 平支
笏 入職	楞 平蒸	藜 平齊
勒 入職	冷 上梗	勠 平齊
雷 平灰	堎 平蒸	蠡 平支
纝 平支	厘 平支	蠡 平齊上薺
纍 平支	梨 平齊	禮 上薺
欙 上紙	狸 平支	李 上紙
鐳 平灰	離 平支	裏 上紙
蠃 平支	莉 去寘	俚 上紙
礧 去隊	驪 平支平齊	娌 上紙
罍 平灰	犁 平齊	邐 上紙
欐 平支	黎 平支	理 上紙
耒 去隊	鸝 平支	鯉 上紙
誄 上紙	勞 平支	澧 上薺
壘 上紙	漓 平支	醴 上薺
磊 上賄	縭 平支	力 入職
蕾 上賄	蘺 平支	曆 入錫
傫 上賄	蜊 平支	厲 去霽
肋 入職	嫠 平支	立 入緝
淚 去寘	璃 平支	吏 去寘
類 去寘	藜 平支	麗 去霽
淚 去霽	褵 平支	利 去寘
累 平支上紙去寘	鱺 平齊	勵 去霽
酹 去泰去隊	黎 平支平齊	嚦 入錫
擂 去隊	籬 平支	瀝 入錫
礌 去隊	罹 平支	藶 入錫

例 去霁	溧 入質	璉 平先
戾 去霁	歷 入錫	臉 上琰
櫪 入錫	篥 入質	薟 平鹽
癘 去霁	搮 入錫	練 去霰
隸 去霁	瓅 入錫	變 上銑去霰
儷 去霁	礫 入錫	煉 去霰
櫟 入錫	鷙 去霁	戀 去霰
髤 入錫	欐 去霁	殮 去豔
荔 去霁	璪 平齊	鏈 平先
轢 入藥入錫	奩 平鹽	楝 去霰
酈 平支入錫	連 平先	瀲 上琰去豔
栗 入質	簾 平鹽	良 平陽
猁 去寘	憐 平先	涼 平陽
礪 去霁	漣 平先	梁 平陽
礫 入錫	蓮 平先	椋 平陽
蒞 去霁	槤 平先	糧 平陽
唳 去霁	聯 平先	粱 平陽
笠 入緝	廉 平鹽	踉 平陽
粒 入緝	磏 平鹽	兩 上養
糲 去霁去泰	鰱 平先	緉 上養
蠣 去霁	濂 平鹽	蛃 上養
溧 入質	鎌 平鹽	魎 上養
痢 去寘	鐮 平鹽	亮 去漾
唕 去寘	蠊 平鹽	諒 去漾
躒 入錫	鬑 平鹽	輛 去漾
靂 入錫	斂 上琰去豔	嚝 去漾

晾 去漾	瞭 上筱	瞵 平真去震
量 平陽去漾	列 入屑	磷 平真
遼 平蕭	劣 入屑	麐 平真
療 去嘯	冽 入屑	鏻 平侵
聊 平蕭	埒 入屑	鱗 平真
僚 平蕭	烈 入屑	驎 平真
寥 平蕭	捩 去霽	麟 平真
廖 去宥	捩 入屑	菻 平侵
嫽 平蕭	獵 入葉	凜 上寢
嘹 平蕭去嘯	裂 入屑	廩 上寢
嬲 上筱	鴷 入屑	懍 上寢
寮 平蕭	躐 入葉	檁 上寢
憭 上筱	鬣 入葉	吝 去震
撩 平蕭	鄰 平真	賃 去沁
獠 平蕭	林 平侵	藺 去震
繚 上筱	臨 平侵	躪 去震
燎 平蕭去嘯	淋 平侵	拎 平青
窲 平蕭	琳 平侵	伶 平青
鐐 平蕭	麻 平麻	靈 平青
鷯 平蕭去嘯	鄰 平真	囹 平青
髎 平蕭	嶙 平真上軫	嶺 上梗
釕 上筱	潾 平真	泠 平青
蓼 上筱入屋	遴 去震	苓 平青
了 上筱	璘 平真	玲 平青
料 去嘯	轔 平真	瓴 平青
撂 入藥	霖 平侵	淩 平蒸

325

鈴 平青	琉 平尤	瓏 平東
陵 平蒸	硫 平尤	朧 平東
鴒 平青	旒 平尤	矓 平東
崚 平蒸	遛 平尤	礱 平東
欞 平青	餾 去宥	礱 去送
綾 平蒸	驑 平尤	籠 平東上董
羚 平青	榴 平尤	聾 平東
翎 平青	瑠 平尤	隆 平東
聆 平青	瘤 平尤去宥	癃 平東
舲 平青	鏐 平尤	窿 平東
菱 平蒸	鎏 平尤	隴 上腫
蛉 平青	飀 平尤	壟 上腫
軩 平青	柳 上有	攏 上董
零 平青	綹 上有	婁 平尤
齡 平青	六 入屋	僂 平尤上麌去宥
鯪 平蒸	廇 去宥	嘍 平尤
鄘 平青	磟 入屋	漊 平虞上有
醽 平青	鷚 去宥	蔞 平尤上麌
領 上梗	飂 平蕭平尤去宥	樓 平尤
令 平庚去敬	咯 入藥	螻 平尤
另 去徑	龍 平冬	髏 平尤
溜 去宥	嚨 平東	嶁 上有
劉 平尤	瀧 平江	摟 平尤
瀏 平尤上有	竉 平冬	塿 上有
流 平尤	曨 平東	簍 平尤上麌上有
留 平尤	櫳 平東	陋 去宥

漏 去宥	録 入沃	鷺 去遇
瘺 去宥	賂 去遇	簬 去遇
鏤 去宥	輅 去遇	麓 入屋
露 去遇	渌 入沃	氌 上麌
嚕 上麌	菉 入沃	鱸 平魚
盧 平虞	逯 入沃	閭 平魚
廬 平魚	鹿 入屋	櫚 平魚
蘆 平虞	琭 入屋	呂 上語
壚 平虞	禄 入屋	侶 上語
瀘 平虞	僇 入屋	旅 上語
爐 平虞	勠 平尤入屋	稆 上語
櫨 平虞	濾 去禦	鋁 上語
臚 平魚	盝 入屋	屢 去遇
轤 平虞	睩 入屋	縷 上麌
鸕 平虞	碌 入屋	膂 上語
舻 平虞	路 去遇	褸 上麌
艫 平虞	漉 入屋	履 上紙
顱 平虞	籙 入沃	律 入質
鱸 平虞	戮 入屋	慮 平魚去禦
纑 平虞	爈 平豪	率 入質
鹵 上麌	轆 入屋	綠 入沃
虜 上麌	醁 入沃	嵂 入質
擄 上麌	潞 去遇	氯 入沃
魯 上麌	蕗 去遇	葎 入質
橹 上麌	璐 去遇	孿 平先
陸 入屋	簏 入屋	孿 平寒

挛 平先	欏 平歌	**M**
孌 平寒	鑼 平歌	
鸾 平寒	籮 平歌	麻 平麻
臠 上铣	騾 平歌	蟆 平麻
滦 平寒	螺 平歌	馬 上馬
鑾 平寒	饢 平歌	瑪 上馬
纞 平寒	倮 上哿	碼 上馬
圝 平寒	砢 上哿	螞 上馬
卵 上旱上哿	蓏 上哿	榪 去禡
亂 去翰	裸 上哿	祃 去禡
掠 去漾入藥	躶 上哿	罵 去禡
略 入藥	瘰 上哿	埋 平佳
畧 入藥	蠃 上哿	霾 平佳
掄 平真平元	濼 入藥	買 上蟹
倫 平真	洛 入藥	蕒 上蟹
圇 平真	絡 入藥	勱 去卦
淪 平真	犖 入覺	邁 去卦
綸 平真平删	駱 入藥	麥 入陌
輪 平真	珞 入藥	賣 去卦
崘 平元	笿 入藥	脈 入陌
論 平元去願	落 入藥	峬 入陌
捋 入曷	漯 入合	霡 入陌
羅 平歌	雒 入藥	顢 平寒
囉 平歌		蠻 平删
蘿 平歌		饅 平寒
邏 去箇		瞞 平寒

鞔 平寒	漭 上養	亥 去宥
鰻 平寒	蟒 上養	媚 去號
鰻 去願	貓 平蕭	帽 去號
鬘 平刪	貓 平肴	瑁 去號
滿 上旱	毛 平豪	瞀 去宥
曼 平寒去願	矛 平尤	貌 去效
謾 平寒去翰去諫	犛 平支平肴	懋 去宥
墁 去翰	茅 平肴	麼 平歌上哿
嫚 去諫	旄 平豪去號	沒 入月
幔 去翰	酕 平豪	枚 平灰
慢 去諫	蛑 平尤	玫 平灰
漫 平寒去翰	髦 平豪	眉 平支
縵 去翰去諫	髳 平豪	莓 平灰
蔓 去願	蟊 平尤	梅 平灰
鏝 平寒	卯 上巧	腜 平灰去队
牤 平陽	泖 上巧	郿 平支
邙 平陽	茆 上巧	媒 平灰
忙 平陽	昴 上巧	嵋 平支
芒 平陽	鉚 上巧	湄 平支
龙 平江	皃 去效	楣 平支
盲 平庚	芼 平豪去號	楳 平灰
茫 平陽	茂 去宥	煤 平灰
硭 平陽	冒 去號	酶 平灰
鋩 平陽	眊 去號	每 上賄
駹 平江	貿 去宥	美 上紙
莽 上麌上養	耄 去號	浼 上賄

渼 上紙	甂 平庚	縻 平支
妹 去隊	幪 上董	靡 上紙
昧 去隊	曚 平東上董	蘼 平支
袂 去霽	朦 平東	醾 平支
眜 去泰	樣 平東	米 上薺
媚 去寘	礞 平東	芈 上紙
寐 去寘	艨 平東	瀰 上紙
痗 去隊	鸏 平東	弭 上紙
魅 去寘	猛 上梗	敉 上紙
嚜 入職	蒙 平東	眯 上薺
門 平元	艋 上梗	汨 入質入錫
捫 平元	蜢 上梗	宓 入質
璊 平元	懵 平東上董	泌 去寘入質
悶 去願	蠓 平東	覓 入錫
燜 去願	蠓 上董	秘 去寘
憫 上阮	孟 去敬	密 入質
懣 上旱	夢 去送	幂 入錫
們 平元	咪 平齊	謐 入質
氓 平庚	眯 上紙	塓 入錫
甿 平庚	彌 平支	蔤 入質
虻 平庚	瀰 平支	蜜 入質
庬 平江	袮 上薺	眠 平先
萌 平庚	迷 平齊	綿 平先
盟 平庚	獼 平支	棉 平先
甍 平庚	謎 去霽	免 上銑
甿 平東平蒸去送	麊 平支	沔 上銑

330

黽 上軫上銑　　乜 上馬　　　　銘 平青

俛 上銑　　　　滅 入屑　　　　溟 平青上迥

勉 上銑　　　　蔑 入屑　　　　蓂 平青

眄 上銑去霰　　蠛 入屑　　　　瞑 平青

娩 上阮　　　　民 平真　　　　榠 平青

偭 去霰　　　　岷 平真　　　　瞑 平青去霰

冕 上銑　　　　旻 平真　　　　螟 平青

勔 上銑　　　　瑉 平真　　　　酩 上迥

愐 上銑　　　　緡 平真　　　　命 去敬

湎 上銑　　　　暋 上軫　　　　謬 去宥

緬 上銑　　　　皿 上梗　　　　繆 平尤去宥入屋

面 去霰　　　　閔 上軫　　　　摸 入藥

苗 平蕭　　　　抿 上軫　　　　謨 平虞

媌 平肴上巧　　泯 平真上軫　　嫫 平虞

描 平蕭　　　　閩 平真　　　　摹 平虞

瞄 平蕭　　　　憫 上軫　　　　模 平虞

杪 上筱　　　　敏 上軫　　　　膜 入藥

眇 上筱　　　　潣 上軫　　　　摩 平歌

秒 上筱　　　　湣 上軫　　　　磨 平歌去箇

淼 上筱　　　　繁 上軫　　　　蘑 平虞

渺 上筱　　　　名 平庚　　　　蘑 平歌

緲 上筱　　　　明 平庚　　　　魔 平歌

藐 上筱　　　　鳴 平庚　　　　抹 入曷

邈 入覺　　　　洺 平庚　　　　末 入曷

妙 去嘯　　　　茗 上迥　　　　歿 入月

廟 去嘯　　　　冥 平青　　　　沬 入曷

茉 入曷　　　　姆 去宥　　　　奶 入黠
陌 入藥入陌　　拇 上有　　　　納 入合
秣 入曷　　　　牳 上有　　　　肭 入黠
莫 入藥入陌　　木 入屋　　　　娜 上哿
眽 入陌　　　　目 入屋　　　　衲 入合
寞 入藥　　　　沐 入屋　　　　鈉 入合
漠 入藥　　　　牧 入屋　　　　捺 入黠
驀 入陌　　　　苜 入屋　　　　蒳 入合
貊 入陌　　　　鉬 上語　　　　乃 上賄
靺 去未　　　　募 去遇　　　　奶 上蟹
墨 入職　　　　墓 去遇　　　　奈 去泰
瘼 入藥　　　　幕 入藥　　　　奈 去泰
鏌 入藥　　　　睦 入屋　　　　耐 去隊
默 入職　　　　慕 去遇　　　　鼐 上賄去隊
貘 入陌　　　　暮 去遇　　　　囡 平覃
纆 入職　　　　霂 入屋　　　　男 平覃
哞 平尤　　　　穆 入屋　　　　南 平覃
牟 平尤　　　　　　　　　　　　柟 平覃
侔 平尤　　　　　　　　　　　　柟 平鹽
眸 平尤　　　　　　**N**　　　　難 平寒去翰
謀 平尤　　　　　　　　　　　　喃 平鹹
鍪 平尤　　　　拏 平麻　　　　楠 平覃
某 上有　　　　拿 平麻　　　　赧 上潸
母 平虞上有　　挐 平魚　　　　腩 上感
畝 上有　　　　哪 平歌　　　　曩 平陽
牡 上有　　　　内 去隊　　　　囊 平陽
　　　　　　　　那 平歌上哿去個　　囊 平陽

欀　上養　　　　猊　平齊　　　　撚　上銑
曩　上養　　　　蜺　平齊入屑　　輦　上銑
呶　平肴　　　　輗　平齊　　　　碾　上銑
撓　平豪上巧　　霓　平齊入錫　　廿　入緝
硇　平肴　　　　鯢　平齊　　　　念　去霰去豔
鐃　平肴　　　　麑　平齊　　　　娘　平陽
猱　平豪　　　　你　上紙　　　　釀　去漾
嬈　平蕭　　　　擬　上紙　　　　鳥　上篠
譊　平肴　　　　柅　平支　　　　蔦　上篠
惱　上皓　　　　旎　上紙　　　　嫋　上篠
腦　上皓　　　　晲　平齊　　　　嬝　入藥
瑙　上皓　　　　儗　上紙　　　　嬲　平蕭
鬧　去效　　　　昵　入質　　　　尿　去嘯
婥　入藥　　　　逆　入陌　　　　捏　入屑
淖　去效　　　　匿　入職　　　　苶　入屑入葉
訥　入月　　　　疨　入黠　　　　陧　入屑
呢　平支　　　　怒　入錫　　　　涅　入屑
餒　上賄　　　　愵　入錫　　　　聶　入葉
嫩　去願　　　　溺　入錫　　　　臬　入屑
能　平蒸　　　　睨　上薺　　　　囓　入屑
妮　平支　　　　睨　去霽　　　　囁　入葉
尼　平支　　　　膩　去寘　　　　嵲　入屑
怩　平支　　　　拈　平鹽　　　　鑷　入葉
泥　平齊去霽　　年　平先　　　　臲　入屑
倪　平齊　　　　鮎　平鹽　　　　齧　入葉
婗　平齊　　　　黏　平鹽　　　　躡　入葉

孽 入屑

嶪 入屑

籋 入葉

蘖 入屑

囓 入屑

讘 入葉

寧 平青

嚀 平青

擰 平庚

獰 平庚

聹 平青

寍 平青

儜 平庚

凝 平蒸

鬡 平庚

佞 去徑

濘 上迥去徑

妞 平尤

牛 平尤

忸 上有

扭 上有

狃 上有

紐 上有

杻 上有

鈕 上有

農 平冬

儂 平冬

噥 平冬

濃 平冬

膿 平冬

穠 平冬

醲 平冬

弄 去送

挊 去送

耨 去宥

奴 平虞

孥 平虞

駑 平虞

笯 平虞平麻

努 上虞

弩 上虞

砮 平虞

怒 上虞去遇

女 上語

籹 上語

恧 入屋入職

衄 入屋

瘧 入藥

虐 入藥

渜 上旱

暖 上旱

擩 平元

挪 平歌

儺 平歌上哿

諾 入藥

喏 上馬

逪 入覺

搦 入覺

稬 上旱

懦 平虞去個

稬 去個

糯 去個

O

哦 平歌

謳 平尤

歐 平尤

毆 上有

甌 平尤

鷗 平尤

嘔 平虞平尤

偶 上有

耦 上有

藕 上有

漚 平尤去宥

P

		盼	去諫	皰	去效
		畔	去翰	呸	平灰
葩	平麻	袢	平元	胚	平灰
杷	平麻	鋬	去諫	虾	平尤
爬	平麻	襻	去諫	醅	平灰
琶	平麻	雱	平陽	陪	平灰
帕	入黠	滂	平陽	培	平灰
怕	去禡	龐	平東平江	毰	平灰
拍	入陌	逄	平江	賠	平灰
俳	平佳	旁	平陽	錇	平尤
徘	平灰	螃	平陽	裴	平灰
排	平佳	鰟	平陽	沛	去泰
牌	平佳	嗙	平庚	佩	去隊
派	去卦	髈	上養	帔	去寘
湃	去卦	胖	平寒去翰	斾	去泰
潘	平寒	抛	平肴	配	去隊
攀	平刪	脬	平肴	轡	去寘
柈	平寒	刨	平肴去效	霈	去泰
盤	平寒	咆	平肴	噴	平元去願
繁	平寒	庖	平肴	濆	平文
蹣	平寒	麅	平肴	盆	平元
蟠	平寒	炮	平肴去效	湓	平元
磐	平寒	袍	平豪	怦	平庚
判	去翰	匏	平肴	抨	平庚
泮	去翰	跑	平肴	泙	平庚
叛	去翰	泡	平肴	砰	平庚

烹 平庚	披 平支	貔 平支
澎 平蒸	狉 平支	鼙 平齐
芃 平东	狓 平支	匹 入质
朋 平蒸	砒 平齐	庀 上纸
堋 平蒸	鈹 平支	仳 上纸
弸 平庚	駓 平支	圮 上纸
彭 平庚	魾 平支	痞 上纸
棚 平庚	霹 入陌入锡	擗 入陌
搒 去漾	皮 平支	阰 上纸
硼 平庚	枇 平支	癖 入陌
蓬 平东	毗 平支	屁 去寘
鹏 平蒸	毘 平支	淠 去寘
澎 平庚	疲 平支	媲 去霁
輣 平庚	笓 平齐	睥 去霁
篷 平东	郫 平支	僻 入陌
膨 平庚	陴 平支	澼 入锡
蟛 平庚	陣 平佳	甓 入锡
鬅 平蒸	啤 平支	譬 去寘
捧 上肿	埤 平支	鷿 入锡
碰 去敬	椑 平支平齐	片 去霰
丕 平支	琵 平支	偏 平先
伾 平支	脾 平支	犏 平先
批 平齐入屑	鲏 平支	篇 平先
紕 平支	羆 平支	翩 平先
邳 平支	膍 平支	骈 平先
坯 平灰	蜱 平支	胼 平先

梗　平先　　　拼　平庚　　　潑　入曷
蹁　平先　　　貧　平真　　　頗　平歌上哿
諞　上铣　　　嬪　平真　　　醱　入曷
騙　平虞　　　頻　平真　　　鏺　入曷
剽　平蕭去嘯　顰　平真　　　婆　平歌
漂　平蕭　　　顰　平真　　　都　平歌
漂　去嘯　　　品　上寝　　　皤　平歌
縹　上筱　　　牝　上軫　　　叵　上哿
飄　平蕭　　　娉　平青去敬　迫　入陌
螵　平蕭　　　聘　去敬　　　珀　入陌
瓢　平蕭　　　俜　平青　　　哱　入月
藻　平蕭　　　平　平庚　　　破　去個
殍　上筱　　　評　平庚　　　粕　入藥
瞟　上筱　　　憑　平蒸去徑　魄　入藥入陌
顠　上筱　　　坪　平庚　　　剖　上麌上有
票　去嘯　　　蘋　平真　　　頖　去隊
僄　平蕭去嘯　屏　平青　　　抔　平尤
嘌　平蕭　　　姘　平青　　　掊　平肴
嫖　平蕭　　　枰　平庚　　　裒　平尤
慓　上筱去嘯　洴　平青　　　僕　入屋入沃
撇　入屑　　　瓶　平青　　　撲　入屋
擎　入屑　　　萍　平青　　　拊　平虞
瞥　入屑　　　帲　平青　　　痡　平虞
苤　平尤　　　鉼　平青　　　鋪　平虞
氕　入屑　　　軿　平先平青　鋪　平虞去遇
姘　平青　　　坡　平歌　　　匍　平虞

莆 平虞	棲 平齊	臍 平齊
菩 平虞	檔 平支	蚑 平支去寘
葡 平虞	戚 入錫	蚔 平支
蒲 平虞	柒 入質	頎 平微
酺 平虞去遇	萋 平齊	埼 平支
璞 入覺	期 平支	淇 平支
濮 入屋	欺 平支	畦 平齊
鏷 入沃	墄 入錫	萁 平支
樸 入屋入覺	慽 入錫	跂 上紙去寘
圃 上虞	槭 入屋	騏 平支
埔 上虞	漆 入質	騎 平支去寘
浦 上虞	踦 平支	綦 平支
普 上虞	蹊 平齊	棋 平支
溥 上虞	亓 平支	琦 平支
譜 上虞	祁 平支	琪 平支
氆 上虞	齊 平齊	祺 平支
蹼 入屋	圻 平微	蠐 平齊
瀑 去號入屋	岐 平支	碁 平支
	芪 平支	碕 平支
Q	萁 平支	錡 平支
	奇 平支	旗 平支平微
七 入質	歧 平支	綦 平支
沏 入屑	衹 平支	蜞 平支
妻 平齊去霽	祈 平微	蘄 平支平文
柒 入質	痕 平支	麒 平支
凄 平齊	耆 平支	鬐 平支

麒　平支
鬐　平支
乞　入物
企　上纸去寘
屺　上纸
豈　上尾
芑　上纸
啟　上薺
杞　上纸
玘　上纸
起　上纸
綺　上纸
棨　上薺
綮　上薺
氣　去未
訖　入物
汔　入物
迄　入物
棄　去寘
汽　去未
泣　入缉
炁　去未
契　去霽入屑
砌　去霽
薺　上薺
愒　去霽入泰

葺　入缉
磧　入陌
罨　去寘
憩　去霽
掐　入洽
恰　入洽
洽　入洽
千　平先
仟　平先
阡　平先
扦　平先
芊　平先
遷　平先
僉　平鹽
岍　平先
汧　平先
釺　平先
牽　平先
慳　平删
鉛　平先
謙　平鹽
愆　平先
簽　平鹽
騫　平先
搴　平先上銑
褰　平先

拑　平鹽
前　平先
鈐　平鹽
虔　平先
錢　平先
鉗　平鹽
掮　平先
箝　平鹽
潛　平鹽去豔
黔　平侵平鹽
淺　上銑
慊　上琰
遣　上銑
譴　去霰
繾　上銑
欠　去豔去陷
茜　上琰
茜　去霰
倩　去霰
塹　去豔
嵌　平鹹上感
槧　去豔
嗛　上琰
蒨　去霰
歉　上琰上豏
綪　去霰

羌	平陽	㷀	平蕭	撒	入錫
戕	平陽	橇	平蕭	鞘	平肴
戗	平陽	繰	上皓	鞘	去嘯
斨	平陽	蹻	上筱入藥	蹺	去嘯
槍	平陽	喬	平蕭	切	入屑
瑲	平陽	僑	平蕭	茄	平歌
蹌	平陽	荍	平蕭	茄	平麻
腔	平江	蕎	平蕭	且	上馬
蜣	平陽	橋	平蕭	妾	入葉
鏘	平陽	礄	平蕭	怯	入洽
鏹	上養	睄	去效	竊	入屑
蹡	平陽	譙	平蕭	挈	入屑
鎗	平陽	憔	平蕭	愜	入葉
強	平陽上養	轎	入藥	朅	入屑
牆	平陽	樵	平蕭	箧	入葉
嬙	平陽	瞧	平蕭	鍥	入屑
薔	平陽	顦	平蕭	親	平真
檣	平陽	巧	上巧	侵	平侵
搶	平陽上養	愀	上筱	欽	平侵
繈	上養	俏	去嘯	衾	平侵
悄	上筱	誚	去嘯	駸	平侵
磽	平肴	峭	去嘯	嵚	平侵
蹺	平蕭	鞘	去嘯	芩	平侵
敲	平肴	窾	去嘯	芹	平文
鍬	平蕭	翹	平蕭	秦	平真
碻	入覺	撬	平蕭	琴	平侵

340

禽 平侵	檠 平庚去敬	萩 平尤
勤 平文	黥 平庚	楸 平尤
溱 平真	榮 上梗	鶖 平尤
噙 平侵	頃 上梗	鰌 平尤
擒 平侵	請 上梗	鞧 平尤
檎 平侵	謦 上迥	囚 平尤
蠄 平真	慶 去敬	犰 平尤
懃 平文	箐 平庚	求 平尤
鋟 上寝	磬 去徑	蚯 平尤
寝 上寝	罄 去徑	泅 平尤
沁 去沁	跫 平冬平江	俅 平尤
撳 去沁	銎 平冬	逑 平尤
青 平青	邛 平冬	酋 平尤
氫 平庚	窮 平東	述 平尤
輕 平庚	穹 平東	賕 平尤
傾 平庚	煢 平庚	遒 平尤
卿 平庚	筇 平冬	裘 平尤
圊 平庚	瓊 平庚	璆 平尤
清 平庚	蛩 平冬	蝤 平尤
蜻 平庚	蚕 平冬上腫	銶 平尤
蜻 平青	藭 平東	觩 平尤
鯖 平庚	丘 平尤	糗 上有
勍 平庚	邱 平尤	區 平虞平尤
情 平庚	坵 平尤	曲 入沃
晴 平庚	秋 平尤	嶇 平虞
擎 平庚	蚰 平尤	詘 入物

驅 平虞去遇	虋 入藥	鬈 平先
屈 入物	取 上麌上有	顴 平先
祛 平魚	娶 去遇	犬 上銑
胠 平魚去禦	齲 上麌	畎 上銑
袪 平魚	去 上語去禦	綣 上阮去願
蛆 平魚	闃 入錫	勸 去願
軀 平虞	覰 去禦	券 去願
蛐 入沃	趣 上有去遇	缺 入屑
趨 平虞	悛 平先	瘸 平歌
麴 入屋	圈 平元上阮去願	卻 入藥
佢 上語	全 平先	愨 入覺
蚼 平虞	權 平先	雀 入藥
胸 平虞	佺 平先	確 入覺
鴝 平虞	詮 平先	舃 入陌
渠 平魚	泉 平先	闋 入屑
蕖 平魚	荃 平先	塙 入覺
磲 平魚	拳 平先	榷 入覺
璩 平魚	牷 平先	碏 入藥
鼩 平虞	輇 平先	闕 入月
蘧 平魚	惓 平先	鵲 入藥
氍 平虞	惓 去霰	榷 入覺
籧 平魚	痊 平先	困 平真上軫
瞿 平虞	銓 平先	逡 平真
臞 平虞	筌 平先	裙 平文
蠷 平虞	蜷 平先	群 平文
衢 平虞	縓 去霰	裠 平文

R

蚺 平鹽

然 平先

髥 平鹽

燃 平先

冉 上琰

姌 上琰

苒 上琰

染 上琰

儴 平陽

勷 平陽

瀼 上養

襄 平陽

禳 平陽

瓤 平陽

穰 平陽上養

嚷 上養

壤 上養

攘 平陽上養

纕 平陽

讓 去漾

蕘 平蕭

饒 平蕭

橈 平蕭

擾 上筱

嬈 平蕭上筱去嘯

繞 上筱去嘯

遶 上筱

惹 上馬

熱 入屑

人 平真

仁 平真

壬 平侵

忍 上軫

荏 上寢

稔 上寢

刃 去震

認 去震

仞 去震

訒 去震

任 平侵去沁

紉 平真

妊 平侵去沁

牣 去震

紝 平侵去沁

軔 去震

韌 去震

飪 上寢

姙 去沁

衽 上寢去沁

恁 上寢

袵 上寢去沁

葚 平侵上寢

扔 平蒸

礽 平蒸

芿 去敬

日 入質

馹 入質

戎 平東

彤 平東

狨 平東

絨 平東

茸 平冬上腫

榮 平庚

容 平冬

嶸 平庚

溶 平冬上腫

蓉 平冬

榕 平冬

熔 平冬

瑢 平冬

蠑 平庚

鎔 平冬

融 平東

冗 上腫

柔 平尤

揉 平尤
菜 平尤
糅 去宥
蹂 平尤上有
鞣 去宥
鞣 平尤去宥
鰇 平尤
煣 上有
肉 入屋
如 平鱼
帤 平鱼
茹 上语去御
儒 平虞
嚅 平虞
孺 平虞去遇
濡 平虞
薷 平虞
襦 平虞
繻 平虞
汝 上语
乳 上麌
辱 入沃
鄏 入沃
入 入缉
洳 平鱼去御
溽 入沃

蓐 入沃
褥 入沃
擩 上麌
壖 平先
阮 上阮
軟 上铣
堧 上铣
緛 上铣
蕤 平支
蕊 上纸
蘂 上纸
汭 去霁
芮 去霁
枘 去霁
蚋 去霁
銳 去霁
瑞 去寘
睿 去霁
叡 去霁
閏 去震
潤 去震
挼 平灰
捼 平歌
若 上马
若 入药
偌 去祃

弱 入药
婼 入药
翡 入药
箬 入药
爇 入屑

S

撒 入曷
灑 上蟹上马
靸 入缉入合
卅 入合
颯 入合
薩 入曷入黠
愢 平灰
塞 去队入职
腮 平灰
鰓 平灰
顋 平灰
賽 去队
三 平覃去勘
毵 平覃
鬖 平覃
傘 上旱
散 上旱去翰
糝 上感

馓	上旱	殺	入黠	痁	平鹽
桑	平陽	沙	平麻	痁	去豔
嗓	上養	紗	平麻	跚	平寒
搡	上養	刹	入黠	搧	平先
磉	上養	抄	平麻	煽	去霰
穎	上養	莎	平歌	潸	平刪上潸
喪	平陽去漾	鍛	去卦入黠	膻	平先
慅	平豪	裟	平麻	閃	上琰
搔	平豪	鯊	平麻	陝	上琰
騷	平豪	傻	上馬	睒	上琰
繅	平豪上皓	啥	去禡	訕	平刪去諫
臊	平豪	萐	入葉入洽	汕	去諫
鰠	平豪	唼	入洽	疝	去諫
掃	上皓	歃	入洽	苫	平鹽去豔
嫂	上皓	煞	入黠	剡	上琰
埽	上皓	翣	入洽	扇	去霰
色	入職	霎	入洽	善	上銑去霰
澀	入緝	篩	平支	騸	去霰
嗇	入職	曬	去寘去卦	鄯	去霰
瑟	入質	山	平刪	墡	上銑
穡	入職	刪	平刪	墦	上銑
瀒	入職入緝	杉	平鹹	繕	去霰
轖	入職	芟	平鹹	嬗	去霰
森	平侵	姍	平寒	擅	去霰
僧	平蒸	衫	平鹹	膳	去霰
鬙	平蒸	珊	平寒	贍	去豔

蟮 上銑	紹 上筱	籸 平真
鱔 上銑	哨 去嘯	娠 平真去震
傷 平陽	奢 平麻	牲 平真
殤 平陽	猞 去禡	砷 平真
商 平陽	賒 平麻	深 平侵
觴 平陽	佘 平麻	兟 平真
裳 平陽	舌 入屑	蓡 平侵
坰 平青	蛇 平麻	駪 平真
晌 上養	舍 上馬去禡	神 平真
賞 上養	設 入屑	鉮 平真
上 上養去漾	社 上馬	沈 上寝
尚 去漾	射 去禡入陌	審 上寝
捎 平肴	涉 入葉	哂 上軫
梢 平肴	赦 去禡	矧 上軫
燒 平蕭去嘯	懾 入葉	諗 上寝
稍 去效	攝 入葉	嬸 上寝
筲 平肴	灄 入葉	瞫 上寝
艄 平肴	麝 去禡	腎 上軫
蛸 平肴	申 平真	甚 上寝去沁
勺 入藥	伸 平真	胂 平真
芍 入藥	身 平真	渗 去沁
苕 平蕭	侁 平真	脤 上軫
韶 平蕭	呻 平真	慎 去震
少 上筱去嘯	紳 平真	椹 上寝
劭 去嘯	詵 平真	瘆 上寝
邵 去嘯	珅 平真	蜃 上軫去震

升	平蒸	葹	平支	駛	上纸
生	平庚	葹	平支	屎	上纸
聲	平庚	蓍	平支	士	上纸
牲	平庚	釃	平支	氏	平支上纸
勝	平蒸去徑	簁	平支	世	去霽
笙	平庚	十	入緝	仕	上纸
甥	平庚	什	入緝	市	上纸
鼪	平庚	石	入陌	示	去寘
澠	平蒸	時	平支	式	入職
繩	平蒸	識	去寘入職	事	去寘
省	上梗	實	入質	侍	去寘
眚	上梗	拾	入緝	勢	去霽
聖	去敬	蝕	入職	視	上纸
晟	去敬	食	去寘入職	試	去寘
盛	平庚去敬	塒	平支	飾	入職
剩	去徑	蒔	去寘	室	入質
嵊	去徑	寔	入職	恃	上纸
屍	平支	湜	入職	拭	入職
失	入質	鰣	平支	是	上纸
師	平支	鼫	入陌	柿	上纸
虱	入質	史	上纸	貰	去霽
詩	平支	矢	上纸	適	入陌入錫
施	平支去寘	豕	上纸	舐	上纸
澌	平支	使	上纸	軾	入職
絁	平支	使	去寘	逝	去霽
濕	入緝	始	上纸	弑	去寘

謚 去寘　　姝 平虞　　曙 去禦

釋 入陌　　倏 入屋　　藷 平魚

嗜 去寘　　殊 平虞　　術 入質

筮 去霽　　梳 平魚　　戍 去遇

誓 去霽　　淑 入屋　　束 入沃

奭 入陌　　菽 入屋　　沭 入質

噬 去霽　　疎 平魚　　述 入質

螫 入陌　　疏 平魚去禦　　樹 上麌

收 平尤　　舒 平魚　　豎 上麌

手 上有　　攄 平魚　　恕 去禦

守 上有　　毹 平虞　　庶 去禦

首 上有　　練 平魚　　裋 上麌

壽 上有去宥　　輸 平虞去遇　　數 上麌去遇入覺

受 上有　　蔬 平魚

狩 去宥　　儵 入屋　　腧 去遇

獸 去宥　　秫 入質　　墅 上語

售 去宥　　孰 入屋　　漱 去宥

授 去宥　　贖 入沃　　澍 去遇

綬 上有去宥　　塾 入屋　　刷 入黠

瘦 去宥　　熟 入屋　　耍 上馬

書 平魚　　暑 上語　　衰 平支

殳 平虞　　黍 上語　　摔 入質

抒 上語　　署 去禦　　帥 去寘入質

紓 平魚上語　　鼠 上語　　蟀 入質

叔 入屋　　蜀 入沃　　閂 平刪

樞 平虞　　薯 去禦　　拴 平刪

栓　平先
涮　去諫
雙　平江
霜　平陽
孀　平陽
驦　平陽
鸘　平陽
爽　上養
塽　上養
誰　平支
水　上紙
帨　去霽
稅　去霽
睡　去寘
吮　上軫上銑
楯　上軫
順　去震
舜　去震
蕣　去震
瞤　平真
瞬　去震
說　去霽入屑
妁　入藥
爍　入藥
朔　入覺
鑠　入藥

碩　入陌
嘯　入覺
搠　入覺
蒴　入覺
嗽　去宥
槊　入覺
絲　平支
司　平支去寘
私　平支
噝　平支
思　平支去寘
虒　平支
鷥　平支
斯　平支
緦　平支
螄　平支
颸　平支
廝　平支
罳　平支
嘶　平齊
撕　平齊
澌　平支去寘
死　上紙
巳　上紙
四　去寘
寺　去寘

汜　上紙
伺　去寘
似　上紙
兕　上紙
姒　上紙
祀　上紙
泗　去寘
飼　去寘
駟　去寘
俟　上紙
涘　上紙
笥　去寘
耜　上紙
竢　上紙
嗣　去寘
肆　去寘
騃　上紙
忪　平冬
松　平冬
娀　平東
淞　平冬
崧　平東
凇　平冬
菘　平東
嵩　平東
蚣　平冬

慫 上腫	窣 入月	酸 平寒
悚 上腫	俗 入沃	蒜 去翰
聳 上腫	夙 入屋	算 上旱去翰
竦 上腫	訴 去遇	雖 平支
嵸 上董	泝 去遇	荽 平支
訟 去宋	肅 入屋	眭 平支去寘
宋 去宋	涑 入屋	濉 平支
誦 去宋	素 去遇	綏 平支
送 去送	速 入屋	隋 平支上哿
頌 去宋	宿 去宥入屋	隨 平支
廋 平尤	驌 入屋	髓 上紙
搜 平尤	粟 入沃	歲 去霽
溲 平尤上有	謖 入屋	祟 去寘
蒐 平虞	愬 去遇	誶 去寘
餿 平尤	塑 去遇	遂 去寘
颼 平尤	愫 去遇	晬 去寘
鎪 平尤	溯 去遇	碎 去隊
艘 平豪	遡 去遇	隧 去寘
叟 平尤上有	鷫 入屋	燧 去寘
嗾 上有去宥	愬 去遇	禭 去寘
瞍 平蕭	膆 去遇	穗 去寘
擻 上有	蔌 入屋	穟 去寘
藪 上有	觫 入屋	繀 去隊
蘇 平虞	餗 入屋	邃 去寘
酥 平虞	簌 入屋	繐 去霽
穌 平虞	狻 平寒	繸 去寘

孫 平元	**T**	鮐 平灰
猻 平元		薹 平灰
蓀 平元	他 平歌	太 去泰
飧 平元	跢 入合	汰 去泰
損 上阮	鉈 平麻	態 去隊
筍 上軫	塌 入合	鈦 去泰
隼 上軫	塔 入合	泰 去泰
榫 上軫	獺 入曷入黠	坍 平覃
潠 去願	鰨 入合	貪 平覃
唆 平歌	撻 入曷	嘽 平寒
娑 平歌上哿	闥 入曷	攤 平寒
挲 平歌	揭 入合	灘 平寒
桫 平歌	遢 入合	癱 平寒
梭 平歌	闒 入合	壇 平寒平覃
睃 去震	榻 入合	曇 平覃
蓑 平歌	溚 入曷	談 平覃
縮 入屋	踏 入合	郯 平覃
趖 平歌	鎉 入合	覃 平覃
所 上語	蹋 入合	痰 平覃
嗩 上哿	駘 平灰	錟 平覃
索 入藥入陌	胎 平灰	譚 平覃
琐 上哿	台 平灰	潭 平覃
鎖 上哿	邰 平灰	檀 平寒
	抬 平灰	醰 平覃上感
	苔 平灰	忐 上感
	炱 平灰	坦 上旱

袒 上旱	糖 平陽	醄 平豪
茨 上感	帑 上養	韜 平豪
毯 上感	淌 去漾	討 上皓
禫 上旱	儻 上養去漾	套 上皓去號
歎 平寒去翰	钂 上養	忑 入職
炭 去翰	燙 去漾	忒 入職
探 平覃去勘	趙 平庚	特 入職
淡 去翰	弢 平豪	慝 入職
賧 去勘	濤 平豪	蟘 入職
碳 去翰	絛 平豪	騰 平蒸
湯 平陽	掏 平豪	謄 平蒸
鍚 平陽	慆 平豪	滕 平蒸
鎲 平陽	滔 平豪	縢 平蒸
餳 平庚	韜 平豪	膯 平蒸
唐 平陽	饕 平豪	螣 入職
堂 平陽	匋 平豪	藤 平蒸
棠 平陽	咷 平豪	騰 去隊
塘 平陽	洮 平豪	籐 平蒸
搪 平陽	逃 平豪	剔 入錫
溏 平陽	桃 平豪	梯 平齊
瑭 平陽	陶 平蕭平豪	鍗 平齊
樘 平陽	嗣 平豪	踢 入錫
膛 平陽	檮 平豪	鷈 平齊
糖 平陽	淘 平豪	綈 平齊
螳 平陽	綯 平豪	啼 平齊
蝗 平陽	萄 平豪	提 平支平齊

352

稊 平齊	天 平先	蜩 平蕭
緹 平齊	添 平鹽	髫 平蕭
鵜 平齊	田 平先	鰷 平蕭
題 平齊	恬 平鹽	鷥 平尤
蹄 平齊	畋 平先	朓 上筱去嘯
醍 上薺	甜 平鹽	宨 上筱
蹏 平齊	菾 平鹽	眺 去嘯
騠 去霽	湉 平鹽	糶 去嘯
騠 平齊	填 平先	銚 平蕭去嘯
鶗 平齊	闐 平先	跳 去嘯
體 上薺	忝 上琰	怗 入葉
屟 去霽	殄 上銑	貼 入葉
剃 去霽	捵 上銑	跕 入葉
洟 平支	淟 上銑	鐵 入屑
倜 入錫	腆 上銑	帖 入葉
悌 上薺	覥 上銑	餮 入屑
涕 去霽	舔 上琰	廳 平青
逖 入錫	抮 上琰	汀 平青
惕 入錫	佻 上筱	聽 平青去徑
遏 入錫	桃 平蕭	町 平青上迥
替 去霽	挑 平蕭上筱	桯 平庚
裼 入錫	桃 平蕭	鞓 平青
殢 去霽	條 平蕭	廷 平青
薙 去霽	昭 平蕭	亭 平青
嚏 去霽	迢 平蕭	庭 平青
鬄 去霽	韶 平蕭	莛 平青上迥

停 平青	潼 平東	途 平虞
婷 平青	曈 平東	屠 平魚平虞
渟 平青	橦 平東	脏 入月
蜓 平青	瞳 平東	酴 平虞
霆 平青	統 去送	土 上虞
娗 上迥	捅 上董	吐 上虞去遇
挺 上迥	桶 上董	兔 去遇
珽 上迥	筒 平東	菟 平虞去遇
脡 上迥	箰 平東	湍 平寒
鋌 上迥	慟 去送	猯 平寒
艇 上迥	痛 去送	團 平寒
頲 上迥	偷 平尤	搏 平寒
通 平東	鍮 平尤	漙 平寒
痌 平東	頭 平尤	篿 平寒
仝 平東	投 平尤	疃 上旱
同 平東	骰 平尤	彖 去翰
佟 平冬	透 去宥	推 平灰
彤 平冬	凸 入月入屑	頺 平灰
茼 平東	禿 入屋	隤 平灰
桐 平東	突 入月	魋 平灰
銅 平東	葖 入月	腿 上賄
童 平東	圖 平虞	骽 上賄
衕 平東	徒 平虞	退 去隊
酮 平東	悇 平虞	蛻 去霽去泰
僮 平東	塗 平虞	褪 去願
鮦 平東	茶 平虞	吞 平元

暾 平元	駞 平歌	喎 平佳
屯 平真平元	鼉 平歌	外 去泰
芚 平元	妥 上哿	彎 平删
魨 平元	媠 上哿	剜 平寒
豚 平元	楕 上哿	帵 平寒
臀 平元	拓 入藥入合	灣 平删
托 入藥	柝 入藥	蜿 平元上阮
托 入藥	唾 去個	豌 平寒
飥 入藥	蘀 入藥	丸 平寒
侂 入藥	跅 入藥	汍 平寒
挖 上哿	籜 入藥	紈 平寒
拖 平歌上哿		芄 平寒
脫 入曷	**W**	完 平寒
馱 平歌去個		忨 平寒
佗 平歌	哇 平佳平麻	抏 平寒
坨 平歌	娃 平佳平麻	玩 去翰
沱 平歌上哿	挖 入黠	頑 平删
駝 平歌	窪 平麻	宛 平元上阮
柁 上哿	媧 平佳平麻	挽 上阮
砣 平歌	蛙 平佳平麻	晚 上阮
鴕 平歌	瓦 上馬	盌 上旱
埵 平歌	襪 入月入曷	莞 平寒上潸
跎 平歌	喡 入月	婉 上阮
酡 平歌	膃 入黠	惋 去翰
橐 入藥	韈 入月	涴 去個
鮀 平歌	歪 平佳	綰 上潸去諫

脘 上旱	危 平支	潿 平微
菀 上阮	威 平微	濰 平支
梡 上旱	偎 平灰	鮠 平灰
琬 上阮	逶 平支	偉 上尾
畹 上阮	隈 平灰	偽 去寘
碗 上旱	葳 平微	尾 上尾
踠 上阮	微 平微	緯 去未
萬 去願	椳 平灰	葦 上尾
腕 去翰	煨 平灰	委 平支上紙
鋺 去翰	薇 平微	煒 上尾
尪 平陽	鰃 入職	瑋 上尾
汪 平陽	巍 平微	洧 上紙
亡 平陽	為 平支去寘	娓 上尾
王 平陽去漾	韋 平微	諉 去寘
網 上養	圍 平微	疿 上紙
往 上養	幃 平微	萎 平支上紙
枉 上養	溈 平支	隗 上賄
罔 上養	違 平微	廆 上賄
惘 上養	闈 平微	猥 上賄
茵 上養	桅 平灰	骫 上紙
輞 上養	瀾 平微	暐 上尾
魍 上養	唯 上紙	痿 平支
妄 去漾	帷 平支	韙 上尾
忘 平陽去漾	惟 平支	碨 上賄
旺 去漾	維 平支	鮪 上紙
望 平陽去漾	嵬 平灰上賄	衛 去霽

未　去未	蚊　平文	窝　平歌
位　去寘	雯　平文	蜗　平歌
味　去未	刎　上吻	蜗　平麻
畏　去未	吻　上吻	踒　平歌
胃　去未	抆　上吻去問	我　上哿
尉　去未入物	紊　去問	沃　入沃
磑　去隊	脕　上軫	臥　去個
㷉　去未	穩　上阮	偓　入覺
謂　去未	問　去問	幄　入覺
喂　平微	汶　去問	握　入覺
媦　去未	璺　去問	渥　入覺
渭　去未	翁　平東	硪　平歌上哿
蝟　去未	嗡　平東	斡　入曷
蔚　去未入物	鶲　平東	齷　入覺
慰　去未	螉　平東	烏　平虞
蔚　去未	塕　上董	圬　平虞
餧　去寘	滃　上董	汙　平麻去遇
穌　去未	蓊　上董	鄔　上虞
魏　去未	甕　去送	鳴　平虞
溫　平元	雍　上腫	巫　平虞
轀　平元	齆　去送	屋　入屋
瘟　平元	撾　平麻	浯　平虞
文　平文	倭　平歌	誣　平虞
紋　平文	渦　平歌	鵐　平虞
炆　平文	萵　平歌	無　平虞
聞　平文去問	喔　入覺	毋　平虞

吴 平虞	勿 入物	希 平微
吾 平虞	務 去遇	昔 入藥入陌
蕪 平虞	戊 去宥	析 入錫
梧 平虞	阢 入月	舃 入陌
浯 平虞	屼 入月	肸 入質入物
蜈 平虞	杌 入月	郗 平支
鼯 平虞	芴 入物	唏 去未
五 上虞	物 入物	奚 平齊
午 上虞	誤 去遇	娭 平支
仵 上虞	悟 去遇	息 入職
伍 上虞	悮 去遇	悕 平微
塢 上虞	晤 去遇	晞 平微
嫵 上虞	婺 去遇	浠 平微
廡 上虞	鶩 去遇	犠 平支
忤 去遇	霧 去遇	狶 平微
憮 平虞上虞	寤 去遇	悉 入質
迕 去遇	鶩 入屋	惜 入陌
武 上虞	鋈 入沃	欷 平微去未
侮 上虞		淅 入錫
捂 去遇	**X**	菥 平支
牾 平虞		傒 平齊
斌 上虞	夕 入陌	晰 入錫
鵡 上虞	兮 平齊	晳 入錫
舞 上虞	汐 入陌	犀 平齊
潕 上虞	西 平齊	睎 平微
兀 入月	吸 入緝	稀 平微

栖 平齊	觿 平支平齊	纚 上紙
翕 入緝	鼷 平齊	躧 上紙
嶲 平齊	蠵 平支平齊	冊 入緝
徯 平齊	灕 平齊	戲 去寘
溪 平齊	習 入緝	系 去霽
錫 入錫	席 入陌	餼 去未
僖 平支	襲 入緝	細 去霽
熄 入職	覡 入錫	郤 入陌
熙 平支	媳 入職	咥 去寘
蜥 入錫	隰 入緝	咥 去未入質入屑
稀 平微上尾	檄 入錫	眵 上薺
嘻 平支	霫 入緝	綌 入陌
噏 入緝	鰼 入緝	鬩 入錫
嬉 平支	枲 上紙	舄 入陌
瘜 入職	洗 上薺上銑	隙 入陌
膝 入質	壐 上紙	褉 去霽
榽 平齊	徙 上紙	枲 入職
歙 入緝入葉	銑 上銑	澀 入緝
熹 平支	喜 上紙	呷 入洽
熺 平支	葸 上紙	蝦 平麻
窸 入質	屣 上紙	瞎 入黠
羲 平支	蓰 上紙	鰕 平麻
蟋 入質	憙 上紙	匣 入洽
磎 平齊	禧 平支	俠 入葉
巇 平支	壐 上紙	狎 入洽
曦 平支	蟢 上紙	峽 入洽

柙 入洽	銛 上琰	毨 上銑
狹 入洽	躚 平先	獫 上琰
袷 入洽	鍁 平鹽	蜆 上銑去霰
硤 入洽	鮮 平先上銑	筅 上銑
陜 入洽	暹 平鹽	跣 上銑
遐 平麻	孅 平鹽	姺 上銑
暇 去禡	鴛 平元	蘚 上銑
瑕 平麻	鱻 平先	燹 上銑
轄 入黠	閑 平刪	幰 上阮
遼 平麻	弦 平先	縣 去霰
赮 平麻	賢 平先	峴 上銑
霞 平麻	鹹 平鹹	莧 去諫
黠 入黠	涎 平先	現 去霰
騢 平麻	嫻 平刪	線 去霰
下 上馬去禡	舷 平先	限 上潸
嚇 去禡入陌	蚿 平先	憲 去願
夏 上馬去禡	衔 平鹹	晛 上銑
廈 上馬	癇 平刪	陷 去陷
罅 去禡	鷳 平刪	睍 上銑
仙 平先	嫌 平鹽	羨 去霰
先 平先	醎 平鹹	獻 去願
纖 平鹽	冼 上迴	腺 去霰
忺 平鹽	獮 上銑	豏 上豏
秈 平先	顯 上銑	霰 去霰
掀 平元	險 上琰	鄉 平陽
銛 平鹽	嶮 上琰	薌 平陽

相 平陽去漾	纕 上養	翛 平蕭
香 平陽	向 上養	翛 入屋
廂 平陽	向 上養	銷 平蕭
湘 平陽	向 去漾去漾	嘐 平肴
緗 平陽	巷 去絳	瀟 平蕭
葙 平陽	項 上講	簫 平蕭
箱 平陽	象 上養	霄 平蕭
襄 平陽	缿 上講	魈 平蕭
驤 平陽	像 上養	蠨 平蕭
瓖 平陽	橡 上養	嚣 平蕭平豪
鑲 平陽	褖 上養	髐 平肴
詳 平陽	蟓 上養	洨 平肴
庠 平陽	梟 平蕭	崤 平肴
栙 平江	削 入月入藥	淆 平肴
祥 平陽	曉 平蕭	小 上筱
翔 平陽	枵 平蕭	曉 上筱
享 上養	驍 平蕭	筱 上筱
響 上養	宵 平蕭	孝 去效
鲞 上養	消 平蕭	肖 去嘯
饟 去漾	綃 平蕭	効 去效
餉 去漾	虓 平肴	哮 平肴
饗 上養	逍 平蕭	效 去效
想 上養	鸮 平蕭	校 去效
鲞 上養	猇 平肴	笑 去嘯
蠁 上養	蕭 平蕭	嘯 去嘯
蠁 去漾	硝 平蕭	些 平麻去箇

楔 入屑	偰 入屑	欣 平文
歇 入月	械 去卦	莘 平真
蠍 入月	褻 入屑	新 平真
協 入葉	媟 入屑	歆 平侵
邪 平麻	揳 入屑	薪 平真
脅 入葉	渫 入屑入葉	馨 平青
挾 入葉	謝 去禡	伈 上寑
衺 平麻	榭 去禡	炘 平文
偕 平佳	嶰 上蟹	信 去震
斜 平麻	廨 去卦	釁 去震
諧 平佳	懈 去卦	興 平蒸去徑
猲 入月	澥 上蟹	星 平青
絜 入屑	獬 上蟹	騂 平庚
攜 平齊	薤 去卦	惺 平青
勰 入葉	邂 去卦	猩 平庚
擷 入屑	燮 入葉	腥 平青
纈 入屑	瀣 去卦	刑 平青
鞋 平佳	蟹 上蟹	行 平陽平庚
鞵 平佳	蠏 上蟹	去漾去敬
襭 入屑	齘 去卦	邢 平青
寫 上馬	躞 入葉	形 平青
泄 去霽入屑	心 平侵	陘 平青
瀉 上馬去禡	忻 平文	型 平青
緤 入屑	芯 平侵	鈃 平庚
卸 去禡	辛 平真	硎 平青
屑 入屑	昕 平文	鉶 平青

362

醒　平青上迥	饈　平尤	歔　平魚
杏　上梗	髹　平尤	徐　平魚
姓　去敬	鬏　平尤	許　上語
幸　上梗	朽　上有	姁　平虞去遇
性　去敬	滫　上有	詡　平虞
莕　上梗	秀　去宥	栩　上麌
莕　上梗	岫　去宥	湑　平魚上語
婞　上迥	繡　去宥	糈　上語
悻　上梗	袖　去宥	醑　上語
凶　平冬	琇　上有去宥	旭　入沃
兄　平庚	鏞　去宥	序　上語
匈　平冬	褎　去宥	敘　上語
芎　平東	戌　入質	恤　入質
訩　平冬	盱　平虞	昫　去遇
洶　平冬	卹　入錫	淢　入職
恟　平冬	胥　平魚	畜　去宥入屋
胸　平冬	須　平虞	勖　入沃
雄　平東	頊　入沃	緒　上語
熊　平東	虛　平魚	續　入沃
休　平尤	諝　平魚上語	酗　去遇
修　平尤	媭　平虞	煦　平虞
咻　平尤上麌	欻　入物	壻　去霽
庥　平尤	噓　平魚去禦	婿　去霽
羞　平尤	需　平虞	勗　入沃
鵂　平尤	魆　平魚	漵　上語
貅　平尤	墟　平魚	絮　去禦

嗅	去宥	璿	平先	血	入屑
煦	上麌去遇	選	上銑去霰	砉	入屑
蓄	入屋	烜	上阮	謔	入藥
獝	入質	癣	上銑	勳	平文
魖	上語	泫	上銑	堧	平元
蓿	入屋	眩	去霰	熏	平文
軒	平元	炫	去霰	窨	去沁
宣	平先	絢	去霰	勲	平文
晅	平元	眴	去霰	獯	平文
諼	平元	鉉	上銑	曛	平文
喧	平元	眴	平真去霰	纁	平文
揎	平先	衒	去霰	醺	平文
萱	平元	渲	去霰	尋	平侵
蕿	平元	楦	去願	巡	平真
暄	平元	靴	平歌	旬	平真
煊	平元	薛	入屑	馴	平真
瑄	平先	穴	入屑	詢	平真
儇	平先	學	入覺	峋	平真
諠	平元	嶨	入覺	恂	平真
矎	平先	澩	入覺	洵	平真
翾	平先	鸑	去禡	潯	平侵
玄	平先	趐	入屑	紃	平真
痃	平先	鷽	入覺	荀	平真
懸	平先	鷽	入覺	栒	平真
旋	平先去霰	雪	入屑	珣	平真
漩	平先	鱈	入屑	循	平真

鱏	平侵	厓	平佳	崦	平鹽
燖	平侵	枒	平麻	淹	平鹽
訊	去震	琊	平麻	焉	平先
汛	去震	蚜	平麻	閹	平鹽
迅	去震	崕	平佳	湮	平真
徇	去震	崖	平佳	醃	平鹽
狥	去震	涯	平支平佳平麻	鄢	平先
遜	去願	衙	平麻	嫣	平先
殉	去震	疋	入質	蔫	平先
巽	去願	啞	平麻上馬入陌	臕	平先
噀	去願	瘂	上馬	延	平先
蕈	上寢	雅	上馬	閆	平鹽
		亞	去禡	嚴	平鹽
Y		婭	入點	妍	平先
		訝	去禡	芫	平元
丫	平麻	迓	去禡	言	平元
壓	入洽	婭	去禡	岩	平鹹
呀	平麻	掗	上馬	沿	平先
押	入洽	研	去禡	炎	平鹽
鴉	平麻	揠	入點	研	平先去霰
椏	平麻	猰	入點	鹽	平鹽
椏	上哿	穒	去禡	閻	平鹽
鴨	入洽	咽	平先去霰入屑	筵	平先
牙	平麻	懨	平鹽	蜓	平先
岈	平麻	煙	平先	顏	平刪
芽	平麻	胭	平先	簷	平鹽

兗 上銑	唁 去霰	殃 平陽
奄 上琰	宴 去霰	秧 平陽
儼 上琰	晏 去翰去諫	鴦 平陽
匽 上阮	豔 去豔	鉠 平陽
弇 上琰	驗 去豔	鞅 上養
衍 上銑去霰	掞 去豔	揚 平陽
偃 上阮	諺 去霰	羊 平陽
掩 上琰	嗲 去翰	陽 平陽
眼 上潸	堰 上阮	暘 平陽
郾 去願	堰 上阮去霰	楊 平陽
揜 上感	焰 去豔	煬 平陽
渰 上琰	焱 去豔入錫	煬 去漾
琰 上琰	雁 去諫	佯 平陽
罨 上琰	灎 去豔	瘍 平陽
裺 上琰	釅 去豔	徉 平陽
演 上銑	讞 上銑入屑	洋 平陽
蝘 上阮	黶 去豔	烊 平陽
魘 上琰入葉	燕 平先去霰	崵 上養
厴 上琰	贗 去諫	蛘 平陽
黭 上嫌	鷃 去諫	仰 上養
黬 入葉	嬮 去霰	養 上養
巘 上阮上銑	艷 去豔	氧 上養
齴 上阮	鶠 去諫	癢 上養
厭 去豔入葉	灔 去豔	怏 上養去漾
彥 去霰	央 平陽	恙 去漾
硯 去霰	泱 平陽上養	樣 去漾

羕 去漾	飇 平蕭	業 入洽
樣 去漾	嶤 平蕭	葉 入葉入葉
漾 去漾	繇 平蕭	曳 去霽入屑
夭 平蕭上篠上皓	繇 去宥	頁 入屑
吆 平蕭	鰩 平蕭	鄴 入洽
妖 平蕭	杳 上篠	夜 去禡
祅 平先	咬 平肴	抴 入屑
喓 平蕭	宵 上篠	曄 入葉
腰 平蕭	窈 上篠	燁 入葉
邀 平蕭	舀 平尤	掖 入陌
爻 平肴	皎 上巧	液 入陌
堯 平蕭	藥 入藥	謁 入月
肴 平肴	要 平蕭去嘯	殗 去豔
姚 平蕭	鷕 平蕭去嘯	腋 入陌
嶢 平蕭	曜 去嘯	饁 入葉
軺 平蕭	耀 去嘯	靨 入葉
珧 平蕭	椰 平麻	嶪 入洽
窯 平蕭	暍 入月	一 入質
傜 平蕭	噎 入屑	伊 平支
殽 平肴	爺 平麻	衣 平微去未
謠 平蕭	耶 平麻	醫 平支
徭 平蕭	捓 平麻	依 平微
搖 平蕭	也 上馬	禕 平支
猺 平蕭	冶 上馬	咿 平支
遙 平蕭	埜 上馬	猗 平支
瑤 平蕭	野 上馬	壹 入質

挹	入缉	移	平支	藝	去霁
欹	平支	遺	平支去寘	仡	入物
嫛	平齐	椸	平支	肊	入职
漪	平支	頤	平支	議	去寘
噫	平支	疑	平支	亦	入陌
噫	去卦	彛	平支	屹	入物
鷖	平齐	嶷	平支入职	異	去寘
繄	平齐	籈	平支	佚	入质
黟	平支	彝	平支	囈	去霁
儀	平支	乙	入质	役	入陌
圯	平支	已	上纸	抑	入职
夷	平支	以	上纸	杙	入职
沂	平微	矣	上纸	譯	入陌
訑	去寘	苢	上纸	邑	入缉
宜	平支	艤	上纸	佾	入质
怡	平支	蟻	上纸上尾	妷	入质
迆	平支上纸	椅	上纸	嶧	入陌
飴	平支	檥	上纸	懌	入陌
姨	平支	顗	上尾	易	去寘
羨	平齐	齮	上纸	易	入陌
貽	平支	乂	去队	洂	入质
栘	平支	義	去寘	繹	入陌
眙	平支	億	入职	詣	去霁
胰	平支	弋	入职	驛	入陌
酏	平支上纸	刈	去队	奕	入陌
痍	平支	憶	入职	弈	入陌

柵　去霽　　　毅　去未　　　蔭　去沁
疫　入陌　　　熠　入緝　　　音　平侵
羿　去霽　　　鎰　入質　　　顒　平真
軼　入質入屑　鷁　入錫　　　殷　平文平刪
唈　入緝　　　鶂　入錫　　　氤　平真
悒　入緝　　　劓　去寘　　　裀　平真
挹　入緝　　　曀　去寘去霽　陻　平真
栧　去霽　　　殪　去霽　　　暗　平侵去沁
浥　入緝　　　瘱　去霽　　　堙　平真
益　入陌　　　艗　入錫　　　愔　平侵
誼　去寘　　　薏　去寘入職　絪　平真
貤　去寘　　　螠　去寘　　　裍　平真
勩　去寘　　　癢　去霽　　　瘖　平侵
勚　去霽　　　翳　去霽　　　諲　平真
場　入陌　　　翼　入職　　　闉　平真
翊　入職　　　臆　入職　　　吟　平侵
翌　入職　　　鮨　平支　　　垠　平真平文
逸　入質　　　癔　入職　　　狺　平真平文
意　去寘　　　鷊　入錫　　　唫　上寢
溢　入質　　　饐　去寘　　　寅　平真
瘍　平陽　　　懿　去寘　　　崟　平侵
縊　去寘　　　因　平真　　　崯　平侵
肄　去寘　　　陰　平侵　　　淫　平侵
裔　去霽　　　姻　平真　　　銀　平真
瘞　去霽　　　洇　平真　　　斳　平文
蜴　入陌　　　茵　平真　　　鄞　平真

鄞 平文	嚶 平庚	嬴 平庚
黅 平真	攖 平庚	贏 平庚
闛 平真	攖 平青	瀛 平庚
齦 平文	纓 平庚	瀯 平庚
嚚 平真	罌 平庚	籯 平庚
蟫 平侵平覃	櫻 平庚	郢 上梗
霪 平侵	瓔 平庚	潁 上梗
尹 上軫	礯 平庚	影 上梗
引 上軫	霙 平庚	瘿 上梗
飲 上寑去沁	鸚 平庚	映 去敬
蚓 上軫	膺 平蒸	暎 去敬
隱 上吻	鷹 平蒸	硬 去敬
靷 上軫去震	甖 平庚	媵 去徑
癮 上吻	迎 平庚	膺 平蒸
螾 上軫	塋 平庚	傭 平冬
印 去震	盈 平庚	擁 上腫
胤 去震	熒 平青	癰 平冬
堲 去震	瑩 平庚去徑	邕 平冬
憖 去震	螢 平青	庸 平冬
鮣 去震	營 平庚	雍 平冬去宋
應 平蒸去徑	縈 平庚	墉 平冬
英 平庚	楹 平庚	慵 平冬
鶑 平庚	瀅 去徑	雍 平冬上腫去宋
嫈 平庚	鎣 去徑	鏞 平冬
媖 平庚	濚 平庚	臃 平冬
瑛 平庚	蠅 平蒸	雝 平冬

鱅	平冬	由	平尤	右	上有去宥
饔	平冬	猶	平尤	幼	去宥
喁	平冬平虞	郵	平尤	佑	去宥
顒	平冬	油	平尤	侑	去宥
永	上梗	肬	平尤	狖	去宥
甬	上腫	柚	去宥入屋	囿	去宥入屋
詠	去敬	疣	平尤	宥	去宥
泳	去敬	蓧	平蕭入錫	誘	上有
俑	上腫	蕕	平尤	釉	去宥
勇	上腫	鈾	平尤	鼬	去宥
湧	上腫	蚰	平尤	扝	平虞
愿	上腫	遊	平尤	紆	平虞
慂	上腫	楢	平尤	迂	平虞
蛹	上腫	猷	平尤	淤	平魚去禦
慫	上腫	鮋	平尤	渝	平虞
踴	上腫	蝣	平尤	瘀	平魚
用	去宋	輶	平尤	於	平魚平虞
優	平尤	友	上有	予	平魚上語
憂	平尤	有	上有	邘	平虞
攸	平尤	卣	平尤上有	伃	平魚
呦	平尤	酉	上有	餘	平魚
幽	平尤	羑	上有	妤	平魚
悠	平尤	莠	上有	歟	平魚
麀	平尤	牖	上有	盂	平虞
鄾	平尤	黝	上有	臾	平虞
尤	平尤	又	去宥	魚	平魚

俞 平虞	蝓 平虞	籲 平虞
禺 去遇	踰 平虞	聿 入質
竿 平虞	髃 平虞	芋 去遇
舁 平魚	與 平魚上語去禦	嫗 去遇
娯 平虞	傴 上虞	飫 去禦
狳 平魚	宇 上虞	育 入屋
諛 平虞	㠄 上語	鬱 入屋
漁 平魚	羽 上虞	彧 入屋
萸 平虞	雨 上虞	昱 入屋
隅 平虞	俣 平虞	獄 入沃
雩 平虞	禹 上虞	峪 入沃
嵎 平虞	語 上語禦	浴 入沃
愉 平虞	圄 上語	鈺 入沃
揄 平虞	俁 上虞	預 去禦
腴 平虞	圉 上語	域 入職
逾 平虞	庾 上虞	堉 入屋
愚 平虞	敔 上語	欲 入沃
榆 平虞	鋙 平虞	淯 入屋
歈 平虞	瑀 上虞	諭 去遇
瑜 平虞	瘐 平虞	閾 入職
艅 平魚	窳 上虞	喻 去遇
虞 平虞	齬 平魚平虞上語	寓 去遇
覦 平虞去遇	貐 上虞	庽 去遇
窬 平虞	麌 上虞	禦 上語去禦
輿 平魚	玉 入沃	棫 入職
褕 平虞平蕭	馭 去禦	矞 入質

裕	去遇	蠲	平先上铣	怨	去愿
遇	去遇	鳶	平元	院	去霰
鵒	入屋入沃	元	平元	垸	平寒
愈	上麌	員	平文平先去问	媛	平元去霰
澦	去御	園	平元	掾	去霰
煜	入屋入缉	沅	平元	瑗	去霰
蕷	去御	垣	平元	願	去愿
譽	平鱼去御	爰	平元	曰	入月
毓	入屋	原	平元	約	入药
蜮	入职	圓	平先	矱	入药入陌
隩	去号	袁	平元	月	入月
豫	去御	援	平元	戉	入月
遹	入质	湲	平元平先	刖	入月入黠
燠	去号入屋	猨	平元	嶽	入觉
馭	入质	緣	平先	鑰	入药
魊	入职	黿	平元	悅	入屑
鷸	入质	嫄	平元	軏	入月
鬻	入屋	源	平元	鉞	入月
鬱	入物	猿	平元	閱	入屑
鳶	平先	轅	平元	朔	入月
冤	平元	園	平删	躍	入药
悁	平先	橼	平先	粵	入月
智	平元平寒	羱	平寒	越	入月
鴛	平元	蝝	平元	樾	入月
宛	平元	遠	上阮去愿	龠	入药
淵	平先	苑	上阮	瀹	入药

氍	入物	醖	去問	在	上賄去隊
爚	入藥入葉	愠	去問	簮	平侵
鷟	入覺	緼	平文平元去問	咱	平寒
煜	平文	韞	上吻	昝	上感
贇	平真	韻	去問	攢	平寒
雲	平文	熨	入物	趲	上旱
与	平真	蘊	平元去問	暫	去勘
妘	平文	餫	去問	贊	去翰
沄	平文平元			鏨	去勘
紜	平文			酇	去翰
芸	平文	**Z**		蹔	去勘
昀	平真			瓚	上旱
郧	平文	匝	入合	瓚	上旱
溳	平文	咂	入合	瓒	去翰
篔	上軫	雜	入合	牂	平陽
耘	平文	砸	入合	賍	平陽
氲	平文	災	平灰	臧	平陽
允	上軫	甾	平支	駔	上養
狁	上軫	哉	平灰	奘	上養
隕	上軫	栽	平灰	髒	上養
殞	上軫	菑	平支	葬	去漾
孕	去徑	菑	去寘	遭	平豪
運	去問	宰	上賄	糟	平豪
鄆	去問	載	上賄去隊	鑿	去號入藥
惲	上吻	崽	平佳	早	上皓
暈	去問	崽	上賄	棗	上皓
		再	去隊		

蚤 上皓	簀 入陌	紮 入黠
璪 上皓	蹟 入陌	軋 入黠
澡 上皓	齚 入陌	聞 入洽
璪 上皓	齰 入陌	鍘 入黠
藻 上皓	仄 入職	煠 入洽
灶 去號	昃 入職	霅 入洽
皁 上皓	賊 入職	眨 入洽
皂 上皓	鰂 入職	砟 入藥
造 上皓去號	怎 上寑	鮓 上馬
愱 去號	譖 去沁	羜 上養
噪 去號	曾 平蒸	乍 去禡
燥 上皓	增 平蒸	詐 去禡
燥 去號	憎 平蒸	吒 去禡
竈 去號	繒 平蒸	奓 平麻
趮 去號	矰 平蒸	柵 去諫入陌
躁 去號	罾 平蒸	痄 上馬
則 入職	甑 去徑	蚱 入陌
擇 入陌	贈 去徑	榨 去禡
澤 入藥入陌	咋 入陌	醡 去禡
責 入陌	喳 平麻	齋 平佳
迮 入藥入陌	摣 平麻	摘 入陌入錫
唶 去禡	渣 平麻	宅 入陌
嘖 入陌	溠 平麻	翟 入陌
幘 入陌	楂 平麻	翟 入錫
箦 入陌	箚 入洽	窄 入陌
舴 入陌	艖 平麻	債 去卦

砦 去卦	戰 去霰	障 去漾
寨 去卦	棧 上潸上銑去諫	嶂 去漾
瘵 去卦	站 去陷	瘴 去漾
沾 平鹽	綻 去諫	釗 平蕭
氈 平先	湛 平侵平覃上赚	招 平蕭
旃 平先	轏 上潸去諫	昭 平蕭
粘 平鹽	蘸 去陷	啁 平肴平尤
飦 平先	張 平陽	找 上巧
詹 平鹽	章 平陽	沼 上筱
譫 平鹽	鄣 平陽	召 去嘯
澶 平先	嫜 平陽	兆 上筱
遭 平先	彰 平陽	詔 去嘯
瞻 平鹽	漳 平陽	趙 上筱
鸇 平先	獐 平陽	笊 去效
饘 平先	樟 平陽	旐 上筱
斬 上赚	璋 平陽	棹 去效
颭 上琰	蟑 平陽	照 去嘯
展 上銑	麞 平陽	罩 去效
盞 上潸	漲 去漾	肇 上筱
嶄 上琰	掌 上養	曌 去嘯
琖 上潸	礃 上養	蜇 入屑
輾 上銑	丈 上養	遮 平麻
醆 上銑	仗 上養去漾	折 入屑入葉
躩 上銑	帳 去漾	哲 入屑
黵 上感	杖 上養	晢 入屑
占 平鹽去豔	脹 去漾	晣 入屑

輒 入葉	斟 平侵	揕 去沁
喆 入屑	甄 平真平先	鎮 去震
蟄 入緝	蓁 平真	震 去震
讋 入葉	榛 平真	黮 上感
謫 入陌	碪 平侵	爭 平庚
摘 入錫	禎 平真	征 平庚
磔 入陌	箴 平侵	怔 平庚
轍 入屑	臻 平真	崝 平庚
褶 入葉	鱵 平侵	掙 去敬
者 上馬	診 上軫去震	烝 平蒸
赭 上馬	枕 上寢去沁	鉦 平庚
褶 入緝	胗 上軫	睜 平庚
這 去禡	軫 上軫	錚 平庚
柘 去禡	畛 平真上軫	箏 平庚
浙 入屑	疹 上軫	蒸 平蒸
蔗 去禡	袗 上軫	拯 上迥
鷓 去禡	紾 上軫	整 上梗
貞 平庚	縝 上軫	正 平庚去敬
針 平侵	稹 上軫	證 去徑
偵 平庚	顩 上軫	諍 去敬
湞 平庚	陣 去震	鄭 去敬
珍 平真	紖 上軫	幀 去敬
楨 平庚	鴆 去沁	政 去敬
真 平真	振 去震	症 平蒸
砧 平侵	朕 上軫上寢	之 平支
禎 平庚	賑 上軫去震	支 平支

卮 平支	縶 入缉	制 去霁
汁 入缉	躑 入陌	帙 入质
芝 平支	摭 入陌	帜 去寘
吱 平支	躑 入陌	治 平支去寘
巵 平支	蹢 入陌	炙 去祃入陌
枝 平支	止 上纸	質 入质
知 平支	只 上纸入陌	郅 入质
織 入职	旨 上纸	峙 上纸
肢 平支	址 上纸	株 入质入屑
梔 平支	抵 上纸	櫛 入质
栀 平支	沚 上纸	陟 入职
祇 平支	紙 上纸	挚 去寘
秖 平支	芷 上纸	桎 入质
胝 平支	祉 上纸	狾 去霁
脂 平支	咫 上纸	秩 入质
禔 平支平齐	恉 上纸	致 去寘
楮 平支	指 上纸	袟 入质
蜘 平支	枳 上纸	贽 去寘
执 入缉	帜 上纸	轾 去寘
侄 入质	疷 平支	擲 入陌
直 入职	趾 上纸	猘 去霁
值 去寘	黹 上纸	時 上纸
埴 入职	至 去寘	痔 上纸
職 入职	志 去寘	室 入质
植 入职	忮 去寘	絰 入质
殖 入职	豸 上纸	銍 入质

鷙 去寘	峒 平東	帚 上有
巉 去霽	鐘 平冬	紂 上有
智 去寘	衷 平東	呪 去宥
滯 去霽	鍾 平冬	咒 去宥
痣 去寘	螽 平東	宙 去宥
蛭 入質入屑	腫 上腫	繇 去宥
騺 入質	種 上腫去宋	咮 平虞去宥
寘 去寘	塚 上腫	晝 去宥
滍 上紙	踵 上腫	胄 去宥
稙 入職	仲 去送	皺 去宥
稚 去寘	眾 去送	酎 去宥
置 去寘	重 平冬上腫去宋	嵸 去宥
鑕 入質	州 平尤	僽 去宥
雉 上紙	舟 平尤	嚃 入覺
寙 去寘	讈 平尤	驟 去宥
秲 去寘	周 平尤	籒 去宥
觯 去寘	洲 平尤	朱 平虞
躓 去寘	譸 平尤	侏 平虞
誌 去寘	輈 平尤	誅 平虞
摘 入陌入錫	粥 入屋	邾 平虞
蜇 入屑	騆 平尤	洙 平虞
櫍 入質	盩 平尤	茱 平虞
鷙 去寘	妯 平尤	株 平虞
中 平東去送	軸 入屋	珠 平虞
忠 平東	碡 入屋入沃	諸 平魚
終 平東	肘 上有	豬 平魚

袾 平虞　　助 去御　　顓 平先
鉒 平虞　　絟 上语　　轉 上铣去霰
絑 平虞　　苧 上语　　囀 去霰
蛛 平虞　　杼 上语　　璼 上铣
櫧 平鱼　　注 去遇　　賺 去陷
瀦 平鱼　　貯 上语　　撰 上铣去霰
竹 入屋　　駐 去遇　　篆 上铣
竺 入屋　　柱 上麌　　饌 去霰
燭 入沃　　炷 上麌去遇　　譔 上铣去霰
逐 入屋　　祝 入屋　　妝 平阳
舳 入屋　　疰 去遇　　莊 平阳
瘃 入沃　　苎 上语　　樁 平江
蠋 入沃　　蛀 去遇　　裝 平阳
躅 入沃　　築 入屋　　壯 去漾
斸 入沃　　鑄 去遇　　狀 去漾
主 上麌　　箸 去御　　幢 平江去绛
拄 上麌　　翥 去御　　撞 平江去绛
砫 上麌　　抓 平肴　　追 平支
渚 上语　　樝 平麻　　騅 平支
屬 去遇入沃　　簻 平麻　　椎 平支
煮 上语　　髽 平麻　　錐 平支
嘱 入沃　　爪 上巧　　墜 去寘
麈 上麌　　拽 入屑　　綴 去霁入屑
瞩 入沃　　專 平先　　惴 去寘
佇 上语　　磚 平先　　縋 去寘
住 去遇　　膞 上铣　　膇 去寘

贅 去霽	禚 入藥	錙 平支
醊 去霽入屑	擢 入覺	籽 上紙
錣 入黠	濯 入覺	子 上紙
迍 平真	鐲 入沃入覺	姊 上紙
肫 平真	鐲 入覺	秭 上紙
窀 平真	仔 平支上紙	籽 上紙
諄 平真去震	孖 平支	芓 上紙
准 上軫	孜 平支	第 上紙
卓 入覺	兹 平支	梓 上紙
拙 入屑	咨 平支	紫 上紙
倬 入覺	姿 平支	滓 上紙
捉 入覺	貲 平支	訾 平支上紙
桌 入覺	資 平支	字 去寘
涿 入覺	淄 平支	自 去寘
彴 入藥	緇 平支	恣 去寘
灼 入藥	謯 平支	漬 去寘
茁 入質入黠入屑	摰 去寘	眥 去寘去霽
斫 入覺入藥	嵫 平支	眦 去寘
濁 入覺	滋 平支	宗 平冬
浞 入覺	粢 平支	綜 去宋
諑 入覺	輜 平支	鬷 平東
酌 入藥	觜 平支上紙	棕 平東
啄 入屋入覺	赼 平支	椶 平東
著 上語去禦入藥	錙 平支	瘲 平東
椓 入覺	鎡 平支	蹤 平冬
琢 入覺	髭 平支	猣 平東

鬃 平東

鬉 平冬

鬶 平東

總 平東上董

傯 上董去送

縱 平冬去宋

粽 去送

糭 去送

鄒 平尤

騶 平尤

諏 平尤

陬 平尤

菆 平尤

緅 平尤

鄹 平尤

掫 上有

走 上有

奏 去宥

揍 去宥

租 平虞

菹 平魚

足 入沃

卒 入質入月

崒 入質入月

崪 入質

族 入屋

鏃 入屋

詛 去禦

阻 上語

組 上麌

俎 上語

祖 上麌

纘 上旱

纂 上旱

鑽 平寒去翰

嘴 上紙

最 去泰

罪 上賄

蕞 去泰

醉 去寘

尊 平元

嶟 平元

遵 平真

樽 平元

罇 平元

鱒 上阮

僔 上阮

撙 上阮

昨 入藥

捽 入質入月

筰 入藥

左 上哿

佐 去箇

作 去遇去箇入藥

坐 上哿去箇

阼 去遇

怍 入藥

柞 入藥入陌

祚 去遇

胙 去遇

座 去箇

做 去箇

主要参考文献

1.《全唐诗》，中华书局，1960年版。

2.《全宋词》，中华书局，1960年版。

3. 清·王奕清等《钦定词谱》，中国书店出版社，1983年版。

4. 清·舒梦兰《白香词谱》，上海古籍出版社，2011年。

5. 清·万树《词律》，上海古籍出版社，1984年版。

6. 清·张玉书等《佩文韵府》，上海古籍出版社，1983年版。

7. 清·汤文璐《诗韵合璧》，上海书店出版社，1982年版。

8. 清·汤祥瑟《诗韵全璧》，上海古籍出版社，1995年版。

9. 清·戈载《词林正韵》，上海古籍出版社，2009年版。

10. 清·周兆基《佩文诗韵释要》，上海古籍出版社，1982年版。

11. 龙榆生《唐宋词格律》，上海古籍出版社，1978年版。

12. 王力《诗词格律》，中华书局，2000年版。

13. 王力《古代汉语》，中华书局，1964年版。

14. 潘慎《词律词典》，山西人民出版社，1991年版。

15. 潘慎、秋枫《中华词律词典》，吉林人民出版社，2005年版。

16. 侯井天《聂绀弩旧体诗全编》，山东省新闻出版局，2005年版。

17.《中华诗词》杂志，2004年第5、6期。

18.《现代汉语词典》（第5版），商务印书馆，2005年版。

19.《新华字典》，商务印书馆，2000年版。

20.《简化字总表》，中国文字改革委员会，1964年5月编发。

21.《现代汉语通用字表》，国家语言文字工作委员会、中华人民共和国新闻出版署，1988年3月25日。

22.《第一批异体字整理表》，中华人民共和国文化部、中国文字改革委员会，1955年12月22日。

23. 李格非《汉语大字典》，四川辞书出版社、湖北辞书出版社，2000年版。

24.《诗韵新编》，上海古籍出版社，1989年版。

25. 张岳琦《诗词格律简捷入门》，中国文史出版社，2003年版。

26. 孔汝煌《中华诗词曲联简明教程》，浙江古籍出版社,2002年版。

27. 李新魁《实用诗词曲格律词典》，花城出版社，1999年版。

28. 湖北省老年人大学鹰台诗社《中华诗词普及教程》，作家出版社，2005年版。

29. 赵京战《中华新韵（十四韵）》，中华书局，2011年版。

后　记

　　我在多年诗词创作、编辑、交流过程中，深感诗词工具书的重要。现有的工具书，多有不尽如人意处，给诗词创作带来不便，增加了不必要的非创造性劳动。主要有以下几个方面：

　　1.讲诗律的书，名目繁多，说法不一，让读者莫衷一是。有些概念违反正常思维逻辑，不便理解和运用，如"平仄脚"之类。有的名词界定偏颇，如所谓"大拗"。有的提法不太确切，如"一三五不论"之说。有的不太科学，如"孤平"之论，等等。

　　2.各家词谱，变体、别格太多，纷乱芜杂，无所适从，徒增混淆。或谱例分离，亦多有不便。

　　3.各家韵书，字表均无顺序，查找费时费事。

　　为了克服这些弊病，为诗词的学习、创作提供一本规范、全面、简明实用的工具书，编著者经过两年的准备，编写成此书，敬献给读者。能否达到预期的目的，让读者们在创作实践中来评判吧。

　　在本书编著过程中，《中华诗词》编辑部副主任张力夫、编辑刘宝安、居庸诗社诗友张伯元等自始至终大力帮助，决疑定体，指漏补缺，并承担了有关章节的校对工作，书中也渗透着他们的心血，在此，特向他们表示衷心的感谢。

赵京战

2015年2月4日